3. Auflage 2015

Die Originalausgabe *Can't and Won't*
erschien 2014 bei Farrar, Straus and Giroux,

Umschlag: & Co www.und-co.at
Satz: AD
Druck: Theiss

FSC
www.fsc.org
MIX
Papier aus verantwortungsvollen Quellen
FSC® C012536

ISBN 978-3-85420-955-3

Literaturverlag Droschl Stenggstraße 33 A-8043 Graz
www.droschl.com

Lydia Davis

Kanns nicht und wills nicht

Stories

Aus dem Amerikanischen
von Klaus Hoffer

Literaturverlag Droschl

Für Daniel und Theo
und für Laura und Stephanie

I

Eine Geschichte über gestohlene Salamis

Der italienische Hauswirt meines Sohnes hatte im hinteren Teil seines Gartens in Brooklyn einen Schuppen, in dem er Salamis pökelte und räucherte. Eines Nachts, mitten in einer Welle von harmlosen Vandalismen und Diebstählen, brach man in den Schuppen ein und stahl die Salamis. Mein Sohn sprach seinen Hauswirt am nächsten Tag darauf an und drückte sein Bedauern über die verschwundenen Würste aus. Der Vermieter war schicksalsergeben und philosophisch, korrigierte ihn aber: »Es waren keine Würste. Es waren Salamis.« Dann berichtete eines der bedeutenderen Stadtmagazine darüber und bezeichnete es als ein amüsantes und schillerndes Ereignis urbanen Lebens. In dem Artikel nannte der Berichterstatter das Diebsgut »Würste«. Mein Sohn zeigte den Artikel seinem Hauswirt, der nicht davon gewusst hatte. Der Hauswirt zeigte Interesse und freute sich, dass das Magazin den Vorfall für berichtenswert erachtet hatte, fügte aber hinzu: »Es waren keine Würste. Es waren Salamis.«

Das Hundehaar

Der Hund ist weg. Er fehlt uns. Wenn die Türglocke läutet, bellt keiner. Wenn wir spät nach Hause kommen, erwartet uns keiner. Wir finden im Haus und an unseren Kleidern immer noch hier und da seine weißen Haare. Wir zupfen sie ab. Wir sollten sie wegwerfen. Aber sie sind alles, was uns von ihm geblieben ist. Wir werfen sie nicht weg. Wir haben eine unsinnige Hoffnung – wenn wir bloß ausreichend von ihnen aufsammeln, können wir den Hund wieder zusammensetzen.

Zirkuläre Geschichte

In den frühen Morgenstunden des Mittwoch gibt es draußen auf der Straße immer ein Spektakel. Ich wache davon auf und frage mich jedes Mal, was los ist. Es ist immer der Müllwagen, der den Müll abholt. Der Wagen kommt jeden Mittwoch in den frühen Morgenstunden. Immer weckt er mich auf. Immer frage ich mich, was es ist.

Idee für einen Anstecker

Zu Beginn einer Bahnfahrt suchen sich die Leute einen guten Sitzplatz, und manche von ihnen sehen sich die Leute, die in der Nähe bereits ihren Sitzplatz gefunden haben, genau daraufhin an, ob sie gute Sitznachbarn abgeben werden.
Es wäre vielleicht hilfreich, wenn jeder von uns einen kleinen Anstecker trüge, auf dem zu lesen ist, inwiefern wir andere Passagiere wahrscheinlich oder wahrscheinlich nicht stören werden, wie z.B.: Werde nicht mit dem Handy telefonieren; werde keine übelriechenden Nahrungsmittel essen.
Auf meinem stünde unter anderem: Werde überhaupt nicht mit dem Handy telefonieren, ein kurzes Gespräch mit meinem Mann zu Beginn der Heimreise vielleicht ausgenommen, in dem ich meinen Besuch in der Stadt zusammenfasse, oder, seltener, auf der Fahrt in den Süden, einen raschen Hinweis an eine Freundin, dass ich mich verspäten werde; werde aber fast während der ganzen Fahrt die Lehne meines Sitzes so weit wie möglich nach hinten stellen, außer wenn ich meinen Lunch esse oder eine Kleinigkeit zu mir nehme; verstelle sie vielleicht aber während der ganzen Fahrt hin und wieder ein wenig nach oben und hinten; werde früher oder später etwas essen, gewöhnlich ein Sandwich, manchmal Salat oder einen Becher Reispudding, das heißt, zwei – wenn auch kleine – Becher Reispudding; das Sandwich, fast immer mit Schweizer Käse, wenn auch mit sehr wenig Käse, in Wahrheit mit einer einzigen Scheibe, und mit grünem Salat und Tomate, wird keinen nennenswerten Geruch entwickeln, zumindest soweit ich das

beurteilen kann; passe beim Salat auf, so gut es geht, obwohl Salat essen mit einer Plastikgabel riskant und kompliziert ist; passe gut beim Reispudding auf, indem ich kleine Bissen nehme, aber wenn ich den Deckel vom verschlossenen Becher entferne, kann es einen Moment lang ein Reiß-Geräusch geben; werde den Verschluss meiner Wasserflasche vielleicht mehrmals aufschrauben, um einen Schluck Wasser zu trinken, besonders während ich mein Sandwich esse und etwa eine Stunde danach; bin vielleicht etwas unruhiger als andere Fahrgäste und werde meine Hände während der Fahrt mehrere Male mit einem Desinfektionsmittel aus einer kleinen Flasche reinigen, um sie danach manchmal mit einer Lotion einzureiben, was heißt, dass ich in meine Handtasche greife, einen kleinen Kulturbeutel herausnehme, den Reißverschluss auf- und, wenn ich fertig bin, wieder zuziehe und ihn in die Handtasche zurückgebe; werde aber vielleicht ein paar Minuten oder mehr absolut ruhig dasitzen und zum Fenster hinausschauen; tue während des Großteils der Fahrt nichts anderes als ein Buch zu lesen, ausgenommen das eine Mal, wenn ich die Toilette aufsuche und den Gang entlang- und wieder zurückgehe; vielleicht aber lege ich an einem anderen Tag das Buch alle paar Minuten aus der Hand, nehme ein kleines Notizbuch aus der Handtasche, entferne den Gummiring drumherum und schreibe etwas in mein Notizbuch; oder ich reiße während der Lektüre einer alten Nummer einer Literaturzeitschrift ein paar Seiten heraus, um sie aufzubewahren, werde mich aber bemühen, das jeweils nur dann zu tun, wenn der Zug in einer Station anhält; werde schlussendlich vielleicht nach einem Tag in der Stadt meine Schnürsenkel aufbinden und die Schuhe während eines Teils der Reise ausziehen, besonders dann, wenn die Schuhe nicht sehr bequem sind, um meine nackten Füße dann auf die Schuhe anstatt direkt auf den Boden zu stellen, oder werde – äußerst selten – die Schuhe ausziehen und, sofern ich welche dabei habe, Pantoffeln anziehen und diese, bis knapp vor dem Erreichen meines Ziels, anbehalten; Füße sind aber weitgehend sauber und Zehennägel mit einem schönen, dunkelroten Nagellack lackiert.

Bloomington

Nun, da ich mich hier seit kurzem aufhalte, kann ich mit Sicherheit sagen, dass ich noch niemals hier war.

Die Lehre der Köchin

Geschichte von Flaubert

Heute wurde mir eine großartige Lehre zuteil; unsere Köchin war die Lehrerin. Sie ist fünfundzwanzig Jahre alt und Französin. Als ich sie fragte, fand ich heraus, dass *sie nicht weiß*, dass Louis-Philippe nicht mehr König von Frankreich ist und wir nun eine Republik haben. Und doch ist es fünf Jahre her, dass er vom Thron stieg. Sie sagte, die Tatsache, dass er nicht mehr König sei, interessiere sie nicht im Geringsten – so ihre Worte.

Und ich bilde mir ein, ein intelligenter Mensch zu sein! Aber verglichen mit ihr bin ich ein Schwachkopf.

In der Bank

Ich trage meinen Sack voller Kleingeld zur Bank und leere es in einen Münzzählautomaten. Eine Person hinter dem Schalter lässt mich raten, auf wie viel sich meine Cents belaufen. Ich schätze auf $ 3,00. Ich habe mich verschätzt. Die Summe beläuft sich auf $ 4,24. Aber da ich mich innerhalb eines Spielraums von $ 1,99 der korrekten Summe bewege, habe ich Anspruch auf einen Preis. Viele, die in der Bank um mich herumstehen, gratulieren mir herzlich. Ich darf aus einer Anzahl von Preisen auswählen. Als ich die Annahme des ersten und zweiten Preises verweigere, und da ich wahrscheinlich auch den nächsten ablehnen werde, öffnet die verunsicherte Person hinter dem Schalter einen abgesicherten Tresorraum und zeigt mir die ganze Auswahl, darunter ein großes Sparschwein aus Plastik, ein Malbuch und Malkreiden und ein kleiner Gummiball. Weil ich sie nicht enttäuschen will, wähle ich schließlich das aus, was mir am besten erscheint: ein hübsches Frisbee samt tragbarer Tasche.

Traum

Nachts wach

Ich kann in diesem Hotel in dieser fremden Stadt nicht einschlafen. Es ist sehr spät, zwei Uhr morgens, dann drei, dann vier. Ich liege im Dunkeln. Was ist das Problem? Ach, vielleicht vermisse ich ihn, den Mann, neben dem ich schlafe. Ich höre, wie irgendwo in der Nähe eine Türe zugeht. Zu später Stunde ist ein weiterer Gast eingetrudelt. Jetzt hab ich die Antwort. Ich werde in sein Zimmer gehen und mich zu ihm ins Bett legen, und dann werde ich einschlafen können.

Traum

In der Bank: 2

Wieder trage ich einen Sack voller Kleingeld zur Bank. Wieder schätze ich, dass meine Cents $ 3,00 ausmachen werden. Der Automat zählt sie. Ich habe $ 4,92. Wieder erklärt die Person hinter dem Schalter, dass meine Schätzung nahe genug an den korrekten Betrag herankommt, um mir einen Preis einzutragen. Ich warte ab, was es diesmal zur Auswahl geben wird, aber es gibt nur einen einzigen Preis – ein Maßband. Ich bin enttäuscht, aber ich akzeptiere es. Zumindest diesmal kann ich sehen, dass die Person hinter dem Schalter eine Frau ist. Davor war ich nicht sicher, ob es eine Frau war oder ein Mann. Doch diesmal sind ihre Bewegungen, trotz der Glatze, die sie noch immer hat, graziöser und ihr Lächeln sanfter, ihre Stimme ist höher, und auf der Brust trägt sie ein Schild mit dem Namen *Janet*.

Traum

Die beiden Davis und der Teppich

Sie hießen beide Davis, aber sie waren nicht miteinander verheiratet und sie waren nicht blutsverwandt. Sie waren allerdings Nachbarn. Sie waren beide unentschlossene Menschen oder, richtiger, sie konnten in bestimmten Dingen sehr entschlussfreudig sein – in wichtigen Dingen oder in Dingen, die mit ihrer Arbeit zu tun hatten –, aber in Kleinigkeiten konnten sie sehr unentschlossen sein und ihre Meinung vom einen Tag zum nächsten ändern, immer von neuem, wobei sie an einem Tag von einer Sache vollständig überzeugt waren, um sich am nächsten ebenso überzeugt gegen sie zu entscheiden.
Das wussten sie voneinander nicht, bis sie sich dazu entschloss, ihren Teppich zum Verkauf anzubieten.
Es war ein bunter, rot, weiß und schwarz gemusterter Wollteppich, mit knalligem Rautendessin und ein paar schwarzen Streifen. Sie hatte ihn in der näheren Umgebung der Stadt, in der sie früher gelebt hatte, in einem kleinen indianischen Laden gekauft, fand nun aber heraus, dass es kein indianischer Teppich war. Er lag im Zimmer ihres abwesenden Sohnes auf dem Fußboden, und sie war seiner müde geworden, weil er etwas schmutzig und an den Ecken eingerollt war, und sie beschloss, ihn bei einer Gruppenauktion zum Fundraising für einen guten Zweck zu verkaufen. Als man ihn aber bei der Auktion sehr bewunderte – mehr als sie erwartet hatte –, und als der Ausrufungspreis von einem Sachverständigen von zehn auf fünfzig Dollar angehoben wurde, überlegte sie es sich anders und hoffte, er würde keinen Käufer finden. Die Zeit

schritt voran, aber sie ging mit dem Preis für den Teppich – anders als andere um sie herum – nicht herunter, und obwohl man ihn weiterhin bewunderte, kaufte ihn keiner.

Der andere Davis kam früh am Morgen zur Auktion und war sofort von dem Teppich eingenommen. Er zögerte allerdings, weil das Muster so knallig und die Farben so grellrot, -weiß und -schwarz waren, weshalb er dachte, er würde sich in seinem Haus vielleicht nicht gut machen, obwohl sein Haus schlicht und modern möbliert war. Er bekundete unüberhörbar seine Bewunderung für den Teppich, sagte aber zu ihr, er sei nicht sicher, ob er in sein Haus passe, und verließ die Auktion, ohne ihn zu kaufen. Während aber im Verlauf des Tages keiner den Teppich kaufen wollte und sie den Preis nicht senkte, dachte er über den Teppich nach und kam später wieder, um den Teppich ein weiteres Mal anzuschauen und zu sehen, ob er noch da war, und zu entscheiden, ob er ihn kaufen würde oder nicht. Die Auktion war allerdings zu Ende, und alles war entweder verkauft oder als Sachspende verpackt oder eingepackt und nach Hause zurückgebracht worden, und die große Wiese vor der Terrasse des Pfarrhauses, auf der die Auktion stattgefunden hatte, lag wieder blitzblank und glatt in der spätnachmittäglichen Sonne da.

Der andere Davis war überrascht und enttäuscht, und als er der einen Davis am nächsten oder übernächsten Tag im Postamt über den Weg lief, sagte er, er habe seine Meinung bezüglich des Teppichs geändert, und fragte, ob er verkauft worden sei, und als sie verneinte, fragte er sie, ob er ihn probeweise in seinem Haus auflegen dürfe, um zu sehen, ob er sich gut machen würde.

Die eine Davis war sofort unangenehm berührt, weil sie sich inzwischen entschlossen hatte, den Teppich doch lieber zu behalten, ihn reinigen zu lassen und da und dort im Haus aufzulegen, um zu sehen, wie er sich machen würde. Aber als nun der andere Davis so großes Interesse an dem Teppich bekundete, war sie nicht mehr sicher, ob sie es so machen sollte. Schließlich hatte sie ihn ja verkaufen wollen und gedacht, er sei nur zehn Dollar wert. Sie bat den anderen Davis um eine Frist von ein paar weiteren Tagen, um sich zu entschließen, ob sie sich von ihm trennen wollte. Der andere Davis zeigte Verständnis dafür und sagte, es sei in Ordnung, wenn sie ihn von ihrem Entschluss verständigen würde, falls sie den Teppich nicht behalten wollte.

Eine Zeit lang ließ sie ihn im Zimmer ihres Sohnes liegen, wo er ursprünglich gelegen hatte. Sie warf hin und wieder einen Blick auf ihn. Mit den eingerollten Ecken sah er immer noch ein wenig schmutzig aus. Sie fand ihn immer noch irgendwie attraktiv und gleichzeitig irgendwie unattraktiv. Dann dachte sie, sie sollte ihn hinausbringen, wo sie ihn jeden Tag sehen würde, so dass sie sich eher zu der Entscheidung durchringen konnte, ob sie ihn nun behalten wollte oder nicht. Sie wusste, dass der andere Davis wartete.

Sie legte ihn auf den Treppenabsatz zwischen Erdgeschoß und erstem Stock und fand, dass er sich unter dem Bild an der Wand gut mache. Aber ihr Mann fand, er sei zu grell. Sie ließ ihn trotzdem da liegen, und jedes Mal, wenn sie die Treppen hinauf- oder hinunterging, dachte sie wieder über ihn nach. Der Tag nahte, an dem sie, obwohl sie ihn ziemlich attraktiv fand, den festen Entschluss fasste, ihn dem anderen Davis ganz oder wenigstens zur Probe zu überlassen, da er ihm gefiel und er sich in seinem Haus wahrscheinlich besser machen würde. Doch am nächsten Tag – bevor sie ihren Entschluss ausführen konnte – kam eine Freundin zu ihr ins Haus, die gerade an diesem Teppich besonderen Gefallen fand: Sie dachte, der Teppich sei neu, und fand ihn sehr hübsch. Nun fragte sich die eine Davis, ob sie ihn letztlich nicht doch behalten sollte.

Inzwischen aber vergingen die Tage, und sie machte sich wegen des anderen Davis große Sorgen. Sie hatte das Gefühl, dass er den Teppich definitiv ausprobieren wollte und sie ihn aus purem Egoismus zurückbehielt, obwohl sie bereit gewesen war, ihn zu verkaufen – und das um ganze zehn Dollar. Sie hatte das Gefühl, dass er ihn wahrscheinlich wirklich haben wollte oder ihn bewunderte, mehr als sie selbst. Und doch wollte sie nicht weggeben, was sie einmal so sehr bewundert hatte, dass sie es überhaupt gekauft hatte, und das andere gleichfalls bewunderten und das ihr, wäre es erst einmal gereinigt, vielleicht sehr gefallen würde.

Nun ging ihr der Teppich oft durch den Kopf, und fast täglich versuchte sie, zu einem Entschluss zu kommen, und fast täglich änderte sie ihren Entschluss. Sie verfolgte verschiedene Argumentationsketten, um herauszufinden, was sie tun sollte. Der Teppich war ein schönes Stück – das hatte ihr ein Experte erklärt; sie hatte ihn gekauft, weil er ihr in dem indianischen Laden gefallen hatte, obwohl es offenbar kein indianischer Teppich war; ihrem Sohn gefiel er bei den seltenen Gelegenheiten, an denen er zu Besuch kam; er würde ihr noch immer gefallen, wenn er ein wenig sauberer wäre; andererseits hatte sie früher nicht auf seine Sauberkeit geachtet und würde es wahrscheinlich weiterhin nicht tun; und wenn sie danach ging, wie der andere Davis ihr das Innenleben seines Hauses präsentiert hatte – alles tipptopp sauber und klug arrangiert –, würde er ihn reinigen und gut auf ihn aufpassen; sie war bereit gewesen, ihn zu verkaufen, und der andere Davis war bereit gewesen, ihn zu kaufen. Der andere Davis wäre wahrscheinlich gewillt, die fünfzig Dollar für ihn zu bezahlen, und sie würde sie dann für den guten Zweck spenden. Behielt sie den Teppich, dann würde sie ihrer Einschätzung nach wahrscheinlich fünfzig Dollar für den guten Zweck spenden, wo sie doch bereit gewesen war, ihn zu verkaufen, und keiner ihn gekauft hatte – obwohl sie dann fünfzig Dollar für etwas bezahlen würde, das ihr ohnehin

schon gehörte, es sei denn, man konnte es, nachdem sie es für den guten Zweck versteigern hatte lassen wollen, nicht mehr als ihren Besitz ansehen.
Eines Tages bekam sie vom Sohn eines Freundes eine große Schachtel mit frischem Gemüse geschenkt: Es war unterdessen Hochsommer geworden, und er hatte in seinem Garten sogar mehr Gemüse, als er verkaufen konnte. In der Schachtel war zu viel Gemüse für ihren Mann und sie selbst, und sie entschloss sich, es mit ein paar Nachbarn zu teilen, die keinen Garten hatten. Einen Teil des Gemüses gab sie einem Nachbarn um die Ecke, einem Berufstänzer, der unlängst mit seinem blinden Hund in ihrer Nachbarschaft eingezogen war. Als sie von ihm weggegangen war, brachte sie das restliche Gemüse zu dem anderen Davis und seiner Frau auf der gegenüberliegenden Straßenseite.
Als sie sich nun in der Einfahrt über dieses und jenes unterhielten, darunter auch über den Teppich, musste sie eingestehen, dass es ihr oft schwer falle, eine Entscheidung zu treffen, nicht nur den Teppich betreffend. Daraufhin gab der andere Davis zu, auch ihm falle es schwer, Entscheidungen zu treffen. Seine Frau sagte, es sei erstaunlich, wie fest sich ihr Mann zu etwas entschließen konnte, bevor er seine Meinung änderte und ebenso fest das Gegenteil beschloss. Sie sagte, es sei ihm eine Hilfe bei seinen Entschlüssen, egal, worum es dabei ging, wenn er mit ihr darüber redete. Sie sagte, ihre Antworten folgten gewöhnlich eine Zeit lang diesem Muster: »Ja, ich glaube, du hast recht«, »Tu, was du willst«, »Mir ist es egal«. Sie sagte, dadurch, dass beide Davis' so untentschlossen waren, begann der Teppich in diesem Falle ein Eigenleben zu führen. Sie sagte, sie sollten ihm einen Namen geben. Diese Idee gefiel beiden Davis', aber im Moment fiel ihnen kein Name ein.
Die eine Davis verblieb mit dem Wunsch, es möge ein Salomon auftauchen, an den sie sich um ein Urteil wenden konn-

ten: denn die Frage war in Wahrheit wahrscheinlich nicht, ob sie den Teppich behalten wollte oder nicht, sondern, in einem allgemeineren Sinn, wer von ihnen beiden den Teppich höher schätzte: Sie dachte, dass der andere Davis den Teppich haben sollte, wenn er seinen Wert höher schätzte als sie, und dass sie ihn behalten sollte, wenn sie ihn höher schätzte. Vielleicht sollte die Frage aber auch ein wenig anders lauten, da es gewissermaßen bereits »ihr« Teppich war: Vielleicht sollte sie bloß beschließen, dass sie den Wert des Teppichs höher schätzte als früher, gerade um so viel höher, dass sie ihn behalten sollte. Dann wiederum dachte sie: Nein, wenn der Teppich dem anderen Davis wirklich besser gefiel als ihr, dann sollte er ihn haben. Vielleicht, dachte sie, sollte sie dem anderen Davis vorschlagen, er solle ihn nehmen und eine Zeit lang in seinem Haus behalten, um zu ermessen, ob er ihm sehr gefiel oder ob er ihm einfach nur irgendwie gefiel oder ob er ihn in Wahrheit überhaupt nicht haben wollte. Wenn er ihm gefiel, sollte er ihn behalten; wenn er ihm nicht gefiel, würde sie ihn behalten; wenn er ihm bloß irgendwie gefiel, würde sie ihn behalten. Aber sie war auch nicht sicher, ob das die beste Lösung war.

Kontingenz (versus Notwendigkeit)

Es könnte unser Hund sein.
Aber es ist nicht unser Hund.
Also bellt er uns an.

Kurze Begebenheit betreffend das kurze *a*, das lange *a* und den Schwa-Laut

Aschfahler Kater betrachtet entspannt lange, schwarze Ameise. Mann starrt angespannt Kater und Ameise an. Ameise naht entlang Pfad. Ameise halt! Ratlos. Ameise Abgang – gradaus katerwärts. Kater: Alarm! Abstand. Mann starrt standhaft, lacht. Ameise auf und davon. Kater, abermalen entspannt, betrachtet Ameise andermals.

Kontingenz (versus Notwendigkeit) 2: Im Urlaub

Er könnte mein Mann sein.
Aber er ist nicht mein Mann.
Er ist ihr Mann.
Und so macht er ein Foto von ihr (und nicht von mir) in ihrer geblümten Strandgarderobe vor der alten Festung.

Eine Geschichte, die mir eine Freundin erzählt hat

Eine meiner Freundinnen erzählte mir unlängst eine traurige Geschichte über einen ihrer Nachbarn. Er war mit einem Fremden über eine Online-Singlebörse in Mailverkehr getreten. Der Freund lebte hunderte Meilen entfernt, in North Carolina. Die beiden Männer schrieben einander und tauschten Fotos aus, und bald unterhielten sie sich ausführlich miteinander, zunächst schriftlich, dann am Telefon. Sie stellten fest, dass sie viele gemeinsame Interessen hatten, dass sie emotional und intellektuell zueinander passten, dass sie gut miteinander konnten und sich körperlich voneinander angezogen fühlten, so weit sie das übers Internet feststellen konnten. Auch ihre beruflichen Interessen waren ähnlich – der Nachbar meiner Freundin war Buchhalter, und sein neuer Freund unten im Süden war Assistenzprofessor für Ökonomie an einem kleinen College. Nach ein paar Monaten schienen sie sich restlos ineinander verliebt zu haben, und der Nachbar meiner Freundin war überzeugt, dass »es das war«, wie er sich ausdrückte. Als die Urlaubszeit kam, vereinbarte er mit seiner Internet-Liebe, dass er für ein paar Tage in den Süden fliegen wolle, um ihn zu treffen.

Am Tag seines Fluges rief er seinen Freund zwei- oder dreimal an, und sie redeten miteinander. Als der andere dann nicht ans Telefon ging, war er verwundert. Und der Freund war auch nicht am Flughafen, um ihn abzuholen. Nachdem er zugewartet und noch ein paarmal angerufen hatte, verließ der Nachbar meiner Freundin den Flughafen und fuhr zu der Adresse, die ihm sein Freund angegeben hatte. Aber als er klopfte und läutete, kam niemand zur Tür. Sämtliche Möglichkeiten gingen ihm durch den Kopf.

Hier fehlen ein paar Teilstücke der Geschichte, aber meine Freundin erzählte, dass ihr Nachbar schließlich erfuhr, dass sein Internet-Freund an eben dem Tag, als er auf dem Weg in den Süden war, eine Herzattacke erlitt und gestorben war, während er mit seinem Arzt telefonierte; der Reisende, der das entweder vom Nachbarn des Mannes oder von der Polizei erfahren hatte, machte sich auf den Weg in die örtliche Bestattungsanstalt; man gestattete ihm, seinen Internet-Freund zu sehen; und so bekam er hier, Angesicht in Angesicht mit einem Toten, zum ersten Mal diesen einen zu sehen, der seiner Überzeugung nach für den Rest seines Lebens sein Weggefährte hatte werden sollen.

Der schlechte Roman

Dieser öde, schwierige Roman, den ich auf meine Reise mitgenommen habe – immer wieder versuche ich ihn zu lesen. Immer wieder habe ich ihn mir vorgenommen, und jedes Mal habe ich mich davor gefürchtet, und jedes Mal habe ich ihn um nichts besser gefunden als beim letzten Mal, so dass er nunmehr zu einer Art altem Freund geworden ist. Mein alter Freund – der schlechte Roman.

Nachdem du weggegangen bist

Geschichte von Flaubert

Du wolltest, dass ich dir alles erzähle, was ich getan habe, nachdem wir uns getrennt hatten.
Nun, ich war sehr traurig; es war so schön gewesen. Als ich deinen Rücken im Zugabteil verschwinden sah, ging ich auf die Fußgängerbrücke hinauf, um zuzusehen, wie dein Zug unter mir durchfuhr. Mehr sah ich nicht; du warst da drin! Ich sah ihm nach, solange ich konnte, und ich horchte ihm nach. In der Gegenrichtung – Richtung Rouen – war der Himmel rot und von breiten purpurnen Streifen durchzogen. Wenn ich in Rouen ankäme und du in Paris, wäre der Himmel schon lange eingedunkelt. Ich zündete mir eine weitere Zigarre an. Eine Zeit lang ging ich auf und ab. Dann, weil ich mich so benommen und müde fühlte, ging ich in ein Café an der anderen Straßenseite und trank ein Glas Kirsch.
Mein Zug fuhr in der entgegengesetzten Richtung in die Station ein. Im Abteil traf ich einen Mann, den ich aus meiner Schulzeit kannte. Wir unterhielten uns lange miteinander, fast die ganze Strecke zurück nach Rouen.
Als ich ankam, war Louis schon da und wartete, wie ausgemacht, auf mich, aber meine Mutter hatte die Kutsche, die uns nach Hause bringen sollte, nicht geschickt. Wir warteten eine Weile, und im Mondlicht gingen wir dann über die Brücke und durch den Hafen. In diesem Teil der Stadt kann man an zwei Stationen eine Pferdedroschke mieten.
An der zweiten Station leben die Leute in einer alten Kirche. Es war dunkel. Wir klopften an und weckten die Frau, die, auf

dem Kopf ihre Schlafmütze, ans Tor kam. Stell' dir die Szene vor: Es ist mitten in der Nacht, hinter ihr der Innenraum dieser alten Kirche – ihr Rachen zu einem Gähnen aufgerissen; eine brennende Kerze; der Spitzenschal, der ihr bis unter die Hüften herabhing. Das Pferd musste selbstverständlich erst angeschirrt werden. Der Umhang des Pferdegeschirrs war gerissen, und wir warteten, bis sie es mit einem Stück Seil geflickt hatten.
Auf dem Heimweg erzählte ich Louis von meinem alten Schulfreund, der auch sein alter Schulfreund ist. Ich erzählte ihm, wie wir beide die Zeit miteinander verbracht hatten. Vor dem Fenster schien der Mond auf den Fluss. Ich erinnerte mich an eine andere Heimreise zu später Nachtstunde und bei Mondlicht. Ich erzählte Louis von ihr: Auf dem Boden lag tiefer Schnee. Ich fuhr in einem Schlitten, trug meinen roten Wollhut und war in einen Pelzmantel gehüllt. Ich hatte an diesem Tag, auf dem Weg zu einer Schau afrikanischer Wilder, meine Stiefel verloren. Alle Fenster standen offen, und ich rauchte meine Pfeife. Der Fluss war dunkel. Die Bäume waren dunkel. Der Mond schien auf die Schneefelder: Sie sahen weich aus wie Atlasseide. Die schneebedeckten Häuser sahen wie kleine weiße Bären aus, die sich zum Schlaf eingerollt hatten. Ich stellte mir vor, ich sei in einer russischen Steppe. Ich bildete mir ein, ich könnte im Nebel Rentiere schnauben hören, ich bildete mir ein, ich könnte eine Wolfsmeute sehen, die hinten am Schlitten hochsprang. Die Augen der Wölfe leuchteten zu beiden Seiten der Straße wie Kohlen.
Als wir endlich zuhause ankamen, war es ein Uhr Nacht. Ich wollte meinen Arbeitstisch in Ordnung bringen, bevor ich zu Bett ging. Vor dem Fenster meines Arbeitszimmers schien der Mond immer noch – auf das Wasser, den Schleppweg, und, nahe dem Haus, auf die Magnolie neben meinem Fenster. Als ich fertig war, ging Louis in sein Zimmer und ich ging in meines.

Der Leibwächter

Er begleitet mich auf Schritt und Tritt. Er hat blondes Haar. Er ist jung und stark. Seine Arme und Beine sind stämmig und muskulös. Er ist mein Leibwächter. Aber er schlägt seine Augen nie auf und verlässt seinen Lehnsessel nie. Tief in den Sessel hingefläzt, wird er dahin und dorthin getragen, seinerseits umsorgt vom eigenen Pflegepersonal.

Traum

Das Kind

Sie beugt sich über ihr Kind. Sie kann sich nicht von ihm trennen. Das Mädchen liegt feierlich auf einem Tisch aufgebahrt. Sie möchte noch ein Foto von ihm machen, wahrscheinlich das letzte. Als es noch lebte, hätte das Kind niemals für ein Foto stillgehalten. Sie denkt: »Ich werde jetzt die Kamera holen«, als würde sie zum Kind sagen: »Beweg' dich nicht.«

Traum

Der Friedhof

Ich habe den Schlüssel für den Friedhof und schließe das Tor auf. Die Kirche steht in der Stadt, auf einem großen umzäunten Grundstück. Nun, da das Tor offen ist, kommen viele Leute herein, um sich ins Gras zu setzen und die Sonne zu genießen.

Unterdessen sammeln Mädchen an der Straßenecke Geld für ihre Schwiegermutter, die »La Bella« gerufen wird.

Ich habe zwei Frauen beleidigt oder enttäuscht, aber inmitten einer friedlichen Menschenansammlung wiege ich den – lebenden – Jesus.

Traum

Meine Schwester und die Königin von England

Seit nunmehr fünfzig Jahren: mecker, mecker, mecker und nörgel, nörgel, nörgel. Egal, was meine Schwester auch machte, für meine Mutter war es nie gut genug, und für meinen Vater auch nicht. Sie zog nach England, um wegzukommen, und heiratete einen Engländer, und als er starb, heiratete sie einen anderen Engländer, aber das war nicht genug.

Dann wurde ihr der *Order of the British Empire* verliehen. Meine Eltern flogen nach England hinüber und beobachteten von der anderen Seite des Festsaals, wie meine Schwester allein hinausging, neben der Königin von England stehen blieb und sich mit ihr unterhielt. Sie waren beeindruckt. In einem Brief schrieb mir meine Mutter, dass kein anderer der an diesem Tag Geehrten so lange mit der Königin sprach wie meine Schwester. Es überraschte mich nicht, denn meine Schwester war schon immer eine große Rednerin, egal, bei welcher Gelegenheit. Aber als ich meine Mutter später fragte, was meine Schwester getragen habe, erinnerte sie sich nicht genau – weiße Handschuhe und so etwas wie ein Zelt, sagte sie.

Vier *Lords of Parliament* hatten in ihren Inaugurationsreden vor dem Parlament meine Schwester wegen ihres großen Einsatzes für Behinderte erwähnt, und sie behandelte, so meine Mutter, die Behinderten wie alle anderen. Sie redete mit ihren Fahrern in der gleichen Sprache, in der sie mit den Lords redete, und sie redete mit den Lords, wie sie mit den Behinderten redete. Alle liebten sie, und keinem machte es etwas aus, dass ihr Haus ein wenig schlampig war. Meine Mutter sagte, das

Haus sei immer noch schlampig und meine Schwester achte noch immer nicht auf ihre Figur, sie lade zu viele Leute ein und lasse die Butter den ganzen Tag draußen stehen, sie vertraue dem indischen Lebensmittelhändler an der Ecke, ihrem Freund, zu viel von ihren Privatangelegenheiten an und rede in einem fort, aber meine Mutter und mein Vater dachten, sie müssten den Mund halten, denn wie sollten sie ihr jetzt Vorwürfe machen, wo sie so viel Gutes getan hatte und man sie so bewunderte.

Ich bin stolz auf meine Schwester und bin glücklich, dass ihr diese Ehre zuteil geworden ist, aber ich bin auch glücklich, dass meine Mutter und mein Vater endlich für eine Weile zum Schweigen gebracht worden sind und sie eine Zeit lang in Ruhe lassen werden, obwohl ich nicht glaube, dass das lange vorhalten wird, und es tut mir leid, dass es dazu der Königin von England bedurft hatte.

Der Besuch beim Zahnarzt

Geschichte von Flaubert

Letzte Woche ging ich zum Zahnarzt und dachte, er würde mir einen Zahn ziehen. Er sagte, ich solle besser abwarten und sehen, ob der Schmerz nachlässt.

Nun, der Schmerz ließ nicht nach – ich litt Höllenqualen und hatte Fieber. Also ging ich gestern hin, um ihn mir ziehen zu lassen. Auf dem Weg zu ihm musste ich über den alten Marktplatz, auf dem man vor noch nicht allzu langer Zeit Leute hingerichtet hat. Ich erinnerte mich daran, dass ich eines Tages, im Alter von 6 oder 7 Jahren, den Platz auf dem Heimweg von der Schule nach einer Hinrichtung überquerte. Die Guillotine stand da. Auf den Pflastersteinen war frisches Blut. Der Korb wurde soeben weggebracht.

Letzte Nacht dachte ich daran, wie ich auf meinem Weg zum Zahnarzt auf den Platz getreten war und wie ich mich vor dem gefürchtet hatte, was mir bevorstand, und wie sich auch die zum Tode Verurteilten auf die gleiche Art und Weise immer vor dem gefürchtet hatten, was ihnen bevorstand, wenn sie den Platz betraten – obwohl es für sie schlimmer war.

Als ich einschlief, träumte ich von der Guillotine; und seltsamerweise träumte meine kleine Nichte, die im Stockwerk unter mir schläft, ebenfalls von einer Guillotine, obwohl ich mit ihr nicht darüber geredet hatte. Ich frage mich, ob Gedanken flüssig sind und innerhalb eines Hauses von einer Person zur anderen abwärts fließen.

Brief an einen Tiefkühlerbsen-Produzenten

Sehr geehrter Tiefkühlerbsen-Produzent,

wir schreiben Ihnen, weil wir der Meinung sind, dass die auf Ihrer Packung Tiefkühlerbsen abgebildeten Erbsen farblich höchst unattraktiv sind. Wir beziehen uns dabei auf die Halbkilo-Packung, auf der drei oder vier Schoten abgebildet sind, eine davon aufgeplatzt, so dass ein paar Erbsen neben ihr herausgerollt sind. Mit ihrem stumpfen Gelb-Grün haben die Erbsen eher die Farbe von Erbsensuppe als die von frischen Erbsen und entsprechen farblich so gar nicht den Erbsen Ihrer Packung, deren Färbung von einem frischen Dunkelgrün ist. Die abgebildeten Erbsen sind darüber hinaus etwa dreimal so groß wie die Erbsen in der Packung selbst, was sie im Zusammenspiel mit der stumpfen Farbe noch weniger ansprechend aussehen lässt – sie sehen aus, als wären sie überreif und ihrer Konsistenz nach mehlig. Darüber hinaus ist der Kontrast zwischen den von Ihnen abgebildeten Erbsen und der Farbe der Beschriftung und der übrigen Ausgestaltung Ihrer Packung, die in einem geradezu brutalen Neongrün gehalten ist, sehr wenig markant. Wir haben Ihre Darstellung der Erbsen mit jener von anderen Tiefkühlerbsenpackungen verglichen, und die Ihre ist die bei Weitem am wenigsten ansprechende. Die meisten Produzenten stellen die Nahrungsmittel auf ihren Verpackungen attraktiver dar, als es die Nahrungsmittel in der Packung sind, und führen den Käufer damit hinters Licht. Sie tun das Gegenteil: Sie stellen Ihre Erbsen irreführenderweise weniger ansprechend dar, als sie tatsächlich sind. Uns schmecken Ihre Erbsen, und wir möchten nicht, dass Ihr Geschäft Schaden leidet. Bitte überdenken Sie Ihr Design.

Mit freundlichen Grüßen.

Die Polenta

Heute Morgen haben sich auf der Unterseite des durchsichtigen Tellers, der auf einer Schüssel mit heißer, gekochter Polenta lag, Tröpfchen von Kondenswasser gebildet: Also wird auch sie auf ihre bescheidene Art und Weise aktiv.

II

Zwei Leichenbestatter

Ein Leichenbestatter, der, in Frankreich, eine Leiche auf der Autobahn nach Norden bringt, hält an einer Autobahnraststätte an, um einen mittäglichen Imbiss einzunehmen. Dort trifft er einen anderen Leichenbestatter, einen ihm bekannten Kollegen, der ebenfalls für einen mittäglichen Imbiss angehalten hat und eine Leiche nach Süden bringt. Sie beschließen, ihre Mahlzeit am gleichen Tisch einzunehmen.

Diese Begegnung zweier Berufskollegen wird von Roland Barthes beobachtet. Es ist seine eigene verstorbene Mutter, die in den Süden gebracht wird. Er beobachtet das von einem anderen Tisch, an dem er mit seiner Schwester sitzt. Seine Mutter, versteht sich, liegt draußen im Leichenwagen.

Ich erkundige mich bei Mary nach ihrem Freund, dem Depressiven, und seinem Urlaub

Im einen Jahr sagt sie:
»Er ist in die Badlands gefahren.«

Nächstes Jahr sagt sie:
»Er ist in die Black Hills gefahren.«

Die Magie der Eisenbahn

Daran, wie sie von hinten aussehen, als wir sie dabei beobachten, wie sie von uns weg- und an dem Eisenbahnwaggon entlanggehen, vorbei an den offenen Türen der Toiletten, durch die Schiebetüren am Ende und in einen anderen Teil des Zugs, können wir das Alter dieser beiden Frauen aufgrund ihrer Hinteransicht und der engen schwarzen Jeans, ihrer Plateauabsätze, ihrer im Schichtenlook übereinander getragenen knappen Pullis und Jeansjacken, des üppigen offenen, langen schwarzen Haares, und der Art, wie sie dahinschreiten, auf zwischen achtzehn und zweiundzwanzig Jahre schätzen. Aber als sie nach kurzer Zeit von ihrem Ausflug durch den Zug bis zu einem eigentümlichen und magischen Teilstück weiter oben aus der entgegengesetzten Richtung wieder zurückkommen – noch immer schreiten sie dahin –, da können wir nun ihre Gesichter sehen, blass, ausgezehrt, mit lila Schatten unter den Augen, schlaffen Wangen, eigentümlichen Muttermalen hier und da, Lachfältchen, Krähenfüßen, obwohl die beiden ein klein wenig lächeln, freundlich, und wir sehen, dass sie, unter dem magischen Einfluss der Eisenbahn, in der Zwischenzeit zwanzig Jahre älter geworden sind.

Alleine Fisch essen

Für gewöhnlich esse ich Fisch ganz alleine. Bei mir daheim esse ich nur dann Fisch, wenn außer mir niemand im Haus ist – wegen des starken Geruchs. Ich bin allein mit Sardinen auf Weißbrot, mit Majonäse und grünem Salat, allein mit geräuchertem Lachs auf gebuttertem Roggenbrot, oder mit Thunfisch und Sardellen in einem Salade Niçoise, oder mit Dosenlachs-Sandwich mit Salat oder manchmal in Butter sautierten Lachsfrikadellen.

Auch wenn ich auswärts esse, bestelle ich für gewöhnlich Fisch. Ich bestelle ihn, weil er mir schmeckt und weil es kein Fleisch ist, denn das esse ich selten, oder Pasta, die gewöhnlich zu üppig ist, oder ein vegetarisches Gericht, das ich wahrscheinlich nur allzu gut kenne. Ich habe ein Buch bei mir, obwohl das Licht über dem Tisch zum Lesen oft nicht optimal ist und weil ich zu abgelenkt bin, um zu lesen. Ich versuche einen Tisch mit gutem Licht zu finden, bestelle mir dann ein Glas Wein und hole mein Buch heraus. Ich möchte mein Glas Wein immer auf der Stelle haben und warte schon mit großer Ungeduld darauf. Wenn es kommt und ich zum ersten Mal daran nippe, lege ich das Buch neben meinen Teller und studiere die Speisekarte, und jedes Mal visiere ich ein Fischgericht an.

Ich liebe Fisch, aber viele Fische sollte man nicht mehr essen, und es ist eine schwierige Entscheidung geworden, welchen Fisch ich essen darf. In meiner Brieftasche trage ich einen kleinen Folder, den die *Audubon Society* herausgegeben hat und der empfiehlt, welche Fische ich vermeiden und welche ich mit Vorsicht genießen soll und welche ich bedenkenlos essen kann. Beim Essen in Gesellschaft anderer Leute hole ich diese Liste nicht aus der Brieftasche, weil es nicht eben lustig ist, mit einer Frau zu Abend zu essen, die vor ihrer Bestellung eine solche Liste aus der Brieftasche zieht. Ich muss mich einfach ohne sie begnügen, obwohl ich mich gewöhnlich nur daran erinnern kann, dass ich keinen Zucht- oder Wildlachs essen soll, ausgenommen Wildlachs aus Alaska, der nie auf der Speisekarte steht.

Wenn ich aber alleine bin, hole ich meine Liste heraus. Kein Mensch an einem der Nebentische wird auf die Idee verfallen, es sei diese Liste, die ich da durchsehe. Die Schwierigkeit ist die, dass man die meisten Fische auf der Speisekarte eines Restaurants nicht ohne Bedenken essen kann. Da gibt es Fische, die man überhaupt nicht essen darf, unter keinen Umständen, und andere, die man nur essen darf, wenn sie aus der entsprechenden Gegend kommen und die Fangpraktiken korrekt sind. Ich frage die Kellnerin nicht, wie man den Fisch gefangen hat, aber ich frage oft, woher der Fisch kommt. Gewöhnlich weiß sie das nicht. Das heißt, dass sie an diesem Abend niemand sonst gefragt hat – entweder weil niemand sonst daran interessiert ist, oder aber weil ein Teil nicht daran interessiert ist und der andere Teil die Antwort bereits kennt. Wenn die Kellnerin die Antwort nicht weiß, verschwindet sie und erkundigt sich beim Küchenchef und kommt danach mit einer Antwort zurück, die in der Regel allerdings nicht die ist, die ich erhofft hatte.

Ich habe einmal eine völlig sinnlose Frage den Heilbutt betreffend gestellt. Ich begriff nicht, wie sinnlos sie war, bis die Kellnerin gegangen war, um sich beim Küchenchef zu erkundigen. Der Heilbutt aus dem Pazifik ist gut, der aus dem Altantik nicht. Obwohl ich an der Atlantikküste lebe, beziehungsweise in Küstennähe, fragte ich sie, woher der Heilbutt komme, so als hätte ich vergessen, wie groß die Entfernung zum Pazifik war, oder als würde der Heilbutt bloß aus gesundheitlichen Gründen oder wegen guter Fangpraktiken den ganzen Weg von der pazifischen Küste zum Atlantik transportiert. Der Zufall wollte es, dass in dem Restaurant viel los war und sie darauf vergaß, den Küchenchef zu fragen, und bis sie wiederkam, hatte ich den Entschluss gefasst, nicht den Heilbutt zu bestellen, sondern vielmehr Jakobsmuscheln. Jakobsmuscheln, hieß es auf meiner Liste, müsse man weder vermeiden, noch sollte man sie unbedacht essen, sondern mit Vorsicht genießen. Ich wusste nicht, was Vorsicht im Kontext eines Restaurants bedeuten sollte, es sei denn, dass man der Kellnerin und dem Küchenchef ein paar Fragen mehr stellen sollte als üblich. Aber da man sogar schon auf einfache Fragen oft keine sehr befriedigenden Antworten erhielt, erwartete ich mir keine befriedigenden Antworten auf detaillierte Fragen. Darüber hinaus wusste ich, dass weder die Kellnerin noch der Küchenchef die Zeit für detaillierte Fragen hatten. Sicherlich würde weder die Kellnerin noch der Küchenchef, wenn Jakobsmuscheln auf der Speisekarte standen, erklären, diese seien vom Aussterben bedroht oder nicht in Ordnung, und mir abraten, welche zu essen. Ich bestellte und aß sie, und sie waren in Ordnung, obwohl ich mich ein wenig unbehaglich fühlte und mich fragte, ob sie wohl richtig gefangen worden waren oder irgendwelche toxische Substanzen enthielten.

Wenn ich alleine esse, habe ich keinen Gesprächspartner und bin mit nichts als mit Essen und Trinken beschäftigt, weshalb ich bei jedem einzelnen Bissen und jedem einzelnen Schluck ein wenig übervorsichtig bin. Immerzu denke ich: Zeit für den nächsten Bissen, oder: Mach langsam, das Essen ist fast schon weg, die Mahlzeit wird gleich vorbei sein. Ich versuche in meinem Buch zu lesen, um etwas Zeit vor dem nächsten Bissen oder dem nächsten Schluck verstreichen zu lassen. Aber ich erfasse kaum, was auf der Seite steht, weil ich immer nur so wenig in einem Zug lese. Auch werde ich durch die anderen Personen im Raum abgelenkt. Ich beobachte die Kellner und Kellnerinnen und andere Gäste gerne ganz genau, auch wenn sie nicht wirklich interessant sind.

Häufig steht der Fisch auf der Speisekarte des Restaurants nicht auf meiner Liste. In einem sehr guten französischen Restaurant in der Nähe meiner Wohnung hat man eines Abends Steinbutt in Champagner-Sauce angeboten, aber das stand nicht auf meiner Liste. Ich hätte ihn wählen können, aber der Kellner erklärte, es sei ein sehr zart schmeckender Fisch, und so dachte ich, er schmecke wohl nicht nach viel. Außerdem wurde er in einer Käsekruste serviert. Ich sagte, die Kruste sei meiner Meinung nach zu fett. Der Kellner sagte, die Kruste sei sehr dünn. Trotzdem entschied ich mich dagegen. Es gab noch andere Fische auf der Speisekarte: einen Red Snapper, von dem mir meine Liste abriet; Kabeljau vom Atlantik, eine gefährdete Spezies; und Lachs, aber kein Wildlachs aus Alaska. Ich ließ den Fisch sein und bestellte die Spezialität des Hauses, einen Teller mit diversem Gemüse, und es kamen dann kleine Portionen unterschiedlicher Arten von Gemüse, inklusive Fenchelknollen, im Uhrzeigersinn um ein wunderschönes goldbraunes Kartoffelplätzchen herum angeordnet. Die verschiedenen Aromen des Gemüses waren eine unerwartete Gaumenfreude, obwohl es sich in der Mehrzahl um Wurzelgemüse handelte – nicht bloß Möhren und Kartoffeln, sondern auch sautierter Rettich, Steckrüben und Pastinaken.

Das Restaurant gehörte einem Paar aus Frankreich. Die Frau begrüßte die Gäste und überwachte den Service, und der Mann kochte. Als ich an diesem Abend aus dem Restaurant ging, kam ich auf dem Weg zum Parkplatz an den Fenstern zur Küche vorbei. Sie war hell erleuchtet, und ich hielt inne, um einen Blick hineinzuwerfen. Der Koch war allein. Er war in weiß und trug seine Kochhaube; er war schlank und eifrig über seinen Hackstock gebeugt. Soweit ich das aus der Entfernung ausmachen konnte, waren seine Gesichtszüge fein modelliert und filigran, sein Gesichtsausdruck konzentriert. Während ich ihm zusah, legte er seinen Kopf ein wenig nach hinten und warf einen Happen schwungvoll in seinen Mund und unterbrach seine Arbeit, um ihn auf der Zunge zergehen zu lassen. Ein jüngerer Mann kam von der linken Seite herein und trug ein Tablett mit irgendwas drauf, setzte es ab und ging wieder hinaus. Er schien mit dem Kochen nichts zu tun zu haben. Der Küchenchef war wieder alleine. Ich hatte noch nie einem richtigen Küchenchef bei der Arbeit zugeschaut und hätte nie gedacht, dass ein Koch ganz allein in seiner Küche arbeitet. Ich hätte ihm noch lange zusehen können, aber ich hatte das Gefühl, es wäre indiskret zu bleiben, und ging weg.

Das letzte Mal, dass ich alleine aß, war in einem Restaurant, für das ich mich aus Mangel an Alternativen entschieden hatte. Es war weit draußen auf dem Land und war das einzige, das offen hatte. Ich glaubte nicht, es würde gut sein. Im Eingangsbereich befand sich eine laute, sehr beliebte Bar. Diesmal bestellte ich ein Bier und warf einen Blick auf die Speisekarte. Das Fischgericht des Tages war Schwertfisch. Ich versuchte mich zu erinnern, was Schwertfisch war. Schwertfisch war mir schon lange nicht mehr eingefallen. Dann hatte ich vor Augen, wie der Fisch durch die Luft segelte, mit seiner großen Rückenflosse, und ich war mir fast sicher, dass er bei Sportfischern beliebt war, aber ich hatte keine Vorstellung, wie er schmecken würde. Er stand nicht auf meiner Liste, aber ich bestellte ihn nichtsdestoweniger. Da er meines Wissens nicht auf der schwarzen Liste war, bestand die Chance, dass er in Ordnung war. Und selbst wenn er nicht in Ordnung war, so konnte ich mir selbstverständlich dann und wann trotzdem einen Fisch genehmigen, den ich nicht essen sollte.

Als mir die Kellnerin den Fisch brachte, überbrachte sie mir eine Mitteilung vom Küchenchef, der erfahren wollte, wie mir der Fisch geschmeckt habe. Es sei ein so wunderbares Steak, sagte er. Ich war von seinem Enthusiasmus beeindruckt und aß aufmerksamer als sonst. Der Koch hatte vermutlich Zeit für sein Interesse an dem Schwertfisch-Steak, weil es ein Montagabend und nur noch ein weiterer Tisch im großen Speisesaal besetzt war, obwohl noch ein paar Leute mehr hereinkamen, während ich beim Essen war. Selbst an der Bar waren bloß zwei Gäste, zwei kleine alte Männer in karierten Flanellhemden. Aber wegen des lauten Fernsehers und des Gelächters der Kellnerin hinter der Bar, die auch die Besitzerin und Frau des Kochs war, war es dennoch lärmig.
Der Schwertfisch war gut, wenn auch ein wenig zäh. Als die Kellnerin vorbeikam und nachsah, ob er mir schmeckte, erwähnte ich nicht, dass er zäh war. Ich sagte, er sei sehr gut und dass ich die Kräuter in der Sauce delikat fände. An einem Punkt, während ich – diesmal ohne zu lesen – langsam weiter aß, kam der Koch aus der Küche hinten zum Vorschein. Er war ein großer Mann mit leicht gebeugten Schultern. Er ging zur Bar, genehmigte sich einen Drink und redete ein paar Worte mit seiner Frau und den alten Männern und machte wieder kehrt. Bevor er durch die Schwingtüre ging, drehte er sich einen Moment um, um quer durch den Speisesaal einen Blick in meine Richtung zu werfen, zweifellos um zu sehen, wer sein wunderbares Schwertfisch-Steak aß. Ich erwiderte seinen Blick. Ich hätte ihm gewinkt, aber bevor mir noch der Gedanken gekommen war, war er wieder durch die Tür verschwunden.
Die Portion auf meinem Teller, das Schwertfisch-Steak mit den gebackenen Kartoffeln und dem Gemüse, war generös, und ich konnte nicht alles aufessen. Ich aß zumindest das ganze Gemüse, zarte Scheiben leicht sautierter Zucchini mit dünnen

Streifen rotem Paprika und Kräutern, und bat die Kellnerin, den Rest für mich einzupacken, um ihn mit nach Hause zu nehmen. Sie war beunruhigt; ich hatte nur den halben Fisch gegessen. »Aber geschmeckt hat er Ihnen doch?« fragte sie. Sie war jung. Ich hielt sie für die Tochter des Küchenchefs und der Kellnerin an der Bar. Ich bejahte nachdrücklich. Nun war ich beunruhigt: Der Chef glaubte vielleicht nicht, dass mir der Fisch wirklich geschmeckt hatte, obwohl es so war. Ich hatte dazu nichts mehr zu sagen, aber als ich meine Rechnung bezahlte, sagte ich der Kellnerin, dass mir das Gemüse wirklich geschmeckt habe. »Die meisten essen das nicht«, sagte sie trocken. Ich dachte, was für eine Verschwendung das sei und mit welcher Mühe der Küchenchef immer wieder das Gemüse zubereitete, das keiner aß. Ich zumindest hatte sein Gemüse gegessen, und er wusste nun, dass es mir geschmeckt hatte. Aber es tat mir Leid, dass ich nicht seinen ganzen Schwertfisch gegessen hatte. Ich hätte es tun können.

Kanns nicht und wills nicht

Unlängst erkannte man mir einen Literaturpreis nicht zu, weil man behauptete, ich sei *faul*. Mit *faul* meinte man, dass ich zu viele Schmelzworte verwendete: So schriebe ich zum Beispiel die Wörter *kann es nicht* und *will es nicht* nicht aus, sondern zöge sie zusammen zu *kanns nicht* und *wills nicht*.

Pouchets Frau

Geschichte von Flaubert

Morgen fahre ich nach Rouen zu einem Begräbnis. Madame Pouchet, die Frau eines Arztes, starb vorgestern auf der Straße. Sie ritt auf dem Pferd neben ihrem Mann; sie erlitt einen Schlaganfall und fiel vom Pferd. Man hat mir gesagt, ich hätte nicht viel Mitgefühl für andere Leute, aber in diesem Falle bin ich sehr traurig. Pouchet ist ein guter Mensch, wenn auch vollständig taub und von Natur aus nicht sehr fröhlich. Er hat keine Patienten, sondern arbeitet in der Zoologie. Seine Frau war eine hübsche Engländerin mit angenehmem Auftreten und half ihm sehr bei seiner Arbeit. Sie fertigte Zeichnungen für ihn an und las seine Korrekturfahnen; sie gingen zusammen auf Reisen; sie war eine richtige *Gefährtin.* Er liebte sie sehr, und der Verlust wird verheerend für ihn sein. Louis wohnt ihnen gegenüber, auf der anderen Straßenseite. Zufällig sah er die Kutsche, die sie nach Hause brachte, und den Sohn, der sie heraushob; über ihrem Gesicht lag ein Taschentuch. Gerade als sie, Füße voran, einfach so ins Haus getragen wurde, kam ein Laufbursche daher. Er lieferte einen großen Blumenstrauß ab, den sie am Morgen bestellt hatte. Oh Shakespeare!

Dinner

Ich liege noch im Bett, als Freunde von uns zum Abendessen ins Haus kommen. Mein Bett steht in der Küche. Ich stehe auf, um nachzusehen, was ich für sie kochen könnte. Im Kühlschrank finde ich drei oder vier Pakete Hamburger, manche schon angebrochen, andere noch ganz. Ich denke, ich könnte alle Hamburger zusammentun und einen Hackbraten draus machen. Das würde eine Stunde brauchen, aber etwas Anderes fällt mir nicht ein. Ich lege mich wieder eine Weile ins Bett, um zu überlegen.

Traum

Der Hund

Wir sind im Begriff, ein Haus mit großem Blumengarten und Springbrunnen zu räumen. Ich blicke aus dem Autofenster und sehe in der Zufahrt zu einer Art Schuppen unseren Hund auf einer fahrbaren Tragbahre liegen. Er hat uns den Rücken zugekehrt. Er liegt still da. Auf seinem Nacken liegen zwei Schnittblumen, eine rot und eine weiß. Ich blicke weg und wieder hin – ich möchte ihn ein allerletztes Mal sehen. Aber die Zufahrt zum Schuppen ist leer. In diesem einen Augenblick ist er verschwunden: einen Augenblick zu früh haben sie ihn weggekarrt.

Traum

Die Großmutter

Jemand ist mit einer großen Pfirsich-Tarte zu meinem Haus gekommen. Er hat auch ein paar andere Leute mitgebracht, einschließlich einer alten Frau, die sich über den Kies beklagt und danach mit viel Mühe ins Haus getragen wird. Bei Tisch lässt sie im Gespräch mit einem Mann die Bemerkung fallen, dass sie seine Zähne hübsch finde. Ein anderer Mann schreit ihr immer wieder ins Gesicht, aber sie hat keine Angst, sondern wirft ihm bloß vernichtende Blicke zu. Zuhause stellt sich später heraus, dass sie beim Verzehr von Cashew-Nüssen aus einer Schale auch ihre Hörhilfe mitgegessen hat. Obwohl sie fast zwei Stunden lang auf ihr herumgekaut hatte, war es ihr nicht gelungen, sie so zu zerkleinern, dass sie sie schlucken konnte. Als sie schlafen ging, spuckte sie sie in die Hand ihres Pflegers und erklärte ihm, diese Nuss sei schlecht.

Traum

Die grässlichen Mucamas

Es handelt sich um zwei sture und widerspenstige Bolivianerinnen. Sie sind renitent und sabotieren, wo es nur geht.
Wir übernahmen sie mit dem Apartment, das wir untervermieten. Wegen Adelas niedrigem IQ waren sie ein Schnäppchen. Sie ist schwachsinnig.
Anfangs sagte ich zu ihnen: *Ich bin sehr froh, dass ihr bleiben könnt, und ich bin sicher, dass wir gut miteinander auskommen werden.*

Im Folgenden ein Beispiel für unsere Probleme. Es handelt sich um einen bezeichnenden Vorfall aus jüngster Zeit. Ich musste ein Stück Zwirn abschneiden und konnte meine Fünfzehn-Zentimeter-Schere nicht finden. Ich wandte mich an Adela und erklärte ihr, dass ich meine Schere nicht finden könne. Sie protestierte und sagte, sie hätte sie nicht gesehen. Ich ging mit ihr in die Küche und bat Luisa, meinen Zwirn abzuschneiden. Sie fragte mich, warum ich ihn nicht einfach abbisse. Ich sagte, wenn ich ihn abbiss, könnte ich ihn nicht einfädeln. Ich bat sie, sie möge doch – jetzt, bitte – eine Schere holen, um ihn abzuschneiden. Sie befahl Adela, die Schere von la Señora Brodie zu holen, und ich ging mit ihr ins Arbeitszimmer, um zu sehen, wo sie sie aufbewahrten. Sie holte sie aus einer Schachtel. Gleichzeitig bemerkte ich, dass von der Schachtel ein langes zerfasertes Stück Faden weghing, und fragte sie, warum sie das ausgefranste Ende nicht abschnitt, wo sie die Schere doch gerade bei der Hand hätte. Sie schrie, das sei unmöglich. Den Faden konnte man eines Tages vielleicht brauchen, um die Schachtel zusammenzubinden. Ich gebe zu, dass ich lachte. Dann nahm ich ihr die Schere weg und schnitt ihn selbst ab. Adela kreischte auf. Ihre Mutter tauchte hinter ihr auf. Ich lachte wieder, und nun kreischten beide. Dann waren sie still.

Ich habe zu ihnen gesagt: *Das Brot bitte nicht toasten, bis wir das Frühstück verlangen. Wir mögen den Toast nicht so knusprig wie die Engländer.*

Ich habe zu ihnen gesagt: *Bitte, wenn ich morgens läute, sofort unser Mineralwasser bringen. Danach das Brot toasten und gleichzeitig frischen Kaffee mit Milch zubereiten. Wir bevorzugen »Franja Blanca« oder »Cinta Azul« von Bonafide.*

Mein Ton mit Luisa war freundlich, als sie vor dem Frühstück mit dem Mineralwasser hereinkam. Aber als ich sie wegen der Toasts erinnerte, überfiel sie mich mit einer Tirade – wie ich nur denken könnte, dass sie den Toast jemals kalt oder hart werden lassen könnte? Er ist aber beinahe immer kalt und hart.

Wir haben zu ihnen gesagt: *Für uns bitte immer Las-Tres-Niñas- oder Germa-Milch von Kasdorf kaufen.*

Normal sprechen kann Adela nicht – sie schreit. Ich habe sie gebeten, sie möge leise sprechen und »Señora« sagen, aber sie tut es nie. Sie reden auch in der Küche sehr laut miteinander.

Oft habe ich noch keine drei Worte gesagt, und schon schreit mich Adela an: *Si … si, si, si …!* – und geht aus dem Zimmer. Ehrlich, ich glaube nicht, dass ich das durchstehe.

Ich sage zu Luisa: *Nicht mich unterbrechen!* Ich sage: *No me interrumpe!*

Das Problem ist nicht, dass Adela nicht hart genug arbeitet. Aber sie kommt mit einer Nachricht von ihrer Mutter in mein Zimmer: Sie erklärt mir, dass das Essen, das ich bestellt habe, unmöglich zu machen sei, und dabei wackelt ihr Finger hin und her und sie brüllt in voller Lautstärke.

Beide, Mutter und Tochter, sind so eigensinnige, knallharte Frauen. Manchmal denke ich, das sind die reinsten Barbaren.

Ich habe zu Adela gesagt: *Wenn nötig, die Diele sauber machen, aber den Staubsauger nicht öfter als zweimal die Woche verwenden.*
Letzte Woche weigerte sie sich rundheraus, den Staubsauger aus dem Hausflur beim Eingang zu holen – gerade als wir den Besuch des Rektors von Patagonien erwarteten.

Sie haben so einen Sinn für Privilegien und dafür, wem was gehört.

Ich habe sie ersucht: *Hört erst einmal zu, was ich zu sagen habe!*

Ich habe ihnen meine Unterwäsche zum Waschen hinausgebracht. Luisa sagte sofort, es sei zu schwierig, einen Hüfthalter mit der Hand zu waschen. Ich war nicht dieser Meinung, wollte aber nicht streiten.

Adela weigert sich, am Vormittag neben dem Hausputz noch andere Arbeiten zu übernehmen.

Ich sage zu ihnen: *Wir sind eine kleine Familie. Wir haben keine Kinder.*

Wenn ich zu ihnen gehe, um mich zu erkundigen, was mit den Aufträgen ist, die ich ihnen gegeben habe, stelle ich für gewöhnlich fest, dass sie mit ihren eigenen Angelegenheiten beschäftigt sind – damit, ihre Pullis zu waschen oder zu telefonieren.
Die Bügelwäsche ist nie rechtzeitig fertig.

Heute habe ich beide daran erinnert, dass meine Unterwäsche zu waschen ist. Keine Reaktion. Ich musste mein Unterkleid schlussendlich selbst waschen.

Ich sage zu ihnen: *Wir haben bemerkt, dass ihr euch mehr Mühe gebt, vor allem auch, dass ihr unsere Wäsche jetzt schneller erledigt.*

Ich habe Adela gebeten: *Bitte den Kehricht und das Putzzeug nicht in der Diele lassen.*
Ich habe sie gebeten: *Bitte den Abfall einsammeln und sofort in den Heizungsofen tun.*

Heute habe ich zu Adela gesagt, dass ich sie bei mir in der Küche brauche, aber sie ging ins Zimmer ihrer Mutter, kam mit ihrem Pulli heraus und ging einfach aus dem Haus. Es stellte sich heraus, dass sie grünen Salat einkaufte – für sie beide, nicht für uns.
Bei jeder Mahlzeit versucht sie sich abzusetzen.

Als ich heute morgen durch das Esszimmer ging, versuchte ich wie immer, mit Adela ein paar freundliche Worte zu wechseln. Aber ich hatte noch keine zwei Worte gesagt, und schon schnappte sie zurück und erklärte, dass sie beim Tischdecken für nichts anderes Zeit habe.

Adela rennt aus der Küche ins Esszimmer, sogar wenn wir Gäste haben, und schreit: *Telefon für Sie in Ihrem Zimmer.*

Obwohl ich sie ersucht habe, in freundlichem Ton zu sprechen, tut sie es nie. Heute kam sie aus der Küche ins Esszimmer gerannt und sagte: *Telefon für Sie!*, und zeigte mit dem Finger auf mich. Später verfuhr sie mit unserem Mittagsgast, einem Professor, ebenso.

Ich sage zu Luisa: *Ich möchte gerne das Programm für die nächsten Tage durchgehen. Heute Mittag möchte ich bloß ein Sandwich und Obst. Aber el señor hätte gerne einen heilkräftigen Tee.*
Morgen hätten wir gerne um sechs Uhr hart gekochte Eier und Sardinen und dazu einen kraftvollen Tee; zuhause wollen wir dann nichts mehr essen.
Mindestens einmal am Tag möchten wir gedünstetes Gemüse. Wir mögen Salate, aber wir mögen auch gedünstetes Gemüse. Es kann vorkommen, dass wir bei ein und derselben Mahlzeit sowohl Salat essen als auch gedünstetes Gemüse.
Zu Mittag brauchen wir kein Fleisch, ausgenommen zu besonderen Gelegenheiten. Omelettes – eventuell mit Käse oder Tomaten – mögen wir sehr.
Bitte die gebackenen Kartoffeln servieren, sofort nachdem sie aus dem Backrohr gekommen sind.

Zwei Wochen lang hatten wir als Abschluss unserer Mahlzeiten ausschließlich Obst. Ich bat Luisa um ein Dessert. Sie brachte mir ein paar Crêpes mit Apfelmus. Sie schmeckten gut, waren aber ziemlich kalt. Heute brachte sie uns wieder Obst.

Ich sagte zu ihr: *Luisa, man kann nicht behaupten, meine Anweisungen seien »kapriziös und unlogisch«.*

Luisa ist emotional und primitiv. Ihre Stimmungen wechseln rasch. Sie fühlt sich immer gleich beleidigt und kann rabiat werden. Sie ist so furchtbar stolz.
Adela ist einfach wild und brutal, eine Wilde mit nichts als Stroh im Kopf.

Ich sage zu Luisa: *Unser Gast, Señor Flanders, hat noch nie den Park besichtigt. Er möchte sich gern ein paar Stunden dort aufhalten. Könntest du für ihn ein paar Sandwiches mit kaltem Fleisch machen und sie ihm mitgeben? Heute ist sein letzter Sonntag bei uns.*
Dieses eine Mal legt sie keinen Protest ein.

Wenn Adela den Tisch deckt, knallt sie jedes Stück einzeln hin.

Ich sage zu Luisa: *Ich hätte gerne, dass Adela die Kerzenleuchter poliert. Wir möchten sie heute Abend auf dem Tisch stehen haben.*

Ich läute die Tischglocke, und sofort gibt es in der Küche lautes Getöse.

Ich habe zu ihnen gesagt: *Wir möchten während der Cocktails und des Essens nicht diesen Lärm aus der Küche.* Aber wieder schlagen sie aufeinander ein und kreischen.

Wenn wir während des Essens um etwas bitten, kommt Adela aus der Küche und sagt: *Gibt es nicht.*

Es ist alles so nervenaufreibend. Manchmal bin ich schon nach dem ersten Versuch, mit ihr zu reden, fix und fertig.

Luisa, sage ich, *ich möchte sichergehen, dass wir einander verstehen. Du kannst nicht während des Abendessens in der Küche das*

Radio laufen lassen. Außerdem gibt es in der Küche ein riesiges Geschrei. Wir wünschen uns ein bisschen Frieden im Haus.

Wir glauben nicht, dass sie ernsthaft versuchen, es uns recht zu machen.

Adela entfernt manchmal die Tischglocke vom Esstisch und stellt sie nicht mehr zurück. Dann kann ich während des Essens nicht nach ihr läuten, sondern muss aus dem Esszimmer laut in die Küche rufen oder auf das, was ich brauche, verzichten oder selbst die Glocke holen, damit ich läuten kann. Ich frage mich: Tut sie die Glocke absichtlich nicht auf den Tisch zurück?

Ich gebe ihnen im Voraus Anweisungen: *Für die Party brauchen wir Tomatensaft, Orangensaft und Coca Cola.*

Ich sage zu ihr: *Adela, deine Aufgabe ist es, die Türe zu öffnen und die Mäntel abzunehmen. Wenn die Damen danach fragen, zeigst du ihnen, wo die Toilette ist.*

Ich frage Luisa: *Weißt du, wie man Empanadas auf bolivianische Art zubereitet?*

Wir hätten gerne, dass die beiden *immer* Uniform tragen.

Ich sage zu Adela: *Eine Bitte: Ich hätte gerne, dass du zwischen den Gästen regelmäßig Teller mit frisch zubereiteten Hors d'œuvres herumgehen lässt.*
Wenn die Teller nicht mehr appetitlich aussehen, bring sie bitte wieder zurück in die Küche und stelle frische bereit.
Ich sage zu ihr: *Adela, eine Bitte: Ich möchte, dass immer saubere Gläser auf dem Tisch stehen, und dazu Eis und Soda.*
Ich habe zu ihr gesagt: *Bitte, lege immer ein Handtuch auf die Ablage über dem Bidet.*

Ich sage zu ihr: *Sind genug Vasen da? Kannst du sie mir zeigen? Ich möchte ein paar Blumen kaufen.*

Hier noch ein paar Details der schweigenden Kriegsführung: Ich bemerke, dass Adela auf dem Boden neben dem Bett eine lange Schnur liegen ließ. Sie ist mit dem Abfallkorb verschwunden. Ich weiß nicht, ob sie mich auf die Probe stellt. Meint sie vielleicht, ich sei zu lammfromm oder zu ignorant, um von ihr zu verlangen, dass sie sie aufhebt? Aber sie ist verkühlt und sie ist nicht eben sehr helle, und wenn sie die Schnur tatsächlich nicht bemerkt hat, möchte ich daraus keine große Affäre machen. Letztendlich beschließe ich, die Schnur selbst aufzuheben.

Wir leiden unter der Brutalität und Mitleidlosigkeit ihrer Rache.

Am Hemdkragen meines Mannes fehlte ein Knopf. Ich brachte das Hemd zu Adela. Sie wackelte mit dem Finger und sagte nein. Sie sagte, la Señora Brodie habe immer alles zum Schneider gebracht, wenn etwas auszubessern war.
Selbst einen Knopf? fragte ich. Gab es in dem Haus keine Knöpfe?
Sie sagte, es habe im Haus keine Knöpfe gegeben.

Ich sagte zu Luisa, sie könnten sonntags, schon vor dem Frühstück, ausgehen. Sie schrie mich an, sie wollten nicht ausgehen, und fragte, wohin sie denn sollten?
Ich sagte, sie könnten gerne ausgehen, aber, sollten sie nicht ausgehen, dann würden wir erwarten, dass sie uns etwas servieren, sei's auch bloß etwas Einfaches. Sie sagte ja, aber nur am Morgen, nicht am Nachmittag. Sie sagte, dass ihre beiden älteren Töchter sie sonntags immer besuchen kämen.

Ich brachte den Morgen damit zu, Luisa einen langen Brief zu schreiben, aber ich beschloss, ihn ihr nicht zu geben.
In dem Brief schrieb ich ihr: *Ich habe in meinem Leben viele Dienstmädchen angestellt.*
Ich habe ihr geschrieben, dass ich glaube, ich sei eine rücksichtsvolle, großzügige und faire Arbeitgeberin.
Ich schrieb ihr, ich sei überzeugt, alles werde klappen, sobald sie die Situation akzeptiere, so wie sie eben ist.

Wenn sie ihre Einstellung grundsätzlich ändern würden, würden wir ihnen gerne helfen. Wir würden beispielsweise auf unsere Kosten Adelas Zähne herrichten lassen. Sie schämt sich so wegen ihrer Zähne
Aber bisher hat es noch keine grundsätzliche Änderung in ihrer Einstellung gegeben.

Wir halten es auch für möglich, dass Verwandte heimlich bei ihnen hinter der Küche wohnen.

Ich lerne und übe einen Satz, den ich an Luisa austesten will, obwohl er vielleicht hoffnungsvoller klingt, als mir zumute ist: *Con el correr del tiempo, todo se solucionará.*

Aber sie werfen uns so finstere indianische Blicke zu!

Umkehrbare Geschichte

Notwendige Ausgabe

Vor dem Nachbarhaus fährt ein Betonmischer vor und wieder weg. Mr. Und Mrs. Charray modernisieren ihren Weinkeller. Wenn sie den Keller optimieren, zahlen sie weniger für die Feuerversicherung. Im Augenblick ist ihre Feuerversicherung sehr teuer. Der Grund dafür liegt in den tausenden Flaschen sehr guten Weins, die ihnen gehören. Sie haben sehr guten Wein und ein paar gute Bilder, aber ihr Geschmack für Kleidung und Möbel ist absolut untermittelklassig.

Ausgabe notwendig

Der Geschmack der Charrys für Kleidung und Möbel ist trist und absolut untermittelklassig. Sie haben allerdings einige gute Bilder in ihrem Besitz, darunter viele von kanadischen und amerikanischen Gegenwartskünstlern. Sie besitzen auch einigen guten Wein. In Wahrheit besitzen sie tausende Flaschen sehr guten Weins. Aus diesem Grund ist ihre Feuerversicherung sehr teuer. Wenn sie aber ihren Weinkeller vergrößern und auch sonst optimieren, wird die Feuerversicherung weniger teuer. Und das tun sie: Soeben ist vor ihrem Haus nebenan eine Betonmischmaschine vor- und wieder weggefahren.

Eine Frau, Alter dreißig

Eine Frau, Alter dreißig, will nicht aus dem Haus ihrer Kindheit ausziehen.
Weshalb soll ich von zuhause ausziehen? Es sind meine Eltern. Sie lieben mich. Weshalb sollte ich weg und einen Mann heiraten, der mit mir streiten und mich anschreien wird?
Trotzdem zieht sich die Frau gerne vor dem Fenster aus. Sie wünscht sich, dass irgendein Mann sie zumindest ansieht.

Woher ich weiß, woran ich Gefallen finde (sechs Versionen)

Sie findet daran Gefallen. Sie ist mein Fall. Deshalb könnte es mir gefallen.
Sie ist mein Fall. Sie findet Gefallen an Dingen, die mir gefallen. Sie findet Gefallen daran. Also könnte es mir gefallen.
Ich finde Gefallen daran. Ich zeige es ihr. Sie findet Gefallen daran. Sie ist mein Fall. Deshalb könnte es sein, dass ich wirklich Gefallen daran finde.
Ich glaube, ich finde Gefallen daran. Ich zeige es ihr. Sie findet Gefallen daran. Sie ist mein Fall. Deshalb könnte es sein, dass ich wirklich Gefallen daran finde.
Ich glaube, ich finde Gefallen daran. Ich zeige es ihr. (Sie ist mein Fall. Sie findet an den Dingen Gefallen, die mir gefallen.) Sie findet Gefallen daran. Also könnte es mir wirklich gefallen.
Ich finde Gefallen daran. Ich zeige es ihr. Sie findet Gefallen daran (Sie sagt, das andere sei »schlichtweg schrecklich.«) Sie ist mein Fall. Sie findet Gefallen an den Dingen, die mir gefallen. Also könnte es mir wirklich gefallen.

Händel

Ich habe ein Problem in meiner Ehe, nämlich, dass ich Georg Friedrich Händel einfach nicht so gerne mag wie mein Mann. Das ist eine richtige Schranke zwischen uns. Ich beneide beispielsweise ein Paar aus unserer Bekanntschaft, die beide Händel so sehr lieben, dass sie manchmal bis nach Texas fliegen, bloß um einen bestimmten Tenor eine Rolle in einer seiner Opern singen zu hören. Inzwischen haben sie auch eine weitere Freundin zu einer Händel-Liebhaberin gemacht. Ich bin überrascht, denn als ich mich mit ihr das letzte Mal über Musik unterhielt, da liebte sie Hank Williams. Alle drei fuhren sie dieses Jahr nach Washington D.C., um *Giulio Cesare in Egitto* zu hören. Ich ziehe die Komponisten des 19. Jahrhunderts vor, insbesondere Dvořak. Aber ich bin ziemlich offen für jegliche Art von Musik, und wenn ich etwas lange genug anhöre, fängt es mir gewöhnlich zu gefallen an. Aber obwohl mein Mann fast jeden Abend irgendeine Vokalmusik von Händel auflegt, gefällt mir Händel – auch wenn ich nicht sage, dass er aufhören soll – noch immer nicht. Glücklicherweise habe ich eben erst herausgefunden, dass es, nicht weit von hier, in Lenox, Massachusetts, eine Therapeutin gibt, die sich auf Händel-Therapie spezialisiert hat, und ich will es mit ihr versuchen. (Mein Mann glaubt nicht an Therapie, und ich weiß, er ginge mit mir, auch wenn es einen gäbe, zu keinem Dvořak-Therapeuten.)

Die Macht des Unterschwelligen

Rhea kam für eine Nacht zu uns zu Besuch, und wir unterhielten uns über Geburtstage. Ich hatte sie gefragt, wann sie Geburtstag habe. Sie sagte, am 13. April, sie habe aber an ihrem Geburtstag nie irgendwelche Karten oder Geschenke bekommen, was ihr Recht sei, denn sie wollte nicht an ihn erinnert werden. Ich bemerkte, dass ein Mensch, der seinen Geburtstag niemals in Vergessenheit geraten ließ, unsere gemeinsame Freundin Ellie sei.

Ellie war weit weg, in einem anderen Land, wo es schwieriger für sie war, die Leute an ihren Geburtstag zu erinnern. Dann dachte ich: Du meine Güte, wir haben Oktober, das ist der Monat, in dem Ellie Geburtstag hat! Ich konnte mich nicht erinnern, welcher Tag im Oktober es war, also holte ich mein Adressbuch, in dem ich ihn aufgeschrieben hatte, und sah nach. Ich stellte fest, dass heute eben dieser Tag war, der 23. Oktober. Ich erzählte Rhea davon, und wegen der Tatsache, dass ich an Ellies Geburtstag über Geburtstage zu reden angefangen hatte, schrien wir beide auf. Rhea sagte, ich müsse es die ganze Zeit gewusst haben – subliminal.

Ich erzählte Rhea nicht, wie ich auf Geburtstage gekommen war: dass mir, als ich Servietten fürs Abendessen auf den Tisch legte, eine Geschichte eingefallen war, die sie mir erzählt hatte, und zwar, wie sie vor langer Zeit ein Abendessen für eine Gruppe von Freunden gegeben hatte, die eher schwer zu bewirten waren, weil ihre Standards betreffend Essen und Wein und die ganze Tischgestaltung sehr hoch waren; wie Rhea, die sich zu jener Zeit wegen Tischgedecken für gewöhnlich keine großen Gedanken machte, sehr wohl aber in Gegenwart bestimmter Leute, wie dieser Freunde, zu Peinlichkeiten fähig war, zuerst einmal entdeckte, dass sie keine wie auch immer geartete Servietten zu Hause hatte, und auch keine Küchentücher, und zuguterletzt auch keine Kleenex; und wie, nach ein paar Minuten, ein Gast während des Essens höflich um eine Serviette bat; wie Rhea das Problem darlegte und ein anderer Gast vorschlug, Klopapier zu verwenden; und wie peinlich es Rhea war, als die Gäste das Essen fortsetzten und Klopapier verwendeten; so dass ich verleitet war, Rhea zum nächsten Geburtstag einen Satz Stoffservietten zu schicken, damit sie nie wieder mit einer solchen Situation konfrontiert wäre. Aber es stimmte, dass ich vielleicht nicht an Rheas Geschichte gedacht hätte, hätte ich mich, subliminal, nicht daran erinnert, dass heute Ellies Geburtstag war.

Als Rhea später schlafen gegangen war, während ich noch den letzten Abwasch erledigte, dachte ich an die Unterhaltung und sagte mir, mit einem Gefühl leiser Befriedigung: Nun, dies ist wenigstens ein Jahr, in dem mich Ellie nicht an ihren Geburtstag erinnern konnte, weil sie zu weit weg ist. Dann aber dachte ich: Moment mal, Fakt ist, dass ich mich irgendwie an Ellies Geburtstag erinnert habe. Und dann wurde mir klar, dass, weil sie nie jemanden ihren Geburtstag vergessen ließ und weil ich das so gut weiß, nicht ich es war, dem es die ganze Zeit subliminal bewusst gewesen war, wie Rhea und ich entschieden hatten, sondern in Wahrheit Ellie, der es letzten Endes gelungen war, mich – wenn auch nicht so unverblümt wie sonst – und gleichzeitig auch Rhea zu erinnern, mit der für sie so typischen Effizienz.

Ihre Geografie: Alabama

Einen Augenblick lang denkt sie, Alabama sei eine Stadt in Georgia:
Sie heißt Alabama, Georgia.

Das Begräbnis

Geschichte von Flaubert

Gestern ging ich zum Begräbnis von Pouchets Frau. Während ich den armen Pouchet beobachtete, der sich unter der Trauer bog und hin und her schwankte wie ein Grashalm im Wind, fingen ein paar Männer in meiner Nähe an, über ihre Obstgärten zu reden: Sie verglichen den Stammumfang der jungen Obstbäume. Dann fragte mich ein Mann neben mir etwas über den Nahen Osten. Er wollte wissen, ob es in Ägypten Museen gäbe. Er fragte mich: »In welchem Zustand sind ihre öffentlichen Bibliotheken?« Der Priester, der am offenen Grab stand, sprach Französisch, nicht Latein, weil es sich um einen protestantischen Gottesdienst handelte. Der Mann neben mir fand das gut und machte dann ein paar beleidigende Bemerkungen über den Katholizismus. Derweil stand der arme Pouchet verloren vor uns da.

Ach, wir Schriftsteller denken vielleicht, wir erfinden zu viel – aber die Realität ist jedes Mal noch schlimmer.

Die Ehemännersucherinnen

Scharen von Frauen versuchen auf einer Insel zu landen, um aus einem Stamm sehr schöner junger Männer Ehemänner für sich auszusuchen. Sie fliegen über das Meer wie Baumwollblüten oder Flugsamen wilder Pflanzen, und wenn sie abgewiesen werden, türmen sie sich in Küstennähe zu einer Wolkenbank aus wolligem Weiß auf.

Traum

In der Galerie

Eine mir bekannte bildende Künstlerin versucht ihre Arbeit für eine Ausstellung zu hängen. Ihre Arbeit besteht aus einer einzigen an die Wand kopierten Textzeile, vor der ein transparenter Vorhang hängt.
Sie steht oben auf dem Ende der Leiter und kann nicht herunter. Sie blickt hinaus anstatt herein. Die Leute unten raten ihr, sich umzudrehen, aber sie weiß nicht, wie.
Als ich sie wiedersehe, ist sie von der Leiter herunten. Sie geht von einem Besucher zum nächsten und bittet ihn, ihr beim Hängen ihres Kunstwerks zu helfen. Aber keiner hilft. Sie sagen, sie sei so eine schwierige Frau.

Traum

Die tiefstehende Sonne

Ich bin eine College-Studentin. Ich sage zu einer jüngeren College-Studentin, einer Tänzerin, dass die Sonne jetzt sehr tief am Himmel steht. Ihr Licht müsste die Höhlen unten am Meer ganz ausleuchten.

Traum

Die Landung

Gerade während dieser Tage, wo ich mich so sehr vor dem Sterben fürchte, habe ich in einem Flugzeug ein sonderbares Erlebnis gehabt.

Ich war auf dem Weg nach Chicago, um an einer Konferenz teilzunehmen. Die Notsituation trat ein, als wir im Anflug auf den Flughafen waren. Das ist etwas, wovor ich mich immer gefürchtet habe. Jedes Mal, wenn ich im Flugzeug sitze, versuche ich Frieden mit der Welt zu schließen und mir einen letzten Überblick über mein Leben zu verschaffen. Ich tue das auf jedem Flug zweimal, einmal vor dem Start und einmal vor der Landung. Aber auf diesen Flügen ist es nie zu etwas Schlimmerem gekommen als zu gewöhnlichen Turbulenzen – obwohl ich zu Beginn einer Turbulenz natürlich nie weiß, ob sie nicht schlimmer sein wird als eine gewöhnliche Turbulenz.

Diesmal stimmte etwas mit den Flügeln nicht. Ein paar Klappen, die die Geschwindigkeit des Flugzeugs beim Anflug auf die Landebahn drosseln sollten, gingen nicht auf, also würde es mit sehr hoher Geschwindigkeit landen müssen. Es bestand die Gefahr, dass bei so hoher Geschwindigkeit während der Landung ein Reifen platzen könnte, dass das Flugzeug kreiseln und aufprallen würde oder dass die Räder nachgeben und das Flugzeug während einer Bauchlandung Feuer fangen könnte.

Die Durchsage des Piloten versetzte mich in Angst und Schrecken. Es war ein richtiggehend physischer Schrecken, etwas, das wie ein eisiger Blitz meine Wirbelsäule hinunterfuhr. Mit dieser Durchsage war alles anders gworden: Innerhalb der nächsten Stunde konnten wir alle tot sein. In meiner Angst suchte ich Trost oder Zuspruch bei meiner Sitznachbarin, aber sie hatte ihre Augen geschlossen und das Gesicht dem Fenster zugewandt und war keine Hilfe. Ich sah zu anderen Passagieren hin, aber alle schienen damit beschäftigt zu erfassen, was der Pilot gesagt hatte. Auch ich schloss die Augen und hielt mich an meinen Armlehnen fest.

Nach kurzer Zeit gab es eine Klarstellung durch den Steward, der verkündete, wie lange wir ungefähr über dem Flughafen kreisen würden. Der Steward war ruhig und gelassen. Während er sprach, starrte ich ihm unverwandt ins Gesicht. Dabei lernte ich etwas, das ich in meinem Gedächtnis bewahrte, um mich später, bei anderen Flügen, daran zu erinnern, wenn es noch andere Flüge geben sollte: Wenn ich besorgt war, sollte ich dem Steward oder der Stewardess ins Gesicht blicken, um aus seinem oder ihrem Gesichtsausdruck Hinweise darauf abzulesen, ob ich beunruhigt sein sollte oder nicht. Das Gesicht des Stewards war ruhig und entspannt. Es sei nicht die schlimmste Notsituation, fügte er hinzu. Ich blickte quer über den Gang und begegnete den Augen eines Passagiers in den Sechzigern, der gleichfalls ruhig und gelassen war. Er erzählte mir, er sei seit 1981 neun Millionen Meilen geflogen und habe eine Reihe von Notsituationen erlebt. Er verzichtete darauf, sie zu beschreiben.

Nun tat der Steward aber etwas, das meine Furcht nur noch schlimmer machte: Weiterhin ganz ruhig – vielleicht aber mit der Ruhe des Fatalismus, ging mir nun durch den Kopf, eines Fatalismus, der das Ergebnis langen Trainings und langer Erfahrung war, oder vielleicht war es bloß ein Sich-Abfinden mit dem Ende –, gab er den Passagieren in der ersten Reihe Punkt für Punkt Anweisungen, was jeder von ihnen, für den Fall, dass er selber ausfiel, tun sollte. Während ich ihn bei seinen Instruktionen beobachtete, wurden sie, in meinen Augen, plötzlich von bloßen Passagieren in den Stand seiner Assistenten oder Stellvertreter erhoben, und schon sah ich aus ihm etwas Hilfloses, einen Toten oder Gelähmten werden. Und sei's auch nur in meiner Vorstellung – der tödliche Aufprall stand unmittelbar bevor. In diesem Augenblick begriff ich, dass alles außer dem Routineverhalten des Stewards oder der Stewardess bei mir die Alarmglocke schrillen lassen würde.

Unsere Leben mochten so gut wie zu Ende sein. Das verlangte nach einer sofortigen Aussöhnung mit dem Tod, und es verlangte eine sofortige Entscheidung über die beste Art, aus dieser Welt zu scheiden. Was würden meine letzten Gedanken auf dieser Erde, in diesem Leben sein? Es ging nicht darum, Trost zu suchen, sondern hinzunehmen, irgendwie daran zu glauben, dass jetzt zu sterben in Ordnung sei. Zuerst verabschiedete ich mich von mir nahestehenden Personen. Dann musste ich in größeren Kategorien über das Ende schlechthin nachdenken, und der beste Gedanke, der mir kam, war, dass ich ganz klein war, in diesem großen Universum. Es war notwendig, mir das große Universum mit all seinen Galaxien vorzustellen und mich daran zu erinnern, wie winzig klein ich war, und damit wäre es in Ordnung, jetzt zu sterben. Ständig starb etwas, das Universum war ein Mysterium, eine neue Eiszeit war ohnehin im Anmarsch, unsere Zivilisation würde verschwinden, und so war es in Ordnung, wenn ich jetzt sterben sollte.

Während ich diesen großen Gedanken dachte, waren meine Augen wieder zu, meine Hände umklammerten sich, bis sie feucht waren, und ich stemmte meine Füße fest gegen das Fußteil des Vordersitzes. Es würde mir nichts bringen, mich mit den Füßen abzustemmen, wenn es zum tödlichen Crash kommen sollte. Aber das Wenige, das ich tun konnte, musste ich tun, ich musste mich meines winzigen Maßes an Kontrolle versichern. Nichtsdestoweniger fand ich mitten in meiner Angst den Gedanken interessant, ich müsse mich eines gewissen Maßes an Kontrolle versichern – in einer Situation, die außer Kontrolle war. Dann verzichtete ich überhaupt auf jegliche Aktivität und beobachtete etwas Anderes, sehr Interessantes, das sich in mir abspielte: dass ich, solange ich das Gefühl hatte, etwas unternehmen zu müssen, Schmerzen litt, und dass ich, wenn ich alle Verantwortung ablegte und den Versuch aufgab, irgendetwas zu unternehmen, relativen Frieden fand, obwohl sich die Erde unterdessen so weit unter uns drehte und wir so hoch oben in einem kaputten Flugzeug saßen, das bei der Landung Probleme haben würde.

Das Flugzeug kreiste lange Zeit. Entweder später oder jetzt schon erfuhr ich, dass auf dem Boden, während wir kreisten, Vorbereitungen für eine Notlandung getroffen wurden. Die längste Landebahn wurde frei gemacht, weil das Flugzeug mit hoher Geschwindigkeit einfliegen und deshalb lange brauchen würde, bis es langsamer geworden wäre. Feuerwehrwagen wurden herausgefahren und parkten neben der Landebahn. Bei einer Landung mit so hoher Geschwindigkeit konnte es eine Reihe von Problemen geben. Die Räder konnten nachgeben und zusammenbrechen und das Flugzeug in der Folge auf dem Bauch dahinschlittern. Die dabei entstehende Reibung konnte einen Brand auslösen, oder das Flugzeug konnte aufgrund seiner Geschwindigkeit nach vorne auf die Schnauze kippen und bersten. Wenn es auf dem Bauch dahinschlitterte oder ein Reifen platzte, konnte der Pilot die Kontrolle über das Steuer verlieren und das Flugzeug von der Landebahn abkommen und bruchlanden.

Schließlich war die lange Landebahn frei, die Feuerwehrautos waren in Stellung, und der Pilot setzte zum Sinkflug an. Wir Passagiere konnten an der Art und Weise, wie er die Maschine während des Sinkflugs steuerte, nichts Außergewöhnliches wahrnehmen, aber als der Augenblick der Landung nahte, wuchs unsere Nervosität: Während das mögliche Desaster zuvor in der nahen Zukunft gelegen hatte und wir noch unversehrt waren, war es nun nur noch ein paar Augenblicke von uns entfernt.

Bei einer normalen Landung kommt das Flugzeug im steilen Sinkflug herunter, in einem Winkel von 30 Grad vielleicht, und bei Bodenkontakt bumst und prallt es häufig auf. Da wir mit so hoher Geschwindigkeit unterwegs waren, konnten wir das nicht ohne Risiko schaffen, also ließ der Pilot das Flugzeug in weiten Kreisen fast die ganze Strecke bis zum Boden herabsinken, bevor er die Landebahn anpeilte und sich ihr in so niedriger Höhe näherte, dass Flug- und Landebahn beinahe parallel verliefen. Damit ihm zur Drosselung der Geschwindigkeit die ganze Länge der Landebahn blieb, setzte er das Flugzeug auf, sobald er den Anfang der Landebahn erreicht hatte, und berührte den Asphalt so sanft mit den Rädern, dass wir es kaum wahrnahmen: Die Landung war sanfter als alle, die ich bisher erlebt hatte. Dann verlangsamte er die Geschwindigkeit des Flugzeugs Schritt für Schritt, bis wir mit der üblichen Geschwindigkeit ausrollten. Er hatte eine wunderbare Landung hingelegt, und wir waren in Sicherheit.

Nun klatschten alle Passagiere selbstverständlich in die Hände und schrien vor Erleichterung auf und sahen sich gegenseitig an und blickten ehrfürchtig aus den Luken zu den Feuerwehrautos hin, die nicht benötigt worden waren. Mit dem langsamen Abklingen des Jubels, stieg der Lärmpegel der Gespräche und des Gelächters in der Kabine. Der Mann auf der gegenüberliegenden Seite des Ganges erzählte mir von anderen Beinahe-Katastrophen, die er miterlebt hatte, wie zum Beispiel von einem Feuer an Bord seines Flugzeugs. Der Steward, der nun, als wir am Boden waren, ebenfalls gesprächiger wurde, informierte uns, dass Piloten diese Art der Landung während

ihrer Ausbildung viele Male übten. Vielleicht wäre das früher hilfreich gewesen zu wissen – vielleicht auch nicht.
Während des Abendessens in dem beschaulichen und doch belebten Restaurant im Erdgeschoss meines Hotels dachte ich an diese Landung. Ich sah einem sehr kleinen Spiegelei auf meinem Teller ins Auge, ein Wachtelei, und dabei dachte ich, dass – wäre alles anders ausgegangen – das Ei in diesem Augenblick ebenso zu jemandem aufblicken würde, aber zu jemand anderem und nicht zu mir. Das Ei hätte zu einer anderen Gabel aufgeblickt, oder sogar zur gleichen Gabel, aber in einer anderen Hand. Meine Hand wäre woanders gewesen – vielleicht im Leichenschauhaus von Chicago.
Ich schrieb auch alles auf, was ich von der Landung erinnern konnte, während mein Essen langsam kalt wurde. Der Kellner, der meinen Teller observierte, sagte etwas wie: »Ihr Kugelschreiber bewegt sich schneller als Ihre Gabel«, und in einem Nachsatz fügte er hinzu: »Und so sollte es auch sein.« Damit gefiel er mir nun besser. Mit seinen dünnen Haarlocken und seinen allzu freundlichen Scherzen hatte er mir davor nicht gefallen.
Inzwischen fragte ein Rezeptionist im Hintergrund einen schlanken, bedächtigen Engländer mit grauem Bart: »Wie heißen Sie?«, und dieser antwortete: »Morris. M – o – r – r – i – s.«

Die Sprache der Telefongesellschaft

»Das Problem, das Sie unlängst gemeldet haben, funktioniert jetzt tadellos.«

Der Kutscher und der Wurm

Geschichte von Flaubert

Einer unserer ehemaligen Diener, ein erbärmlicher Bursche, ist nun Kutscher einer Pferdedroschke – Sie werden sich vermutlich daran erinnern, wie er die Tochter jenes Dienstmanns heiratete, dem zur gleichen Zeit, als seine Frau wegen Diebstahls zu einer Gefängnisstrafe verurteilt wurde, ein renommierter Preis verliehen wurde, wogegen eigentlich er, der Dienstmann, der Dieb gewesen war. Wie auch immer, dieser unglückselige Tolet, unser ehemaliger Diener, hat einen Bandwurm in seinem Körper – oder glaubt es zumindest. Er redet über ihn, als wäre er ein lebendiger Mensch, der mit ihm kommuniziert und ihm sagt, was er wünscht, und wenn Tolet mit einem spricht, dann bezieht sich das Wort »Er« immer auf dieses Lebewesen in seinem Körper. Manchmal verspürt Tolet einen plötzlichen Drang und schreibt ihn dem Bandwurm zu: »*Er* wünscht es«, sagt er, und Tolet gehorcht auf der Stelle. Unlängst wollte *er* frische helle Brötchen essen; ein andermal musste *er* Weißwein haben, aber am nächsten Tag war *er* außer sich, weil man ihm keinen Rotwein gegeben hatte.

Der arme Mann ist in seinen eigenen Augen nunmehr auf die Ebene des Bandwurms herabgestiegen: Sie sind einander ebenbürtig und tragen einen wilden Kampf um die Vorherrschaft aus. Unlängst erklärte er meiner Schwägerin: »Dieses Biest hat mich auf der Abschussliste; es ist ein Kampf zwischen zwei Willenskräften, verstehen Sie; er zwingt mich zu tun, was er will. Aber ich werd's ihm heimzahlen. Nur einer von uns beiden wird überleben.« Nun, der Mann ist derjenige, der überleben wird, allerdings nicht lange, denn *um den Wurm umzubringen und ihn los zu werden,* hat er unlängst eine *Flasche Vitriol ausgetrunken* und liegt in diesem Augenblick im Sterben. Ich frage mich, ob Sie die wahre Tiefe dieser Geschichte verstehen können.

Was für ein sonderbares Ding ist doch das menschliche Gehirn!

Brief an einen Marketingchef

Sehr geehrter Marketingchef des Harvard Book Store,

ich habe unlängst in Ihrer Buchhandlung angerufen, um in unten angeführter Angelegenheit Auskunft zu erhalten, und man teilte mir mit, Sie seien mein Ansprechpartner. Meine Anfrage bezieht sich auf einen unglücklichen biografischen Irrtum, der sich in Ihrem Newsletter vom Januar 2002 findet.

Ich war höchst erstaunt, als ich auf der Rückseite dieser Ausgabe entdeckte, dass mein jüngst erschienenes Buch in der Rubrik »Spotlight: McLean Alumni« vorgestellt wurde. Mir ist freilich bewusst, dass McLean über eine repräsentative Liste früherer Patienten verfügt und zu den landesweit renommiertesten Instituten dieser Art gehört, aber ich habe mich nur ein einziges Mal in seinen Mauern aufgehalten, und das als Besucherin. Ich schaute vorbei, um einen meiner Freunde aus der High School zu besuchen, und verbrachte mit ihm vielleicht gerade mal eine unerquickliche Stunde, da unsere Kommunikation gelinde gesagt mühsam war.

Nun – um ganz ehrlich zu sein (und falls das die Quelle des Missverständnisses sein sollte) –, es stimmt, dass ein Mitglied meiner Familie einmal in McLean eingesperrt war. Mein Urgroßvater, Träger des gleichen Familiennamens, war eine Zeit lang Patient dieses Instituts, aber das war im ersten Drittel des letzten Jahrhunderts, und er litt auch nicht unter einer ernsthaften Persönlichkeitsstörung, soweit ich das – nach Auskunft meines Vaters und aufgrund von Briefen und anderen in meinem Besitz befindlichen Dokumenten – beurteilen kann. Ihn trieb offensichtlich nicht mehr als eine allgemeine Rastlosigkeit um, er war antriebslos an seinem Arbeitsplatz, manchmal beflügelt von Plänen für aussichtslose geschäftliche Unternehmungen, unzufrieden mit seinem häuslichen Leben, und aufgrund der fordernden und ihn einschränkenden Wesensart seiner Frau stand er sichtlich unter Druck. Obwohl es ihm einmal tatsächlich glückte, aus der Anstalt zu entfliehen, und er dann unter Anwendung von Gewalt zurückgebracht wurde, wurde ihm ein paar Monate danach attestiert, er sei wiederhergestellt, und man entließ ihn. Danach lebte er ein beschauliches, um nicht zu sagen einzelgängerisches Leben auf einer Farm in Harwich, Massachusetts, zusammen mit einem unverheirateten Hausdiener und getrennt von seiner Familie.

Für den Fall, dass sie brauchbar sein sollten, stehen diese Informationen zu Ihrer Verfügung, obwohl ich keinen Grund wüsste, weshalb ich mit ihm verwechselt werden sollte. Aber wie dem auch sei – ich finde keine andere Erklärung für Ihre irrtümliche Identifikation, es sei denn, Ihre Kunden hätten auf Grund der Inhalte meines Buchs, seines Titels oder meiner zugegebenermaßen wild dreinblickenden Augen auf meinem Foto angenommen, ich sei zu irgendeinem Zeitpunkt in der Vergangenheit Insasse von McLean gewesen.

Es ist immer erfreulich, wenn dem eigenen Buch Aufmerksamkeit geschenkt wird, aber es ist peinlich, wenn man auf diese Weise falsch identifiziert wird. Könnten Sie bitte etwas Licht in diese Angelegenheit bringen?

Mit freundlichen Grüßen

III

Die letzte Mohikanerin

Wir sitzen mit unserer alten Mutter im Altersheim.
»Natürlich bin ich einsam und sehne mich nach euch Kindern. Aber es ist nicht so, als wäre man an einem fremden Ort, wo man niemanden kennt.«
Sie lächelt, versucht uns zu beruhigen. »Es gibt hier genug Leute aus dem guten alten Willy.«
Sie setzt hinzu: »Natürlich können viele von ihnen nicht reden.« Sie macht eine Pause und fährt fort: »Und viele können nicht sehen.«
Sie blickt uns durch ihre dicken Brillengläser an. Wir wissen, dass sie nur Licht und Schatten sieht.
»Ich bin die letzte Mohikanerin – wie man so sagt.«

Hausübung, zweite Schulstufe

Mal diese Fische an.
Schneide sie aus.
Stanze in jeden Fisch oben ein Loch.
Zieh ein Band durch alle Löcher.
Binde die Fische zusammen.

Nun lies, was auf den Fischen geschrieben steht:
Jesus ist ein Freund.
Jesus versammelt Freunde um sich.
Ich bin ein Freund von Jesus.

Meisterin

»Du willst Meisterin sein«, sagte er. »Nun, du bist keine Meisterin.«
Das verpasste mir einen Dämpfer.
Sieht so aus, als müsste ich noch eine Menge lernen.

Eine unangenehme Situation

Ein junger Schriftsteller hat eine ältere, erfahrenere Schriftstellerin zur Verbesserung seiner Texte engagiert. Er weigert sich aber, sie zu bezahlen. Praktisch hält er sie in einer Situation fest, die auf Gefangenschaft auf seinem Grund und Boden hinausläuft. Obwohl seine gebrechliche und ältliche Mutter – sie kehrt ihm den Rücken zu und geht weg, als wollte sie ihm nicht in die Augen sehen – ihn halbherzig drängt, diese Schriftstellerin zu bezahlen, tut er es nicht. Stattdessen streckt er seinen Arm gerade vor ihr aus, die Hand zur Faust geballt, während sie ihre Hand, Handfläche nach oben, unter seine Faust hält, als wollte sie etwas in Empfang nehmen. Dann macht er seine Hand auf, und sie ist leer. Sie weiß: Er tut es aus Rache, weil er und sie einmal in einer Art Liebesbeziehung zueinander gestanden hatten, und sie war ihm gegenüber nicht so freundlich gewesen, wie sie hätte sein sollen. Sie war manchmal grob zu ihm und setzte ihn herab, sowohl vor anderen als auch wenn sie unter sich waren. Sie versucht immer wieder zu erinnern, ob sie, vor so langer Zeit, so grausam zu ihm gewesen war wie er jetzt ihr gegenüber. Die Situation wird noch durch den Umstand kompliziert, dass hier eine weitere Person mit ihr lebt und auf ihre Unterstützung angewiesen ist, und zwar ihr Ex-Mann. Im Gegensatz zu ihr und ihrem verbitterten ehemaligen Liebhaber ist er gutgelaunt und voll Zuversicht und weiß nicht, dass sie nicht bezahlt wird, bis sie es ihm endlich erzählt. Aber selbst als er die Information nach einer kurzen Pause verdaut hat, bleibt er unverändert gutgelaunt und zuversichtlich, einerseits, weil er ihr vielleicht nicht glaubt, andererseits, weil er an anderes denkt, da er selbst soeben ein eigenes schriftstellerisches Projekt in Angriff genommen hat. Er lädt sie ein, mit ihm daran zu arbeiten. Sie zeigt Interesse und ist bereit dazu, bis sie einen Blick darauf geworfen hat. Denn da bemerkt sie zu ihrem Unglück, dass noch eine andere Person daran mitgeschrieben haben muss. Ihr gefällt weder die schriftstellerische Arbeit noch der Charakter der anderen Person noch auch das, was sie für deren korrumpierenden Einfluss hält, und möchte nicht mit ihr in Zusammenhang gebracht werden. Aber bevor sie ihm das noch mitteilen kann oder, richtiger, vor ihm verheimlichen kann, stellt sich ihr, die noch immer die Mitarbeit an dem schriftstellerischen Projekt ablehnt, eine andere Frage. Wo aber, fragt sie sich, nach verblüffend langer Zeit, vielleicht nach Wochen, bleibt denn in dieser Situation ihr derzeitiger Ehemann, der ihr gegenüber immer so hilfsbereit war, und warum kommt er nicht, um ihr aus dieser äußerst unangenehmen Situation herauszuhelfen?

Haushaltsführungskontrolle

Unter all diesem Schmutz
ist der Boden wirklich sehr sauber.

Die Exekution

Geschichte von Flaubert

Hier eine weitere Geschichte über unser Mitgefühl. In einem Dorf, nicht weit von hier, hat ein junger Mann einen Bankier und dessen Frau ermordet, danach das Dienstmädchen vergewaltigt und den ganzen Wein im Keller ausgetrunken. Man hat ihm den Prozess gemacht, in dem er für schuldig befunden, zum Tod verurteilt und hingerichtet wurde. Man war so sehr daran interessiert, diesen Burschen auf dem Schafott zu sehen, dass die Leute am Abend davor aus der ganzen Umgebung herbeikamen – mehr als *zehntausend.* Es waren solche Menschenmengen, dass den Bäckern das Brot ausging. Und weil die Gasthäuser voll waren, verbrachten die Leute die Nacht im Freien: Um diesen Mann sterben zu sehen, *schliefen sie im Schnee.*

Und wir schütteln den Kopf über die römischen Gladiatoren.

Oh, Scharlatane!

Eine Mitteilung des Zeitungsjungen

Sie versucht ihren Mann dazu zu bewegen, dass er einen Blick auf Hund und Katze wirft, die, traulich, Seite an Seite, auf dem Fußboden liegen. Er ärgert sich sofort über sie, weil er sich auf seine gegenwärtige Beschäftigung zu konzentrieren versucht.
Da er nicht mit ihr reden will, fängt sie an, mit Katze und Hund zu reden. Wieder sagt er ihr, sie solle still sein – er könne sich nicht konzentrieren.
Er ist damit beschäftigt, eine Mitteilung an den Zeitungsjungen zu verfassen. Er schreibt eine Mitteilung in Beantwortung einer Mitteilung, die sie vom Zeitungsjungen erhalten haben.
Der Zeitungsjunge hat geschrieben, dass er »verschiedenen Tieren begegnet« sei, beim frühmorgendlichen Gang im Dunkeln durch den Garten, »Skunks vielleicht«. Er kündigt an, er werde die Zeitung deshalb von nun an lieber vor dem Garten, »beim hinteren Gartentor«, deponieren.
Ihr Mann antwortet darauf dem Zeitungsjungen, Nein, Ihnen wäre es lieber, dass er die Zeitung *wie immer* beim überdachten Hauseingang hinten abliefere, und dass sie, wenn ihm das nicht möglich sei, die Zeitung abbestellen würden.
Der grammatikalischen Konstruktion zufolge, die der Zeitungsjunge in seiner Mitteilung verwendet hat, sind es de facto die Tiere selbst, die nicht nur durch den Garten gehen, sondern auch die Zeitung zustellen.

In der Eisenbahnstation

Die Eisenbahnstation ist sehr überlaufen. Leute kommen und gehen in jeder Richtung gleichzeitig, auch wenn manche stehen bleiben. In der Menge ist ein tibetischer Mönch mit rasiertem Kopf und in einer langen, weinroten Robe, der besorgt dreinblickt. Ich bleibe stehen, um ihn zu beobachten. Bis zur Abfahrt meines Zuges habe ich jede Menge Zeit, denn ich habe gerade einen Zug verpasst. Der Mönch sieht, dass ich ihn beobachte. Er kommt zu mir und sagt, er suche Gleis drei. Ich weiß, wo die Gleise sind. Ich zeige ihm den Weg.

Traum

Der Mond

In der Nacht stehe ich von meinem Bett auf. Mein Zimmer ist groß und bis auf den weißen Hund auf dem Fußboden ist es dunkel. Ich gehe aus dem Zimmer. Der Hausflur ist breit und lang und von einer Art Zwielicht erhellt, wie unter Wasser. Ich bin beim Eingang des Badezimmers angelangt und sehe, dass es von strahlendem Licht durchflutet ist. Hoch über meinem Kopf steht ein Vollmond. Sein Strahl kommt durch das Fenster herein und fällt direkt auf den Sitz der Toilette – als hätte ein helfender Gott ihn gesandt.
Dann bin ich wieder im Bett. Ich bin schon eine Weile wach gelegen. Das Zimmer ist heller als zuvor. Der Mond, denke ich, wandert herum und taucht auf dieser Seite des Gebäudes auf. Stimmt nicht – es ist die einsetzende Morgendämmerung.

Traum

Meine Fußstapfen

Ich sehe mich von hinten gehen. Jeder meiner Fußstapfen ist von Kreisen aus Licht und Schatten umgeben. Ich weiß, dass ich nun mit jedem Schritt weiter und schneller vorankommen kann als je zuvor, und so möchte ich selbstverständlich losspringen und laufen. Aber man erklärt mir, ich müsse vor dem jeweils nächsten Schritt eine Pause einlegen und meinen Fuß für einen Moment aufsetzen und ruhen lassen, wenn ich seine volle Kraft und Schrittweite entfalten wolle.

Traum

Wie ich möglichst schnell meine alten Nummern des *TLS* durchlese

Ich möchte nichts über das Leben von Jerry Lewis lesen.

Ich möchte etwas über fleischfressende Säugetiere lesen.

Ich möchte nichts über ein Porträt eines Kastraten lesen.

Ich möchte nicht dieses Gedicht lesen:
(»... und so stand ich / am Ufer unter Elektrolyten ...«)

Ich möchte über die Geschichte der Inka-*Quipus* lesen.

Ich möchte nichts lesen über:
die Geschichte des Panda in China;
ein Lexikon der Frauengestalten bei Shakespeare.

Möchte etwas lesen über
Asseln
Hummeln

Möchte nichts über Ronald Reagan lesen.

Möchte dieses Gedicht nicht lesen:
(»Was soll's, in einem Bus zu sitzen / und zu rauchen?«)

Möchte über die Entstehung des Musicals *South Pacific* lesen.

(»Diese Studie wird in hohem Maße zu der noch immer stiefmütterlich behandelten Geschichte des Broadway-Musicals beitragen«)

Nicht interessiert am:
Oxford Companion zur Heeresgeschichte Kanadas

Nicht interessiert an (zumindest heute nicht):
Hitler
Londoner Theaterproduktionen

Interessiert an:
die Psychologie des Lügens
Ann Carson über den Tod ihres Bruders
von Proust bewunderte französische Schriftsteller
die Gedichte von Catull
Übersetzungen aus dem Serbischen

Nicht interessiert an:
die Entstehung der Freiheitsstatue

Interessiert an:
Bier
Ostpreußen nach dem II. Weltkrieg
Philosemitismus

Nicht interessiert an:
der Erzbischof von Canterbury

Nicht interessiert an diesem Gedicht:
(»Licht schimmert durchs Gras / über der Dünung aus Fleisch …«)

Nicht interessiert an:
das anglo-portugiesische Establishment
Leoparden als Wappentiere

Interessiert an:
die Vorlesungen von Borges
Raymond Queneaus *Stilübungen*
Schutzumschläge in der Geschichte der Bibliografie:
(»Zum ersten Mal hat man dem Schutzumschlag den ihm gebührenden Platz zugewiesen …«)

Nicht interessiert an:
die Freundschaft von Elgar und Schenker
das Werk von Alexander Pope;
T. S. Eliots Füllhalter

Nicht interessiert an:
die Rechnungsprüfungskommission

Interessiert an:
der gesellschaftliche Wert des Altruismus
die Errichtung des Pont Neuf
die Geschichte der Daguerrotypie

Nicht interessiert an:
eine Kulturgeschichte der Britischen Volkszählung
(»Es ist hilfreich, aus diesem gelehrten Buch zu erfahren, dass die Volkszählung *mutatis mutandis* seit ihren Anfängen solchen Kontroversen ausgesetzt war …«)

Nicht interessiert an:
eine Kulturgeschichte des Akkordeons in Amerika
(»Quetsche!«)

Interessiert an:
das Rasenmäher-Museum in Southport

Nicht interessiert an:
eine Geschichte der britischen Fernsehkritik
Mode bei den Oscar Verleihungen
(»Wie sich der Dress-Code bei den Oscars seit dem Beginn der Zeremonie im Jahr 1928 verändert hat«)

Nicht interessiert an:
Anacaona: die Erstaunlichen Erlebnisse von Kubas erster All-Girl-Band

Immer (oder fast immer) interessiert an:
JC's NB und die Machenschaften des Basement Labyrinth

Nicht interessiert – oder, nun ja, vielleicht interessiert an:
die Geschichte der Diplomatie;
Laura Bushs Autobiografie

Notizen während eines langen Telefongesprächs mit Mutter

für den Sommer   sie braucht
hübsches Kleid   Cotton

cotton   nottoc
coontt
tcoont
toonct
tocnot   tocont
tocton
contot

Männer

Es gibt auch Männer auf der Welt. Manchmal vergessen wir das und denken, dass es bloß Frauen gibt – unendliche Hügel und Ebenen fügsamer Frauen. Wir machen kleine Scherze und trösten einander, und unsere Leben vergehen schnell. Dann und wann aber – das ist die Wahrheit – erhebt sich unerwartet ein Mann in unserer Mitte wie eine Kiefer und blickt uns wild an und macht, dass wir in großen Flutwellen davonhumpeln, um uns in den Höhlen und Schluchten zu verstecken, bis er verschwunden ist.

Negative Emotionen

Ein wohlmeinender Lehrer schickte einmal, inspiriert durch die Lektüre eines Textes, an alle anderen Lehrer seiner Schule eine Mitteilung negative Emotionen betreffend. Die Mitteilung bestand ausschließlich aus Ratschlägen, zitiert nach einem buddhistischen Mönch aus Vietnam.

Emotion, sagte der Mönch, ist wie ein Sturm: sie bleibt eine Weile, dann vergeht sie. Sobald man die Emotion wahrnimmt (wie einen aufkommenden Sturm), sollte man eine stabile Körperhaltung einnehmen. Man sollte sich hinsetzen oder hinlegen. Man sollte sich auf sein Sonnengeflecht konzentrieren. Man sollte sich insbesondere auf den Bereich unterhalb des Nabels konzentrieren und achtsam aus- und einatmen. Kann man die Emotion als eine Emotion identifizieren, dann mag es einem leichter fallen, mit ihr umzugehen.

Die anderen Lehrer waren verwundert. Sie verstanden nicht, weshalb ihr Kollege ihnen eine Mitteilung über negative Emotionen geschickt hatte. Sie stießen sich an der Mitteilung und sie stießen sich an ihrem Kollegen. Sie dachten, er beschuldige sie, negative Emotionen zu haben, und dass sie Ratschläge benötigten, wie mit ihnen umzugehen sei. Ein paar von ihnen waren tatsächlich verärgert.

Die Lehrer zogen es vor, ihren Ärger nicht als aufkommenden Sturm anzusehen. Sie konzentrierten sich nicht auf ihr Sonnengeflecht. Sie konzentrierten sich nicht auf den Bereich unterhalb des Nabels. Stattdessen schrieben sie postwendend zurück und erklärten, dass, weil sie nicht verstünden, weshalb er ihnen seine Mitteilung zugeschickt habe, diese sie mit negativen Emotionen erfüllt habe. Sie teilten ihm mit, dass sie sich sehr am Riemen reißen müssten, um über die negativen Emotionen, die durch seine Mitteilung ausgelöst wurden, hinwegzukommen. Aber, fuhren sie fort, sie hätten nicht vor, sich am Riemen zu reißen. Sie sagten, dass sie durch ihre negativen Emotionen in keiner Weise beunruhigt seien, sondern sich vielmehr über das Vorhandensein ihrer negativen Emotionen freuten, insbesondere ihm und seiner Mitteilung gegenüber.

Ich fühle mich ziemlich wohl, könnte mich aber ein wenig wohler fühlen

Ich bin müde.

Die Leute vor uns lassen sich viel Zeit bei der Wahl ihrer Eiscreme.

Mein Daumen tut weh.

Ein Mann hustet während des Konzerts.

Die Dusche ist ein wenig zu kalt.

Die Arbeit, die ich heute Morgen zu erledigen habe, ist schwierig.

Sie haben uns nahe der Küche platziert.

Vor dem Aufgabeschalter steht eine lange Schlange.

Ich sitze im Auto, und mir ist kalt.

Die Stulpe meines Pulloverärmels ist feucht.

Die Dusche rinnt schwach.

Ich bin hungrig.

Sie streiten schon wieder.

Diese Suppe schmeckt nicht nach viel.

Meine Navel-Orange ist ein wenig trocken.

Ich habe im Zug keine zwei Sitze für mich bekommen.

Er lässt mich warten.

Sie sind gegangen und haben mich alleine am Esstisch zurückgelassen.

Sie sagt, ich atme nicht richtig.

Ich muss auf die Toilette, aber es ist jemand drin.

Ich bin ein wenig angespannt.

Mein Nacken juckt.

Die Katze leidet an der Ringelflechte.

Was die Person hinter mir im Zug isst, riecht sehr übel.

Es ist mir zu heiß in diesem Zimmer, um Klavier zu üben.

Er ruft mich während meiner Arbeit an.

Ich habe irrtümlich saure Sahne gekauft.

Meine Gabel ist zu kurz.

Ich bin so müde, dass ich meine Sache in der Übungsstunde nicht gut machen werde.

Dieser Apfel hat braune Flecken.

Ich habe einen trockenen Mais-Muffin bestellt, aber als man ihn brachte, war er nicht trocken.

Er kaut so laut, dass ich das Radio aufdrehen muss.

Dieses Pesto lässt sich nicht gut vermengen.

Die Warze auf meinem Daumen wächst nach.

Wegen des Tests kann ich heute Morgen nichts essen und trinken.

Sie hat den Mercedes quer vor dem Ende meiner Einfahrt geparkt.

Ich habe einen Haferkleie-Muffin mit Rosinen bestellt, hell getoastet, aber er war nicht hell getoastet.

Mein Teewasser braucht zu lange zum Kochen.

Die Naht an der Zehe meiner Socke ist verrutscht.

Es ist mir zu kalt in diesem Zimmer, um Klavier zu üben.

Er spricht Fremdwörter nicht richtig aus.

In meinem Tee ist zu viel Milch.

Ich war zu lange in der Küche.

Auf meiner neuen Socke ist Katzenspeichel.

Mein Sitz hat keine Rückenlehne.

Der Küchenmixer ist undicht.

Ich kann mich nicht entschließen, ob ich dieses Buch weiter lesen soll.

Weil es dunkel wurde, habe ich den Blick auf den Fluss vom Zug aus verpasst.

Die Himbeeren sind sauer.

Die Pfeffermühle mahlt nicht sehr gut.

Die Katze hat auf mein Telefon gepinkelt.

Mein Wundpflaster ist feucht.

Dem Laden ist der koffeinfreie Haselnusskaffee ausgegangen.

Meine Leintücher werden im Trockner ganz zerknittert.

Der Möhrenkuchen schmeckte ein wenig fade.

Wenn ich das Rosinenbrot toaste, werden die Rosinen sehr heiß.

Mein Nasenrücken ist ein wenig trocken.

Ich bin müde, aber ich kann mich nicht niederlegen.

Die Tonanlage im Untersuchungsraum spielt Folkmusic.

Ich freue mich nicht besonders auf dieses Sandwich.

Sie haben einen neuen Wetteransager im Radio.

Jetzt, wo die Blätter von den Bäumen gefallen sind, können wir die neue Dachterrasse des Nachbarn sehen.

Ich glaube, ich mag meine Tagesdecke nicht mehr.

Im Restaurant spielen sie Kuschelrock in Endlosschleife.

Mein Brillengestell ist kalt.

Auf dem Teller liegt St.-André-Käse, aber ich darf nicht.

Die Uhr tickt sehr laut.

Urteilsvermögen

Auf welch kleinen Raum sich das Wort *Urteilsvermögen* zusammendrängen lässt: Es muss ins Gehirn eines Marienkäfers passen, da er, vor meinen Augen, eine Entscheidung fällt.

Die Stühle

Geschichte von Flaubert

Louis war in der Kirche in Mantes und hat sich die Stühle angesehen. Er hat sie sich genau angesehen. Er möchte so viel wie möglich über die Menschen erfahren, indem er sich ihre Stühle ansieht, sagt er. Er fing mit dem Stuhl einer Frau an, die er Madame Fricotte nennt. Vielleicht stand ihr Name auf der Rückenlehne des Stuhls. Sie muss sehr korpulent sein, sagt er – die Sitzfläche des Stuhls hat eine große Vertiefung, und das Betpult wurde an mehreren Stellen verstärkt. Ihr Mann könnte reich sein, weil das Betpult mit rotem Samt bezogen und mit Messingknöpfen verziert ist. Vielleicht auch, überlegt er, ist die Frau die Witwe eines reichen Mannes, da es keinen Stuhl für Monsieur Fricotte gibt – es sei denn, er ist Atheist. Vielleicht auch hält Madame Fricotte, sofern sie Witwe ist, in Wahrheit nach einem anderen Gatten Ausschau, da die Rückenlehne ihres Sitzes vom Bleichmittel für ihre Haare ganz verschmiert ist.

Eine Erfindung meines Freundes

Wir sind nachts auf einer Lichtung. An einer Seite stehen, mit dem Profil zu uns, vier ägyptische Göttinnen von gewaltiger Größe, die von hinten beleuchtet werden. Die schwarzen Umrisse von Leuten kommen auf die Lichtung und gleiten über die Silhouetten hinweg. Vor dem dunklen Himmel hängt ein Mond. Hoch oben auf einem Pfosten sitzt ein fröhlicher, rotwangiger Mann, der singt und Flöte spielt. Hin und wieder klettert er von seinem Pfosten herunter. Er ist eine Erfindung meines Freundes, und mein Freund fragt mich: »Was soll er singen?«

Traum

Das Piano

Wir sind drauf und dran, ein neues Piano zu kaufen. Unser altes Pianino hat einen Riss, quer durch den ganzen Resonanzboden, und noch andere Probleme. Wir möchten, dass der Klavierladen es übernimmt und weiterverkauft, aber man teilt uns mit, dass es zu beschädigt sei und an niemanden weiterverkauft werden könne. Man behauptet, man werde es über eine Klippe hinunterstoßen müssen. Folgendermaßen wollen sie das anstellen: Zwei Lastwagenfahrer bringen es an einen abgelegenen Ort. Der eine Fahrer geht rückwärts davon, während der andere es über die Klippe hinunterschiebt.

Traum

Die Party

Ich bin mit einer Freundin unterwegs zu irgendeiner großen Festivität. Ich lenke das Auto von jemandem, den ich nicht kenne, der mir aber irgendwie entfernt bekannt vorkommt. In einem anderen, einem weißen Wagen vor uns fährt meine Freundin. Wir fahren, uns kommt es vor wie Stunden, durch verlassene Straßen, auf dem Weg zu einem Hügel am Rand der Stadt. Immer wieder verirren wir uns und halten an, um uns nach der Richtung zu erkundigen, weil der Plan, den man uns gegeben hat, unpräzise und schlecht zu lesen ist.
Schließlich erreichen wir die Kuppe eines steilen Abhanges, fahren eine gekrümmte Einfahrt hinauf, die von Laternen zwischen den Bäumen beleuchtet ist, und halten unter einer stolzen, in Flutlicht getauchten steinernen Windmühle an. Wir steigen aus unseren Autos und gehen den Kiesweg entlang, vorbei an rauschenden Springbrunnen. Die Außenbezirke der Stadt liegen unter und hinter uns. Wir betreten die Windmühle. Eine kleine schwarz-weiß gekleidete Frau führt uns im Inneren abwärts über weißgekalkte Treppenhäuser, steinerne Korridore entlang, um mehrere Ecken und schließlich hinunter über eine letzte, ausladende Treppenflucht.
An ihrem Fuß befindet sich ein riesiger, kreisförmiger Raum mit Dachsparren, die sich im Dunklen verlieren. Der Raum wird fast zur Gänze von einem reglos dastehenden Riesenkarussel eingenommen, über das in Kreuzform breite Lichtstreifen fallen und das die vor uns angekommene Gästeschar winzig erscheinen lässt: Vier weiße Pferde stehen, Brust an

Brust, vor offene Kutschen geschirrt, schaukeln auf ihren Sockeln nach vor und zurück; hoch über den unbewegten, grünen Wellen ragt ein Schiff mit zwei Galionsfiguren auf. Die Gäste weichen vor dem Karussell zurück und trinken Champagner in kleinen ängstlichen Schlucken.
Wir sind so überrascht, dass wir am unteren Ende der Treppe verharren. Obwohl das Karussell noch immer bewegungslos dasteht, fängt nun die Dampfpfeifenorgel mit ohrenbetäubendem Lärm zu blöken und gurgeln an, und der Raum erzittert. Eine Frau mit einer Handtasche über dem Arm nähert sich einem der Pferde und starrt sein vortretendes Auge an. Einer hinter dem anderen, besteigen die Gäste das Karussell, weder erwartungsvoll, noch freudig, sondern angsterfüllt.

Traum

Die Kühe

Jeder neue Tag, an dem sie aus dem hinteren Teil des Stalls hervorkommen, ist es wie der nächste Akt oder der Beginn eines gänzlich neuen Stücks.

Vom hinteren Ende des Stalls schlendern sie mit rhythmisch eleganten Schritten ins Blickfeld – und es ist ein Ereignis: wie der Beginn einer Parade.

Manchmal schließen die zweite und die dritte in würdevollem Prozessionszug auf, nachdem die erste innegehalten hat und nun da steht und starrt.

Sie treten hinter dem Stall hervor, als würde gleich etwas passieren, und dann passiert nichts.

Oder wir ziehen morgens den Vorhang zur Seite, und da stehen sie schon im frühen Sonnenlicht.

Ihre Farbe ist ein tiefes, tintiges Schwarz. Es ist ein Schwarz, das Licht verschluckt.
Ihre Körper sind völlig schwarz, aber in ihren Gesichtern gibt es auch Weiß. Auf zwei der drei Gesichter sind große weiße Flecken, wie eine Maske. Das Gesicht der dritten hat bloß einen kleinen weißen Fleck von der Größe eines Silberdollars auf der Stirn.

Sie rühren sich nicht, bis sie sich wieder in Bewegung setzen, zuerst ein Fuß, dann der nächste – Vorderbein, Hinterbein, Vorderbein, Hinterbein –, und dann bleiben sie an einer anderen Stelle wieder reglos stehen.

Sie stehen so oft völlig reglos da. Doch blicke ich ein paar Minuten später wieder auf, sind sie woanders und stehen wieder völlig still da.

Wenn alle drei in einem weit entfernten Eck der Weide nahe dem Wald sich in einem Haufen aneinander drängen, bilden sie eine dunkle, uneinheitliche Masse mit zwölf Beinen.

Sie stehen häufig auf der großen Weide eng beieinander. Manchmal aber legen sie sich in großem Abstand voneinander hin, gleichmäßig auf das Gras verteilt.

Heute tauchen zwei zur Hälfte hinter dem Stall auf und stehen still. Es vergehen zehn Minuten. Nun sind sie draußen und stehen still. Weitere zehn Minuten vergehen. Nun ist die dritte draußen, und alle drei stehen still, in einer Reihe.

Die dritte kommt hinter dem Stall hervor auf die Weide, als die beiden anderen schon ziemlich weit voneinander getrennt Position bezogen haben. Sie kann wählen, welcher der beiden sie sich anschließen will. Sie geht wohlbedacht zu der einen im weiter hinten gelegenen Eck. Zieht sie die Gesellschaft dieser Kuh vor oder zieht sie das Eck vor, oder ist es komplizierter – dass dieses Eck aufgrund der Anwesenheit dieser Kuh anziehender erscheint?

Ihre Aufmerksamkeit ist vollkommen, als sie zur anderen Straßenseite hinüberblicken: Sie stehen still und sehen uns an.

Gerade weil sie so reglos sind, hat ihre Haltung etwas Philosophisches.

Am häufigsten sehe ich sie vor dem Küchenfenster über dem Rand einer Hecke. Mein Gesichtsfeld ist zu beiden Seiten durch belaubte Bäume eingeschränkt. Es überrascht mich, dass die Kühe so oft sichtbar sind, denn der Teil der Hecke, über den hinweg ich sie sehe, ist nur ungefähr einen Meter breit, und wenn ich meinen Arm gerade vor mir ausstrecke, ist das Gesichtsfeld, innerhalb dessen sie grasen – und das macht die Sache noch rätselhafter – bloß halbfingerbreit. Und doch deckt mein Gesichtsfeld einen Teil ihres Weidelands ab, dessen Fläche hunderte Quadratmeter beträgt.

Die Füße dieser einen bewegen sich, aber weil sie uns direkt ansieht, scheint sie an einem Ort zu verharren. Aber sie wird größer – also muss sie in unserer Richtung unterwegs sein.

Eine von ihnen ist im Vordergrund, die beiden anderen weiter hinten, in dem Teilstück zwischen der einen und dem Wald. Aus meinem Gesichtswinkel nehmen die beiden im Mittelgrund gleich viel Raum ein wie die eine allein im Vordergrund.

Weil sie zu dritt sind, kann eine von ihnen beobachten, was die beiden anderen zusammen tun.
Oder: Weil sie zu dritt sind, können sich zwei über die dritte Sorgen machen, zum Beispiel über diejenige, die sich hingelegt hat. Sie machen sich ihretwegen Sorgen, obwohl sie sich oft hinlegt, obwohl sie alle sich oft hinlegen. Nun stehen die beiden, die sich Sorgen machen, in einem Winkel zur dritten und berühren sie mit ihren Schnauzen, bis sie endlich aufsteht.

Sie sind beinahe gleich groß, und doch ist eine die größte, eine die mittlere und eine die kleinste.

Eine denkt, es gebe einen Grund, forsch zum hinteren Ende der Weide loszumarschieren, doch eine andere denkt, es gebe keinen Grund dazu, und bleibt, wo sie ist.
Zunächst bleibt sie stehen, wo sie ist, während die erste forsch drauflos marschiert, aber dann überlegt sie es sich anders und folgt ihr nach.
Sie folgt, bleibt aber auf halbem Wege stehen. Tut sie das, weil sie vergessen hat, weshalb sie dorthin wollte, oder weil sie das Interesse verloren hat? Sie und die andere stehen parallel zueinander. Sie blickt stur geradeaus.

Wie oft sie stehen bleiben und langsam um sich blicken, so, als wären sie noch nie hier gewesen.
Aber nun trottet sie, in der Anwandlung eines Gefühls, ein paar Meter weit.

Ich sehe bloß eine Kuh neben dem Zaun. Als ich zum Zaun hinaufgehe, sehe ich einen Teil einer zweiten Kuh: Ein Ohr steht seitlich neben der Stalltüre vor. Ich weiß, dass bald ihr ganzes Gesicht sichtbar werden und mich ansehen wird.

Sie sind nicht enttäuscht von uns oder sie erinnern sich nicht an ihre Enttäuschung. Wenn sie eines Tages, wenn wir ihnen nichts zu bieten haben, ihr Interesse verlieren und sich wegdrehen, werden sie die Enttäuschung am nächsten Tag vergessen haben. Wir wissen das, weil sie hoch- und nicht wegsehen, sobald wir auftauchen.

Manchmal nähern sie sich als Gruppe, kleinweise in Staffeln. Eine lässt sich vom Mut der anderen vor ihr anstecken und tut

ein paar Schritte, überholt sie aber nur ein wenig. Nun lässt sich die am weitesten Entfernte vom Mut der ersten anstecken und rückt ein Stück weiter vor, bis sie ihrerseits die anderen anführt. Und auf diese Weise nähern sie sich als Gruppe dem sonderbaren Ding vor ihnen, wobei sie sich wechselseitig vom Mut der anderen anstecken lassen.
Wenn sie in diesem Punkt als eine in sich geschlossene Einheit agieren, so sind sie der kleinen Schar Tauben nicht unähnlich, die wir manchmal drüben bei der Bahnstation beobachten, wo sie ständig Kreise durch den Himmel ziehen und herumwirbeln und plötzlich als kleine Gruppe beschließen, was ihr nächstes Ziel ist.

Wenn wir uns ihnen nähern, werden sie neugierig und kommen her. Sie möchten uns ansehen und uns riechen. Bevor sie an uns riechen, schnauben sie kräftig, um ihre Atemwege frei zu machen.

Sie lecken gerne Dinge ab – die Hand oder den Ärmel eines Menschen oder den Kopf oder die Schultern oder den Rücken einer anderen Kuh. Und sie werden selbst gerne abgeleckt: Während sie abgeleckt wird, steht sie reglos da, den Kopf leicht geneigt und in den Augen einen Ausdruck tiefer Konzentration.
Mag sein, dass die eine auf die, die gerade abgeleckt wird, eifersüchtig ist: Sie stößt ihren Kopf unter den vorgereckten Hals jener, die leckt, und reckt ihn in die Höhe, bis das Lecken aufhört.

Zwei stehen eng beieinander: Nun setzen sie sich im gleichen Augenblick in Bewegung, verändern ihre Position im Verhältnis zueinander und bleiben wieder stehen, so als befolgten sie genau die Anweisungen eines Choreografen.

Nun nehmen sie eine neue Position ein, so dass an jedem Ende ein Kopf ist und dazwischen zwei Klumpen aus Beinen.

Nachdem sie eine Zeit lang mit den anderen in eng gedrängten Haufen beisammen gestanden hat, geht eine von sich aus ans hintere Ende der Weide: In diesem Augenblick sieht es aus, als hätte sie ihren eigenen Kopf.

Als sie sich niederlegt, bildet sie, von der Seite gesehen, mit ihrem in die Höhe gereckten Kopf und den vor ihr abgewinkelten Beinen, ein langes, spitzwinkeliges Dreieck.

Von der Seite gesehen, bildet ihr Kopf ein fast perfektes gleichschenkeliges Dreieck mit einem stumpfen Winkel an der Stelle, wo sich ihre Nase befindet.

In einem Augenblick singulärer Leichtigkeit macht sie, auf dem Weg quer über die Weide und aus ihr hinaus, einmal einen Buckel und tänzelt dann herum.

Zwei von ihnen eröffnen munter eine Partie Köpfestoßen, als ein Auto vorbeifährt und sie innehalten, um zu schauen.

Sie macht einen Buckel und schaukelt steif vor und zurück. Das reizt eine andere, sie mit dem Kopf zu stoßen. Nachdem sie mit dem Köpfestoßen fertig sind, senkt die andere ihre Schnauze wieder zum Boden hinunter, während die eine still dasteht und geradeaus schaut, als ob sie sich fragte, was sie da gerade getan hat.

Spiele: Köpfestoßen, gegenseitiges Sich-Besteigen, entweder von vorn oder von hinten; Alleine-Dahintrotten, Gemeinsam-Dahintrotten; Buckeln und Alleine-Herumtänzeln; Kopf-

und-Brust-auf-den-Boden-Legen, bis sie aufmerken und zu einem hin trotten; gegenseitiges Sich-Umkreisen; Kopf zum Köpfestoßen senken, es dann aber bleiben lassen.

Sie muht in Richtung der bewaldeten Hügel hinter ihr, und der Ton schallt zurück. Sie muht abermals, in einem hohen Falsettton. Es ist ein sehr leiser Ton, der da aus einem so großen, dunklen Tier herauskommt.

Heute stehen sie in einer Reihe, eine exakt hinter der anderen, Kopf an Schwanz, Kopf an Schwanz, als wären sie wie Eisenbahnwaggons aneinander gekoppelt, wobei die erste wie der Scheinwerfer der Lokomotive gerade nach vorne blickt.

Der Umriss einer schwarzen Kuh, direkt von vorne gesehen: ein weiches, schwarzes Oval, oben breiter, nach unten hin spitz zulaufend, wie eine Träne.

Die Hinterteile eng beieinander, schauen sie nun in drei der vier Himmelsrichtungen.

Manchmal geht eine in Stellung, um zu koten, der am unteren Ende angehobene Schwanz in der Form eines gebogenen Pumpenschwengels.

Sie scheinen heute Morgen erwartungsvoll, dabei handelt es sich um eine Kombination von zweierlei: dem sonderbaren gelben Licht vor einem Sturm und ihrem aufmerksamen Gesichtsausdruck, wenn sie dem lauten Klopfen eines Spechts zuhören.

Gleichmäßig – eins, zwei, drei – auf dem blassen gelb-grünen, späten Novembergras verteilt, stehen sie so still auf den im

Vergleich zum Körper relativ dünnen Beinen, dass diese, wenn sie uns ihre Seite zukehren, manchmal wie Zinken aussehen, und sie wirken wie in die Erde gesteckt.

Wie gelenkig und wie präzise sie ist: Sie kann ihren Hinterhuf bis ganz nach vorne bringen, um sich an einer bestimmten Stelle im Ohrinneren zu kratzen.

Es ist der gesenkte Kopf, der sie weniger vornehm erscheinen lässt als etwa ein Pferd oder ein Reh, das man im Wald überrascht. Genauer: Es ist der gesenkte Kopf und Nacken. Als sie innehält, bildet der Scheitel ihres Kopfes mit dem Rücken eine Gerade oder bleibt sogar ein wenig darunter, so dass es aussieht, als würde sie den Kopf aus Mutlosigkeit, Verlegenheit oder Scham hängen lassen. Zumindest eine Andeutung von Demut und Dumpfheit ist da. Aber all diese Unterstellungen sind unwahr.

Er erklärt uns: In Wahrheit tun sie nichts.
Dann fügt er hinzu: Aber natürlich gibt es für sie auch nicht viel zu tun.

Ihre Anmut: Wenn sie gehen, wirken sie von der Seite anmutiger als von vorne. Von vorne betrachtet, schwanken sie beim Gehen ein klein wenig von einer Seite zur anderen.

Wenn sie gehen, sind ihre Vorderbeine anmutiger als ihre Hinterbeine, die steifer wirken.

Die Vorderbeine sind anmutiger als die Hinterbeine, weil sie beim Anheben eine Kurve beschreiben, wogegen die Hinterbeine beim Anheben eine gezackte, blitzartige Linie beschreiben.

Vielleicht aber sind die Hinterbeine, wenn auch weniger anmutig als die Vorderbeine, eleganter.

Der Grund dafür liegt in der Funktionsweise der Gelenke in ihren Beinen: Während sich die beiden unteren Gelenke des Vorderbeins auf die gleiche Weise abbiegen, so dass das Vorderbein beim Heben eine Kurve beschreibt, biegen sich die unteren Gelenke des Hinterbeins in entgegengesetzter Richtung ab, so dass das Bein beim Heben zwei gegenständige Winkel bildet und das untere Gelenk leicht nach vorne zeigt, das obere scharf nach hinten.

Da jetzt Winter ist, grasen sie nicht, sondern stehen bloß reglos da und stieren vor sich hin oder gehen einmal hierhin, dann dorthin.

Es ist ein sehr kalter Wintermorgen, fast zwanzig Grad minus, aber sonnig. Zwei von ihnen stehen, Kopf an Schwanz, sehr lange Zeit reglos da, ungefähr in west-östlicher Richtung. Wahrscheinlich halten sie ihre Flanken der Sonne hin, um sich zu wärmen.
Wenn sie sich dann endlich bewegen, so deshalb, weil ihnen warm genug ist – oder weil sie eingerostet oder gelangweilt sind?

Manchmal bilden sie vor dem Hintergrund des Schnees eine schwarze, klumpige Masse, an beiden Enden jeweils ein Kopf und darunter haufenweise Beine.
Oder die drei bilden, wenn sie in die gleiche Richtung schauen, von der Seite betrachtet, eine einzige massige Kuh mit drei Köpfen, zwei in der Luft, einer gesenkt.

Manchmal handelt es sich bei dem, was wir gegen den Schnee

sehen, um Höcker – Höcker aus Ohren und Nüstern, Höcker aus knochigen Hüften, oder aus sich scharf abhebenden Scheiteln oder aus ihren Schultern.

Wenn es schneit, schneit es auf sie ebenso herab wie auf die Bäume und die Weide. Manchmal sind sie genauso still wie die Bäume oder die Weide. Der Schnee türmt sich auf ihren Rücken oder Köpfen.

Es hat eine Zeit lang mächtig geschneit, und es schneit noch immer. Wenn wir zu ihnen hinauf gehen, zum Zaun, neben dem sie stehen, dann sehen wir, dass auf ihren Rücken eine Schicht Schnee liegt. Auch auf ihren Gesichtern liegt eine Schicht Schnee, und selbst auf jedem ihrer Barthaare rund um ihre Mäuler bildet der Schnee eine dünne Linie. Der Schnee auf ihren Gesichtern ist so weiß, dass die weißen Flecken auf ihren Gesichtern, die einmal vor dem schwarzen Hintergrund so weiß aussahen, nun einen Stich ins Gelbliche haben.

Wenn sie, jede für sich und mit jeweils viel Platz dazwischen, direkt auf uns zu kommen, dann wirken sie vor dem Hintergrund des Schnees aus der Entfernung wie breite schwarze Striche einer Feder.

Ein Wintertag. Zuerst spielt, auf der gleichen Weide wie die Kühe, ein Junge im Schnee. Dann werfen, von außerhalb der Weide, drei Jungen Schneebälle auf einen vierten, der auf einem Fahrrad an ihnen vorüberfährt.
Inzwischen stehen die drei Kühe Hinterteil an Hinterteil, deren jedes die Nachbarin berührt, wie Scherenschnitte da.
Nun fangen die Jungen an, die Kühe mit Schneebällen zu bewerfen. Ein Nachbar, der das beobachtet, sagt: »Es war bloß eine Frage der Zeit. Sie konnten gar nicht anders.«

Aber die Kühe entfernen sich bloß von den Jungen.

Sie sind so schwarz vor dem weißen Schnee und stehen so nah beieinander, dass ich nicht weiß, ob es drei sind, die da beisammenstehen, oder nur zwei – aber es sind sicherlich mehr als acht Beine in diesem Haufen?

In der Ferne beugt sich eine zum Schnee hinunter; die beiden anderen sehen zu, dann trotten sie zu ihr hinüber, dann verfallen sie in einen kurzen Kanter-Galopp.

Am hinteren Ende der Weide, nahe beim Wald, gehen sie von rechts nach links, und dank ihrer Position verschwinden ihre Körper vollständig in dem dunklen Wald hinter ihnen, während sich ihre Beine immer noch vor dem Schnee abzeichnen – schwarze Stöcke, die vor dem weißen Boden aufblitzen.

Oft gleichen sie einem mathematischen Problem: 2 Kühe, die sich im Schnee hinlegen, plus 1 Kuh, die dasteht und zum Hügel hinschaut, ergibt 3 Kühe.
Oder: 1 Kuh, die sich im Schnee hinlegt, plus 2 Kühe auf ihren Beinen, die über die Straße in diese Richtung blicken, ergibt 3 Kühe.
Heute liegen alle drei.

Nun, mitten im Winter, verbringen sie viel Zeit damit, im Schnee herumzuliegen.

Legt sie sich nieder, weil sich die beiden anderen vor ihr niedergelegt haben, oder legen sich alle drei nieder, weil alle drei das Gefühl haben, es sei der richtige Moment, sich hinzulegen? (Es ist kurz nach Mittag, ein kühler, erster Frühjahrstag mit zeitweiligem Sonnenschein und schneefreiem Boden.)

Ähnelt ihre Form, wenn sie sich hinlegt und wenn man ihre Seite betrachtet, nicht, von oben her gesehen, am ehesten der eines Stiefelknechts?

Schwer zu glauben, dass ein Leben so einfach sein könnte, aber es ist eben so einfach. Es ist das Leben einer Wiederkäuerin, einer behüteten gezähmten Wiederkäuerin. Sollte sie allerdings kalben, würde ihr Leben komplizierter.

Die Kühe, in der Vergangenheit, in der Gegenwart und in der Zukunft: Sie waren so schwarz vor dem blassen, gelb-grünen, späten Novembergras. Dann waren sie so schwarz vor dem weißen Schnee im Winter. Nun sind sie schwarz vor dem lohgelben Gras zu Beginn des Frühjahrs. Bald werden sie so schwarz sein vor dem dunkelgrünen Sommergras.

Zwei von ihnen sind wahrscheinlich trächtig und sind wahrscheinlich schon seit Monaten trächtig. Aber es ist schwer, das mit Sicherheit zu sagen, weil sie so massig sind. Wir werden es nicht wissen, bevor das Kalb nicht geboren ist. Und nachdem es geboren ist, wird die Kuh, obwohl das Kalb sehr groß ist, genau so massig aussehen wie zuvor.

Die Neigungswinkel einer Kuh beim Grasen, von der Seite her gesehen: Von ihren knochigen Hüften bis zu den Schultern verläuft eine ganz flache, kaum wahrnehmbare Abwärtsneigung, dann eine sehr steile Neigung von den Schultern bis zur Spitze der Nüstern unten im Gras.

Von der Seite gesehen ist die Haltung oder die Form der grasenden Kuh sehr elegant.

Warum grasen sie so oft so, dass sie sich mir eher von ihrer Sei-

te präsentieren als von vorne oder hinten? Tun sie es, weil sie so, auf der einen Seite sowohl den Wald, als auch, an der anderen Seite, die Straße im Auge behalten können? Oder sind sie vom Straßenverkehr beeinflusst, so gering dieser – von rechts nach links und von links nach rechts – auch ist, so dass sie parallel zu ihm grasen?
Vielleicht aber stimmt gar nicht, dass sie mir beim Grasen häufiger ihre Seite zukehren. Vielleicht schenke ich ihnen bloß mehr Aufmerksamkeit, wenn sie mit der Seite zu mir stehen. Immerhin ist, wenn sie mir ihre Seite ganz zukehren, die größte Körperoberfläche für mich sichtbar; sobald sich der Winkel ändert, sehe ich weniger von ihnen, bis für mich nur noch der kleinste Teil sichtbar ist, wenn sie mir, entweder mit dem Kopf oder dem Hinterteil, direkt gegenüber stehen.

Sie bewegen sich da und dort langsam über die Weide – nur ihre Schwänze schlagen heftig nach beiden Seiten aus. Einen Kontrast zu ihnen bilden kleine Vogelschwärme – schwarz wie sie –, die in einem fort in Wellen auffliegen und sich hinter ihnen und im Kreis um sie niederlassen. Die Vögel bewegen sich auf eine Weise, die auf uns fröhlich und ausgelassen wirkt, wahrscheinlich aber ist es bloß der Eifer, mit dem sie ihre Beute verfolgen – die Fliegen, die ihrerseits von den Kühen hochflitzen, um sich wieder auf ihnen niederzulassen.

Ihre Schwänze klappen und wippen nicht geradezu hoch und nieder, und sie peitschen auch nicht, da kein Peitschen zu hören ist. Ihre Bewegung ist ein ständiges Herunterzischen und Herumwischen, und dabei erzeugen ihre Schwanzquasten kleine flippende Geräusche.

Ihr Kopf ist gesenkt, und sie grast in einem dunklen Kreis, dem eigenen Schatten.

So wie es uns schwerfällt aufzuhören in unserem Garten Unkraut zu jäten, weil immer noch Unkraut da ist, so fällt es ihr vielleicht schwer, mit Grasen aufzuhören, weil direkt vor ihr immer ein paar junge Grashalme stehen.

Wenn das Gras kurz ist, kann sie es direkt zwischen ihren Zähnen und Lippen packen; ist das Gras länger, dann fängt sie es zuerst vielleicht mit einem seitwärts ausholenden Schwung der Zunge ein, um es in ihr Maul zu befördern.

Ihre großen Zungen sind nicht rosa. Die Zungen von zweien sind hellgrau. Die Zunge der dritten, der schwärzesten, ist dunkelgrau.

Eine von ihnen hat gekalbt. Aber de facto ist ihr Leben nicht viel komplizierter als früher. Sie hält still, um es saugen zu lassen. Sie leckt es ab.
Bloß die Stunden der Geburt selbst waren an jenem Tag (Palmsonntag) um vieles komplizierter.

Heute haben sich die Kühe auf der Weide wieder symmetrisch verteilt, nun aber hat sich ein dunkler Strich in das Gras zwischen sie hinein verirrt – das schlafende Kalb.

Früher waren drei dunkle waagrecht hingestreckte Klumpen auf der Weide, wenn sie sich zum Ausruhen hinlegten. Nun sind es drei und dazu ein weiterer, sehr kleiner.

Bald grast auch er, drei Tage alt, oder er lernt zu grasen, aber von da, wo ich stehe und ihn beobachte, ist er so klein, dass er manchmal durch einen Zweig verdeckt wird.

Wenn er, eine Miniatur, still steht, die Nüstern im Gras wie

seine Mutter, sieht er wie eine dicke schwarze Heftklammer aus, weil sein Körper so klein ist und seine Beine so dünn sind.
Wenn er hinter ihr herläuft, dann läuft er im Kanter-Galopp wie ein Schaukelpferd.

Manchmal legen sie nachdrücklich Protest ein – wenn sie kein Wasser haben oder nicht in den Stall können. Eine von ihnen, die dunkelste, muht zwanzigmal oder öfter in absolut regelmäßigen Trompetenstößen. Das Echo dieses Tons hallt von den Hügeln zurück wie der Feueralarm von einem Feuerwehrhaus.
Bei diesen Gelegenheiten klingt sie autoritativ. Aber sie besitzt keine Autorität.

Es zweites Kalb wird geboren, von einer zweiten Kuh. Nun ist ein kleiner dunkler Klumpen im Gras das ältere Kalb, ein weiterer, kleinerer dunkler Klumpen im Gras das Neugeborene.

Die dritte Kuh konnte nicht besamt werden, weil sie nicht auf den Transporter stieg, der sie zum Stier bringen sollte. Ein paar Monate danach wollte man sie zum Schlachter bringen. Aber sie stieg nicht in den Transporter, der sie zum Schlachter bringen sollte. Also ist sie immer noch da.

Andere Nachbarn mögen von Zeit zu Zeit fort sein, die Kühe sind aber immer da, auf der Weide. Oder, wenn sie nicht auf der Weide sind, im Stall.
Ich weiß, dass, wenn sie auf der Weide sind und ich von dieser Seite zum Zaun hingehe, früher oder später alle drei von der anderen Seite zum Zaun herkommen, um sich mit mir zu treffen.

Sie kennen die Wörter *Person*, *Nachbar*, *beobachten* nicht – nicht einmal *Kuh*.

Wenn das Licht im Haus in der Abenddämmerung an ist, kann man sie nicht sehen, obwohl sie auf der Weide jenseits der Straße sind. Wenn wir das Licht ausschalten und in die Abenddämmerung hinaussehen, werden sie allmählich wieder sichtbar.

Sie sind noch immer da draußen in der Abenddämmerung, und grasen. Aber als die Dämmerung sich zum Dunkel verwandelt, wobei der Himmel über dem Wald immer noch purpurn blau ist, wird es immer schwerer, ihre schwarzen Körper vor der eindunkelnden Weide auszumachen. Dann kann man sie überhaupt nicht mehr sehen, aber sie sind noch immer da draußen und grasen im Dunkel.

Die Schau

Geschichte von Flaubert

Gestern ging ich im tiefen Schnee zu einer Schau von Wilden, die von Le Havre hierher gekommen war. Es waren Kaffern. Die armen Neger sahen, ebenso wie ihr Manager, aus, als würden sie vor Hunger sterben.

Man zahlte für die Schau ein paar Pennys Eintritt. Es war ein erbärmlicher, verrauchter Raum oben am Ende mehrerer Treppen. Sie war nicht gut besucht – sieben oder acht Jungs in Arbeitskleidung saßen verteilt in den Stuhlreihen. Wir warteten eine Weile. Dann erschien eine Art wildes Tier, das über seinem Rücken ein Tigerfell trug und grimmige Schreie ausstieß. Ein paar mehr folgten ihm in den Raum – insgesamt waren es vier. Sie stiegen auf ein Podest und hockten sich um einen Kessel für ein Schmorgericht. Sie waren dünn wie Skelette, trugen am ganzen Körper Tätowierungen und Amulette, und mit ihrer Haut von der Farbe meiner altgedienten Pfeife sahen sie gleichzeitig abscheulich aus und grandios; ihre Gesichter waren platt, die Zähne weiß, die Augen groß, der Gesichtsausdruck verzweifelt traurig, verwundert und entmenscht. Das Zwielicht vor den Fenstern und das Weiß der beschneiten Hausgiebel auf der anderen Straßenseite warfen ein graues Leichentuch über sie. Ich hatte das Gefühl, als sähe ich die ersten Menschen auf Erden – als wären sie eben erst erschaffen worden und kröchen neben den Schildkröten und Krokodilen herum.

Dann nahm mich eine von ihnen, eine alte Frau, wahr und

kam in den Zuschauerraum, wo ich saß – es sah aus, als hätte sie plötzlich Gefallen an mir gefunden. Sie sagte etwas zu mir, etwas Herzliches, wie mir schien. Dann versuchte sie mich zu küssen. Die Zuschauer sahen verblüfft zu. Eine Viertelstunde lang blieb ich auf meinem Sitz und hörte mir ihre langen Liebeserklärungen an. Ich fragte den Manager wiederholt, was sie sagte, aber er konnte mir nicht etwas übersetzen.

Obwohl er behauptete, sie verstünden ein wenig Englisch, schienen sie kein einziges Wort zu verstehen, denn nachdem die Schau schlussendlich – zu meiner Erleichterung – ihr Ende fand, stellte ich ihnen ein paar Fragen, und sie konnten sie nicht beantworten. Ich war froh, von diesem elenden Ort weg und wieder hinaus in den Schnee zu kommen, obwohl ich irgendwo meine Stiefel verloren hatte.

Was ist es, was mich für Kretins, Verrückte, Idioten und Wilde so attraktiv macht? Nehmen diese bedauernswerten Kreaturen an mir eine Art Zuneigung wahr? Spüren sie irgendein Band zwischen uns? Es ist *todsicher* da. Bei den Kretins im Wallis war das so, bei den Verrückten in Kairo, bei den Mönchen in Oberägypten – sie alle haben mich mit ihren Liebeserklärungen verfolgt!

Später, hörte ich, seien die Wilden von ihrem Manager nach dieser Schau verlassen worden. Sie waren beinahe zwei Monate lang in Rouen gewesen, zuerst auf dem Boulevard Beauvoisin, dann in der Grande Rue, wo ich sie sah. Als er sie verließ, wohnten sie in einem schäbigen kleinen Hotel in der Rue de la Vicomté. Ihr letzter Ausweg war, ihren Fall dem englischen Konsul vorzutragen – ich weiß nicht, wie sie sich verständlich machten. Der Konsul aber bezahlte ihre Schulden – 400 Francs für das Hotel – und steckte sie dann in den Zug nach Paris. Sie hatten da ein Engagement – es sollte ihr Debut in Paris werden.

Brief an eine Erzeugerfirma von Pfefferminzbonbons

Liebe/r Hersteller/in der *Old Fashioned Chewy Peps,*

als mein Mann und ich letzte Weihnacht kurz bei einem exklusiven Warenhaus auf dem Land Halt einlegten, das sowohl Wochenendurlauber als auch die örtliche Bevölkerung versorgt und in dessen Seitengebäude ein Esslokal untergebracht ist und das von einem Paar geführt wird, das ständig keift und auf seiner Mitarbeiterin herumhackt, und als wir uns, nach dem Lunch und vor unserer Abfahrt, unter den Angeboten abgepackter und frisch zubereiteter Delikatessen umsahen, da hatte es uns die fröhliche, knallrote Blechdose (die Sie »Büchse« nennen) mit Ihren *Old Fashioned Chewy Peps* angetan. Ich liebe Pfefferminzbonbons, und als ich die Liste der Inhaltsstoffe auf Ihrer Dose durchlas und feststellte, dass diese ohne Konservierungsmittel, künstliche Geschmacksverstärker oder Lebensmittelfarben hergestellt werden, beschloss ich diese Bonbons zu kaufen, weil es schwer ist, naturreine Bonbons zu bekommen. Ich erkundigte mich nicht nach dem Preis für die Dose, denn obwohl mir klar war, dass sie in diesem speziellen Laden teuer sein würde, war ich zu einer kleinen Extravaganz bereit, da Weihnacht vor der Tür stand. Als es dann zum Zahlen kam, war ich allerdings schockiert wegen des Preises, der für die Dose mit Bonbons $ 15 betrug, Nettogewicht 13 Unzen (369 Gramm). Nach einem Augenblick des Zögerns kaufte ich sie trotzdem, teils, weil es mir vor der ungeduldigen und mürrischen jungen Frau an der Kassa peinlich war, und teils, weil ich auf diese Pfefferminzbonbons nicht verzichten wollte. Wieder daheim, las ich die augenzwinkernde Warnung auf Ihrer Dose, man solle die Bonbons im Mund zuerst aufweichen, bevor man in sie hineinbeiße. Sie schrieben: »Ihre Zähne werden es Ihnen danken!« Nun, es stimmt tatsächlich, dass die Bonbons weich erscheinen, aber wie Eisen sind, wenn man in sie hineinbeißt. Als ich dann tatsächlich eines aß, kaute ich vorsichtig und unter größten Schwierigkeiten. Das Bonbon ließ sich nur mit Mühe lutschen, weil es ständig an dem einen oder anderen Zahn haften blieb. Nichtsdestoweniger möchte ich hier und jetzt feststellen, dass der Geschmack hervorragend war. Dass ich Ihnen schreibe, hat nichts mit dem Geschmack oder der Schwierigkeit beim Kauen der Minzbonbons zu tun, sondern mit der Stückmenge in der Dose. Beim ersten Öffnen und bevor ich noch eines gegessen hatte, bemerkte ich, dass die Bonbons nicht eben dicht nebeneinander gepackt waren. Sie füllten die Dose zwar bis oben hin, aber nur lose. Ich sah mir noch einmal die Liste mit den Inhaltsstoffen an. Sie gaben darin als Stückzahl 6 an, genauer gesagt, jede Dose enthalte »etwa« 12 1/3 Portionen. Ich rechnete es mir durch und kam zu dem Ergebnis, dass die Dose »etwa« 74 Stück enthalten sollte. Um ehrlich zu sein – ich glaubte nicht, dass in ihr 74 Bonbons enthalten wären. Nachdem ich meine Familie darauf aufmerksam gemacht hatte, beschlossen wir darauf zu wetten, wie viele Bonbons enthalten wären, um sie im Anschluss zu zählen. Meine Wette war: 64 Stück. Mein Mann, der Ihren Behauptungen mehr Glauben schenkte, wettete, es seien 70. Mein Sohn, ein Teenager und mutiger, wettete, es seien bloß 50 Stück enthalten. Ich zählte sie also auf dem Esstisch ab, und wer, glauben Sie, hat die Wette gewonnen? Bedauerlicherweise muss ich sagen, es war mein Sohn. In der Dose (oder Büchse) waren bloß 51 Stück! Ich muss sagen, ich hätte es verstanden, wären es 70 oder 66 Stück gewesen, aber 51 Stück, das macht bloß annähernd zwei Drittel der Stückzahl, die ihren Angaben zufolge in der Dose enthalten seien. Ich verstehe nun wirklich nicht, weshalb Sie so falsche Angaben machen. Aus reiner Neugierde habe ich soeben eine Berechnung aufgestellt, um zu überprüfen, ob Ihre Angaben, das Nettogewicht der Pfefferminzbonbons betreffend, ebenso übertrieben sind. Sie behaupten, jedes Stück wiege etwa 5 Gramm, und als Nettogewicht geben Sie 369 Gramm an. Das würde nun aber, aufgerundet, abermals 74 Stück ergeben, und da es nicht 74, sondern 51 Stück waren, betrüge das Nettogewicht der Bonbons eher 255 Gramm. Ich kann diese Kalkulation nicht durch Abwiegen der Bonbons verifizieren, weil wir sie unterdessen alle aufgegessen haben. Sie waren köstlich, aber wir fühlen uns geneppt, oder sollte ich eher sagen: übers Ohr gehauen? Wären Sie bitte so freundlich, diese Diskrepanz zu erklären?

Mit freundlichen Grüßen

P.S.: Folgendes lässt meinen Kauf noch extravaganter erscheinen. 13 Unzen zu $ 15 würden etwa $ 18 pro Pfund ergeben; 8 Unzen zu $ 15 machen aber $ 30 pro Pfund.

Ihre Geografie: Illinois

Sie weiß, dass sie in Chicago ist.
Aber sie realisiert noch nicht, dass sie in Illinois ist.

IV

Ödön von Horváth auf Wanderschaft

Ödön von Horváth wanderte einmal in den Bayerischen Alpen, als er in einiger Entfernung von dem Wanderweg das Skelett eines Mannes entdeckte. Der Mann war offensichtlich ein Bergwanderer gewesen, denn er trug noch immer einen Ranzen. Von Horváth öffnete den Ranzen, der so gut wie neu aussah. Er fand darin einen Pullover und andere Kleidungsstücke; eine kleine Tüte mit etwas, das einmal Essen gewesen war; ein Tagebuch; und eine bereits adressierte Postkarte von den Bayerischen Alpen, auf der zu lesen stand: »Verbringe eine wunderbare Zeit.«

Im Zug

Wir, er und ich, obwohl Fremde, haben uns miteinander gegen die beiden Frauen vor uns verbündet, die sich so beharrlich und lautstark über den Gang hinweg miteinander unterhalten. Schlechte Manieren. Wir runzeln die Stirn.

Im Lauf der Reise blicke ich später (über den Gang hinweg) zu ihm hinüber, und da bohrt er in der Nase. Was mich angeht, so lasse ich etwas Tomate aus meinem Sandwich auf meine Zeitung tröpfeln. Schlechte Angewohnheiten.

Ich würde nicht darüber berichten, wäre ich diejenige, die in der Nase bohrt.
Ich sehe nochmals hin, und er tut's noch immer.

Was die Frauen angeht, so sitzen sie nun Seite an Seite nebeneinander und lesen schweigend, tipptopp und sauber, die eine eine Zeitschrift, die andere ein Buch. Nichts daran herumzumäkeln.

Das Problem mit dem Staubsauger

Der Besuch eines Priesters steht bevor – oder vielleicht sind es zwei Priester.
Aber das Dienstmädchen hat den Staubsauger in der Diele stehen lassen, direkt vor der Eingangstür.
Ich habe sie zweimal gebeten, ihn zu entfernen, aber sie tut es nicht.
Ich werde es ganz sicher nicht tun.
Einer der Priester ist, wie ich weiß, der Rektor von Patagonien.

Die Seehunde

Ich weiß, an diesem Tag sollten wir eigentlich glücklich sein. Wie merkwürdig. Wenn man sehr jung ist, ist man gewöhnlich glücklich, wenigstens ist man bereit dazu. Man wird älter und sieht die Dinge klarer, und es gibt weniger, worüber man glücklich sein könnte. Auch fängt man an, Menschen zu verlieren – die Familie. Die unsrige gehörte nicht unbedingt zur unkomplizierten Sorte, aber es war die unsrige – jenes Blatt, das uns zugeteilt worden war. Wir waren tatsächlich fünf, wie ein Blatt Pokerkarten – das habe ich bis jetzt noch nie bedacht.

Der Fluss liegt jetzt hinter uns, wir sind auf dem Weg hinein nach New Jersey und werden in ungefähr einer Stunde in Philadelphia sein; der Zug ist pünktlich abgefahren.

Ich denke vor allem an sie – älter als ich und älter als unser Bruder und so oft für uns verantwortlich, immer die Hauptverantwortliche, zumindest bis wir alle erwachsen waren. Als ich erwachsen wurde, hatte sie schon ihr erstes Kind. Richtiger, als ich einundzwanzig wurde, hatte sie schon beide.

Meistens denke ich nicht an sie, weil ich nicht gerne traurig bin. Ihre großflächigen Wangen, die weiche Haut, die liebenswerten Gesichtszüge, die großen Augen, die helle Gesichtsfarbe, das blonde Haar, koloriert, aber natürlich, mit ein bisschen Grau darin. Sie sah immer ein bisschen müde aus, ein bisschen traurig, wenn sie in einer Unterhaltung eine Pause einlegte, wenn sie sich für einen Augenblick ausruhte, und vor allem auf Fotografien. Ich habe wieder und wieder nach einem Foto

gesucht, auf dem sie nicht müde oder traurig aussieht, aber es ist nur ein einziges zu finden.
Sie haben gesagt, sie habe während ihres Komas all die Tage jung und friedlich ausgesehen. Es ging immer weiter – und keiner wusste genau, wann es zu Ende wäre. Mein Bruder erzählte mir, sie habe geglüht, auf ihrem Gesicht lag ein feuchter Glanz – sie schwitzte ein wenig. Wir hatten vereinbart, sie solle, unter Mithilfe von ein bisschen Sauerstoff, aus eigener Kraft atmen – bis sie aufhören würde zu atmen. Ich habe sie nie im Koma gesehen, und ich habe sie nicht am Ende gesehen. Heute tut mir das Leid. Ich dachte, ich sollte bei meiner Mutter bleiben und auf das Ende warten, ihre Hand halten, bis der Anruf käme. Zumindest habe ich mir das so eingeredet. Der Anruf kam mitten in der Nacht. Meine Mutter und ich erhoben uns, und dann standen wir nebeneinander im dunklen Wohnzimmer, Licht fiel nur von draußen, von den Straßenlampen, herein.
Sie geht mir so ab. Vielleicht geht einem jemand umso mehr ab, wenn es einem nicht gelingt herauszufinden, welche Beziehung man hatte. Oder wenn sie nicht abgeschlossen scheint. Als ich klein war, dachte ich, ich liebte sie mehr als unsere Mutter. Dann ging sie fort.
Ich glaube, sie ging unmittelbar nach Abschluss ihres Colleges. Sie übersiedelte in die Stadt. Ich war damals vielleicht sieben. Ich habe ein paar Erinnerungen an sie, in diesem Haus, bevor sie wegzog. Ich erinnere mich, dass sie im Wohnzimmer Musik spielte, ich erinnere mich, wie sie, ein wenig nach vorne gebeugt neben dem Klavier stand, die Lippen um das Mundstück ihrer Klarinette geschürzt, die Augen auf dem Notenblatt. Sie spielte damals sehr gut. Es gab immer ein kleineres Familiendrama wegen der Rohrblätter, die sie für das Mundstück der Klarinette brauchte. Jahre später, meilenweit weg, holte sie, wenn ich zu Besuch war, die Klarinette, auf der sie lange nicht

mehr gespielt hatte, wieder hervor, und dann versuchten wir, gemeinsam etwas zu spielen und machten aufs Geratewohl ein Stück durch. Manchmal konnte man die vollen runden Töne hören, die sie zu erzeugen gelernt hatte, und ihr unfehlbares Gespür für den Klang einer Tonfolge, aber ihre Lippenmuskeln waren schwach geworden, und manchmal verlor sie die Kontrolle. Das Instrument piepste oder blieb stumm. Wenn sie spielte, presste sie die Luft mit großem Druck ins Mundstück, und während der Pausen senkte sie momentlang das Instrument, stieß die Luft heftig aus und holte rasch Atem, bevor sie von Neuem zu spielen anfing.

Ich erinnere mich an die Stelle in unserem Haus, an welcher das Klavier stand, direkt im Bogengang, der in diesen langen niedrigen Raum führte, der von den Kiefern vor den straßenseitigen Fenstern beschattet war und durch dessen Seitenfenster die Sonnenstrahlen fielen, von der offenen Seite, aus dem sonnenhellen Garten, mit den Rosenbüschen, die am Haus emporwuchsen, und den Schwertlilienbeeten in der Rasenmitte, aber dass sie während dieser Ferien da war, erinnere ich mich nicht. Mag sein, dass sie dafür nicht nach Hause kam. Sie war zu weit weg, um nach Hause zu kommen. Wir waren nicht eben mit Geld gesegnet, und so war für Eisenbahnfahrscheine wahrscheinlich nicht viel da. Und vielleicht wollte sie nicht so oft zurückkommen. Damals hätte ich das nicht verstanden. Ich sagte zu meiner Mutter, ich würde alle meine paar ersparten Dollars drangeben, wenn sie das dazu veranlassen könnte, wieder auf Besuch nach Hause zu kommen. Ich meinte das sehr ernst, ich dachte, vielleicht hilft es was, aber unsere Mutter lächelte bloß.

Ich vermisste sie so sehr. Als sie noch zuhause lebte, passte sie oft auf uns auf, auf meinen Bruder und mich. Am Tag meiner Geburt, an diesem heißen Sommernachmitttag, war sie es, die auf meinen Bruder schaute. Man setzte die beiden beim

Rummelplatz ab. Sie führte ihn stundenlang herum, beide verschwitzt und durstig und müde, zwischen den Buden und Karussells auf diesem flachen Jahrmarktsareal, wo wir Jahre später das Feuerwerk ansehen würden. Vater und Mutter waren Meilen weg, am anderen Ende der Stadt, im Krankenhaus oben auf dem Hügel.

Als ich zehn war, übersiedelten auch wir andern in diese Stadt, so dass wir ein paar Jahre lang alle nahe beieinander wohnten. Sie besuchte uns in unserem Apartment und blieb eine Weile, aber meiner Meinung nach kam sie nicht sehr oft, und ich verstehe eigentlich nicht, warum nicht. Ich kann mich nicht erinnern, dass sie an Familienessen teilgenommen hätte, ich erinnere mich nicht an gemeinsame Ausflüge in die Stadt. Wenn sie in unserer Wohnung war, hörte sie mir aufmerksam beim Klavierüben zu. Sie sagte mir, wenn ich einen falschen Ton angeschlagen hatte, aber manchmal irrte sie sich dabei. Sie brachte mir die ersten französischen Wörter bei: Sie ließ sie mich immer wieder aufsagen, bis ich die Aussprache richtig hinbekam. Unsere Mutter ist nun auch tot, deshalb kann ich sie nicht fragen, warum wir sie nicht öfter bei uns sahen.

Es wird von ihr nun keine Geschenke mit Tiermotiven mehr geben. Es wird überhaupt keine Geschenke mehr von ihr geben.

Weshalb diese Geschenke mit Tiermotiven? Weshalb wollte sie mich an Tiere erinnern? Einmal hat sie mir ein Mobile mit Porzellanpinguinen geschenkt – weshalb? Ein andermal eine Möwe aus Balsaholz, die an Schnüren hing und im Luftzug mit den Flügeln schlug. Dann wieder ein Geschirrtuch mit Dachsen drauf. Ich habe es noch immer. Weshalb gerade Dachse?

Was aus Trenton gekommen, die Welt hat's genommen – vor dem Fenster draußen. Wie viele Slogans werde ich heute noch durchs Fenster hinaus anstarren? Gerade stürzen Telefonmas-

ten mitsamt allen ihren Drähten ins Wasser – was ist passiert mit ihnen, und warum hat man sie dort liegen lassen?
Immer bittet man die Alleinstehenden ohne Familie, an diesem Tag zu arbeiten. Ich hätte behaupten können, dass ich den Tag mit meinem Bruder verbringen werde, aber der ist in Mexiko.
Etwas mehr als vier Stunden. Ich werde am Abend zur Essenszeit da sein. Ich werde im Hotelrestaurant essen, sofern es eines gibt. Das ist immer das Einfachste. Das Essen ist nie wirklich gut, aber die Leute sind freundlich. Sie müssen es sein, das gehört zu ihrer Arbeit. Freundlich bedeutet manchmal, dass sie die Musik für mich leiser drehen. Oder sie sagen, sie können das nicht, lächeln aber dabei.

Hatten wir die Liebe zu Tieren gemeinsam? Sie muss sie gemocht haben, sonst hätte sie mir nicht diese Geschenke geschickt. Ich kann mich nicht daran erinnern, wie sie mit Tieren umging. Ich versuche mir ihre unterschiedlichen Stimmungen ins Gedächtnis zu rufen: so oft sorgenvoll, manchmal etwas entspannter und lächelnd (bei Tisch, nach einem Glas Wein), manchmal lachte sie über einen Witz, manchmal war sie ausgelassen (vor Jahren, mit ihren Kindern) und zu solchen Gelegenheiten plötzlich voll physischer Energie, wenn sie sich, quer über die Wiese, auf jemanden stürzte, unter dem Lorbeerbaum, in dem ummauerten Garten, den ihr Mann so geduldig hegte und pflegte.
Sie machte sich wegen so vieler Dinge Sorgen. Sie stellte sich ein böses Ende vor und malte es sich in sämtlichen Einzelheiten aus, bis es sich zu einer Geschichte auswuchs und ganz woanders endete. Es konnte damit anfangen, dass sie Regen voraussagte. Zu einer ihrer erwachsenen Töchter konnte sie etwa sagen, es wird regnen. Vergiss deinen Regenmantel nicht. Wenn du nass wirst, könntest du dich erkälten und dann

könntest du die morgige Vorstellung versäumen. Das wäre zu schade. Bill wäre so enttäuscht. Er wartet schon so darauf, was du über das Stück denkst. Du und er, ihr habt so viel darüber gesprochen …

Darüber denke ich oft nach: wie angespannt sie war. Das muss schon sehr früh angefangen haben, sie hatte eine so schwierige Kindheit. Drei Väter, als sie gerade mal sechs war – oder zwei, würde ich denken, wenn man ihren echten Vater nicht dazuzählt. Er kannte sie nur als Baby. Unsere Mutter hat sie immer wieder bei anderen Leuten gelassen – bei einem Kindermädchen, einer Kusine. Gewöhnlich einen Vormittag lang oder einen Tag, aber zumindest einmal wochen- und wochenlang. Unsere Mutter musste arbeiten – es gab immer einen guten Grund.

Ich sah sie nicht oft, und weil sie so weit weg lebte, verging viel Zeit. Wenn wir einander wieder sahen, umarmte sie mich und herzte mich und drückte mich an ihre weiche Brust, meine Wange an ihrer Schulter. Sie war einen halben Kopf größer als ich, und breiter. Ich war nicht nur jünger, sondern auch kleiner. Sie war da gewesen, solange ich zurückdenken konnte. Immer hatte ich das Gefühl, dass sie mich beschützen oder auf mich aufpassen würde, selbst als ich schon erwachsen war. Immer noch denke ich bisweilen, noch bevor mir bewusst wird, was ich denke – mit einem Stich der Sehnsucht –, dass eine x-beliebige ältere (etwa vierzehn Jahre ältere) Frau, die ich irgendwo sehe, sich um mich kümmern wird. Wenn sie sich aus der Umarmung löste, blickte sie seitlich an mir vorbei oder über meinen Kopf hinweg. Als ob sie an etwas Anderes dächte. Wenn ihr Blick dann auf mir lag, war ich nicht sicher, ob sie mich überhaupt sah. Ich wusste nicht, was sie wirklich für mich empfand.

Welchen Platz in ihrem Leben nahm ich ein? Manchmal dachte ich, dass ich weder ihren Töchtern, ja nicht einmal ihr etwas bedeutete. Diese Empfindung überkam mich urplötzlich: eine Leere, als gäbe es mich nicht einmal. Nach dem Tod des Vaters ihrer Kinder und nachdem ihr zweiter Mann sie verlassen hatte, gab es bloß sie drei, ihre beiden Mädchen und sie. Ich war von peripherer Bedeutung, wie auch unser Bruder, obwohl er und ich in ihrem Leben früher einmal eine so große Rolle gespielt hatten.

Ich war mir nie sicher, was sie – abgesehen von ihren Töchtern – für irgendwen empfand. Ich wusste, wie sehr sie ihr abgingen, wenn sie weg waren, weil sie plötzlich so schweigsam wurde. Oder wenn sie, vor ihrer Abreise vom gemieteten Strandquartier, auf der Schwelle des Hauses Lebewohl sagten – mit dem im Sand hinter den Autos schimmernden Dünengras, dem in der Sonne grauen Schindeldach, dem Geruch von Fisch und Teer, dem von den Autos reflektierten Sonnenschein, dann das Schlagen einer Wagentür, das Schlagen der zweiten Wagentür, und ihr Schweigen, während sie zusah. Wenn sie schwieg, war es für mich, als ob ich eher Zugang zu ihren wahren Gefühlen hätte, als könnte ich einen Blick auf sie werfen, und das war meist der Fall, wenn es um ihre Töchter ging.

Aber ich denke, ihre Gefühle für unsere Mutter belasteten sie in ihrem Leben schwer, zumindest wenn sie beisammen waren. Wenn unsere Mutter weit weg war, mochte sie sie vielleicht vergessen. Unsere Mutter trat ständig auf sie drauf, um über ihr zu stehen, immerzu musste sie Recht haben, immer musste sie besser sein als sie und meistens besser als wir alle. Die schreckliche Unschuld auch, mit der unsere Mutter das tat. Sie machte sich meist keine Vorstellung.

Unsere letzte Unterhaltung – wir sprachen am Telefon miteinander, Ferngespräch. Sie sagte, sie hätte Probleme, Dinge am rechten Rand ihres Gesichtsfelds wahrzunehmen. In einem Formular, das sie ausfüllte, sah sie das Wort »Datum« und setzte das Tagesdatum ein, ohne zu bemerken, dass rechts davon noch weitere Worte standen und dass sie das Datum ihrer *Geburt* einsetzen sollte. Wir sprachen noch eine Weile miteinander, und gegen Ende unserer Unterhaltung muss ich irgend etwas gesagt haben, wie, dass ich sie in ein paar Tagen wieder anrufen würde oder dass ich mich bei ihr wieder nach ihrem Zustand erkundigen würde, denn dann erklärte sie, darauf Bezug nehmend, sie wolle sich mit mir nicht wieder unterhalten, sie wolle ihre ganze Kraft für die Gespräche mit ihren Töchtern aufheben. Als sie es sagte, klang mir ihre Stimme distanziert oder erschöpft, sie schwächte nicht ab, was sie gesagt hatte, und sie entschuldigte sich auch nicht. Wir haben danach nie wieder mit einander gesprochen. Ich fühlte mich weg- und aus ihrem Leben hinausgestoßen. Aber ihre Kälte war die Stimme ihrer eigenen Angst, ihrer Beschäftigung damit, was mit ihr passierte, und war nicht gegen mich gerichtet.

Nachdem sie gestorben war, ging ich es wieder und wieder durch, um draufzukommen, was sie für mich empfunden hatte, ich versuchte es abzuschätzen, versuchte ihrer Zuneigung oder Liebe auf die Spur zu kommen, um das abzuschätzen, um mich dessen zu vergewissern. Mir, ihrer viel jüngeren Schwester, gegenüber, die zu Hause ein viel leichteres Leben gehabt hatte als sie jemals, musste sie gemischte Gefühle gehabt haben. Sie empfand wahrscheinlich immer ein wenig Eifersucht, Jahr um Jahr, und doch wollte sie mit mir zusammen sein, besuchte mich bei mir zuhause, wo sie in meinem Wohnzimmer schlief, immer zumindest für die Dauer von zwei Nächten. Sie kam nicht nur einmal. War es während eines dieser Besuche, als ich die halbe Nacht aus ihrem kleinen Radio ein Brummen oder Singen hörte, unmittelbar neben ihrem Bett, oder war das während eines Sommerurlaubs in einem der gemieteten Strandhäuser, mit Sand auf dem Fußboden, umgeben von den Möbeln anderer Leute, mit Kunstwerken an den Wänden, die jemand

anderem gehörten? Sie hatte Schlafschwierigkeiten, ließ das Radio laufen und las bis spät in der Nacht in einem Krimi.
Und sie hat auch veranlasst, dass ich zu ihr kam und bei ihr wohnte, und einmal, als ich von meinen Eltern weg musste, wohnte ich eine ganze Weile bei ihr. Manchmal dachte ich, dass sie mich aus einem Pflichtgefühl mir, ihrer jüngeren Schwester, gegenüber, bei sich aufnahm, da ich immerfort meine eigenen Probleme hatte.

Sie schickte uns ihr Päckchen immer lange im Voraus. Jedes Geschenk darin war in weiches Seidenpapier oder steiferes Packpapier eingewickelt. Alle diese Geschenke – sie suchte sie aus, kaufte sie, wickelte sie in fröhliches Einwickelpapier, beschriftete sie in ihrer großen Handschrift mit schwarzem oder buntem Filzstift direkt auf dem Geschenkpapier und schickte sie ein paar Wochen im Voraus ab.
Ich weiß, dass ich meinen Geschenken immer zu große Bedeutung beimaß. Dieser Feiertag war für mich als Kind der Höhepunkt des Jahres, und daran hat sich nie etwas geändert. Das Jahr erreicht an diesem Feiertag und in dem Wechsel vom alten zum neuen Jahr seinen Höhepunkt, und danach beginnt der Kreislauf von Neuem und steuert immer auf diesen Feiertag zu.
Die Möwe verschwand in einem Wandschrank, mit verhedderten Schnüren. Von Zeit zu Zeit versuchte ich sie zu entwirren, und schließlich gelang es mir. Dann hing ich sie mit einem Stück Klebeband an einem Dachsparren in der Scheune auf. Nach einer Weile löste sich das Band in der Sommerhitze, und sie fiel herunter.
Dann war da noch dieser kleine, grüne, ausgestopfte Elefant aus Indien, mit Pailletten – ein hübsches Ding. Mit zwei kleinen Kordeln dran, um ihn irgendwo aufzuhängen. Ich hing ihn in einem Fenster auf, und nach einer Weile bleichte der

grüne Stoff an der einen Seite in der Sonne aus. Und ein Ding aus Filz mit Taschen dran, das man an der Außenseite einer Tür aufhängen und in das man das eine oder andere hineinstecken konnte – was, kann ich nicht sagen. Auch da waren Elfanten auf den Filz gestickt.
Nun erinnere ich mich wieder – sie kaufte diese Dinge auf speziellen Kunsthandwerkmessen, deren Erträge einer Organisation indigener Völker zugute kommen sollten. Das war Teil ihrer Menschenfreundlichkeit und ihres moralischen Empfindens und mit ein Grund dafür, dass die Dinge ein wenig seltsam waren und nicht so recht zu uns passten.
Also gab es immer diese Aufregung, wenn uns ihr Päckchen mit der Post zugestellt wurde. Das grobe braune Papier, das vom Überseetransport etwas zerknittert war. Das braune Papier war sogar noch aufregender als das Einwickelpapier im Inneren, weil die Farbe so stumpf war und man doch wusste, dass es drinnen dieses Feuerwerk aus kleinen Paketen geben würde, von denen jedes in knallbuntes Einpackpapier gewickelt war.
Sie hatte mich wohl im Hinterkopf, wenn sie die Geschenke für mich aussuchte, verdrehte aber die Tatsachen ein wenig und voller Optimismus, in der Meinung, ich würde dieses oder jenes Ding nützlich oder hübsch finden. Ich denke, viele Leute verdrehen bei der Auswahl von Geschenken die Tatsachen auf diese optimistische Weise. Ich will damit aber nicht sagen, ich hätte etwas dagegen, dass Leute an anderen etwas ausgefallene Geschenke ausprobieren, und ich habe sicherlich nichts gegen diese Kunsthandwerkmessen. Nun, da ein paar Jahre vergangen sind und auch ich mich geändert habe, würde ich meine Geschenke durchaus auf Kunsthandwerkmessen kaufen. Zumindest täte ich es im Andenken an sie.
Sie gab nicht viel für ein Geschenk aus. Das war für sie eine Gewissensfrage. Sie gab auch für sich selbst nicht viel aus. Ich

vermute auch, dass sie tief in ihrem Inneren wohl nicht dachte, dass sie etwas Besseres verdiente.
Aber zu anderen Gelegenheiten gab sie viel Geld für uns aus. Ihre Geschenke schneiten aus heiterem Himmel herein. Einmal fragte sie in einem Brief an, ob ich mit ihr und den Kindern zum Schifahren in die Berge mitkommen wolle. Es war Anfang Frühling, und der Schnee zerschmolz auf den Abhängen zu matschigen Flecken. Wir liefen Schi, wo noch Schnee lag. Hin und wieder machte ich lange Spaziergänge. Sie meinte, ich sollte nicht alleine gehen – wenn mir etwas zustieße, wäre ich allein und ohne Hilfe. Aber sie konnte mir nicht verbieten zu gehen, also ging ich. Auf den Wegen, die ich wählte, wanderten tatsächlich viele Leute bergan und bergab und grüßten einander im Vorbeigehen freundlich.
Jahre später, als ich schon lange über das Alter hinaus war, in dem ich von ihr Hilfe brauchte, kaufte sie mir meinen ersten Computer. Ich hätte ablehnen können, aber ich hatte noch immer nicht viel Geld. Und dieses plötzliche nachmittägliche Angebot am Telefon hatte etwas Aufregendes. Da, wo sie war, war es später Abend. Ihr Angebot war ein allumfangender Ausbruch an Großzügigkeit, und ich wollte in ihm versinken und darin verbleiben. Sie sagte: ja, sie insistierte: ja, sie würde mir das Geld überweisen. Am nächsten Tag rief sie wieder an, etwas weniger aufgeregt – sie wolle helfen, sie würde mir etwas Geld überweisen, aber nicht den gesamten Betrag, der zu dieser Zeit sehr beträchtlich war. Ich weiß, wie es gewesen sein muss – spätabends hatte sie an mich gedacht, und ich hatte ihr gefehlt, und das Gefühl wurde stärker in ihr und verwandelte sich in das Verlangen, etwas für mich zu tun, und sei es auch etwas so Dramatisches.
Etwa zu dieser Zeit übernahm sie Sommer für Sommer für uns die Miete für ein Haus – zumindest für den Großteil davon – ein Haus am Strand, für eine Woche oder zwei, jedes

Jahr ein anderes, und wir alle fuhren dort hin und waren dort beisammen. Das letzte Mal war das im Todesjahr meines Vaters, obwohl er nicht ins Haus am Strand mitkam – wir ließen ihn im Altersheim zurück. Im Sommer darauf war er von uns gegangen – und sie auch.

Bevor man nach Philadelphia kommt, stehen – folgt man auf der Straße der Biegung des Flusses – auf der gegenüberliegenden Seite die Bootshäuser und jenseits des Wassers oben auf dem Hang dieses große Museum, wie ein Gebäude aus dem alten Griechenland. Diesmal sollte ich den Bahnhof nicht sehen – seine hohe Decke und die langen Holzbänke und die Bogengänge und die gut erhaltenen alten Aufschriften. Ich konnte einfach so da stehen und ihn mir eine Zeit lang anschauen, seine Raumtiefe – so mache ich es manchmal, wenn ich Zeit habe. Unsere eigene Penn Station war sogar noch grandioser. Es gibt sie nicht mehr – es tut jedes Mal weh, wenn man daran denkt. Und wenn man dort herumgeht, auf diesem Untergrundbahnsteig, und vor Zugabfahrt die Zeit totschlägt, dann kommt man immer wieder an den Fotografien vorbei, die sie an den Säulen angebracht haben, Fotografien von der alten Penn Station mit den langen Lichtstreifen, die durch die hohen Fenster auf die marmornen Treppenfluchten fallen. Als wollten sie uns daran erinnern, was wir vermissen – sonderbar.

Dann kommen wir durch das Land der Amish. Ich denke nie daran, eigens darauf zu achten, und jedes Mal überrascht es mich von Neuem. Im Frühjahr, wenn die Maulesel- und Pferdegespanne die bis zum Horizont ansteigenden Felder pflügten – nichts dergleichen heute. Die Wäsche auf den Wäscheleinen – vielleicht. Es ist bewölkt, aber trocken und windig. Was war's, was ich über das Einsalzen der Wäsche im Winter gelesen hatte? Egal, heute friert es nicht. Ein warmer Winter.

Immer wieder bot sie sich an, für unseren Bruder die Fahrt herüber zu bezahlen, damit er sie besuchen käme. Er kam nie. Er sagte nie, warum. Als sie im Sterben lag und nichts davon mitbekam, kam er schließlich, aber die Genugtuung – dass er sich zuguter Letzt einverstanden erklärt hatte zu kommen – kam zu spät. Er blieb bis zu ihrem Ende da. Wenn er nicht bei ihr war, wanderte er in der Stadt herum. Er kümmerte sich um ein paar praktische Angelegenheiten, die erledigt werden mussten. Er blieb bis zum Begräbnis. Ich fuhr zum Begräbnis nicht hinüber. Ich hatte gute Gründe, mir jedenfalls erschienen sie gut, denn es ging dabei um unsere alte Mutter und um den Schock und um die große Entfernung über den Ozean hinüber. In Wahrheit hatte es mehr mit den Fremden zu tun, die beim Begräbnis anwesend sein würden, und mit der Fragilität meiner persönlichen Gefühle, die ich nicht mit Fremden teilen wollte.
Sie selbst konnte ich zu ihren Lebzeiten mit anderen teilen. Zu ihren Lebzeiten war ihre Gegenwart endlos, die Zeit mit ihr war endlos, die Zeit war endlos. Unsere Mutter war schon sehr alt, und wenn wir Kinder innehielten, um nachzudenken, wie lange wir am Leben bleiben würden, dann dachten wir, wir würden am Leben bleiben, bis wir genau so alt wären wie sie. Dann gab es plötzlich ein seltsames Problem mit ihrem Sehvermögen, das sich als Problem nicht ihres Sehvermögens, sondern als Problem in ihrem Gehirn erwies, und dann, ohne Vorwarnung, die Blutungen und das Koma und die Prognose der Ärzte, sie würde nicht mehr lang zu leben haben.
Als sie dann tot war, wurden alle Erinnerungen plötzlich wertvoll, selbst die schlimmen, selbst die Zeiten, zu denen ich von ihr oder sie von mir genervt war. Genervt zu sein erschien da plötzlich als etwas Kostbares.
Ich wollte sie nicht teilen, ich wollte nicht hören, dass ein Fremder etwas über sie sagte, ein Pfarrer vor der versammel-

ten Gemeinde oder eine ihrer Freundinnen, die sie anders sah. Es war nicht leicht, in meiner Vorstellung bei ihr zu sein und zu bleiben, weil alles eben in meinem Kopf passierte, weil sie nicht wirklich da war, und deshalb durften es nur wir beide sein, und niemand sonst. Beim Begräbnis waren Fremde zugegen, Leute, die sie, nicht aber ich kannte, oder Leute, die ich kannte, aber nicht leiden konnte, Leute, denen an ihr gelegen war oder auch nichts an ihr gelegen war, die aber meinten, dass sie bei der Beerdigung anwesend sein sollten. Nun aber tut es mir Leid, oder, richtiger, es tut mir vielmehr Leid, dass für mich nicht beides möglich gewesen war – zum Begräbnis zu gehen und zugleich zuhause bei meiner Mutter zu bleiben, um mich meiner eigenen Trauer und meinen eigenen Erinnerungen hinzugeben.
Gleich nachdem sie gestorben war, wurden ihre Dinge für mich mit einem Mal kostbarer, als sie es davor gewesen waren – ihre Briefe natürlich, obwohl es nicht viele waren, aber auch Dinge, die sie nach ihrem letzten Besuch bei mir zurückgelassen hatte, wie zum Beispiel ihre Jacke – ein dunkelblauer Anorak mit irgendeinem Logo drauf. Und ein Kriminalroman, den ich zu lesen versuchte, aber es nicht schaffte. Ein Kübel eingefrorene Venusmuscheln im Tiefkühler, ein Becher mit Sauce Tartare zu reduziertem Preis in der Kühlschranktür.

Wir sind jetzt ziemlich schnell unterwegs. Wenn alles so schnell an einem vorbeizieht, dann denkt man, dass man nie wieder darin stecken bleiben müsse – im Verkehr, in den Straßen der Umgebung, in den Kaufhäusern, im Schlangestehen. Wir sind wirklich rasant unterwegs. Die Fahrt verläuft ruhig. Bloß ein kleines Quietschen, das von einem Metallteil des Waggons herrührt, ein kleines Zittern. Wir alle zittern ein wenig.
Es sind nicht viele Leute im Waggon, und sie sind heute ziemlich ruhig. Ich habe kein Problem damit, jemandem zu sagen,

er rede zu lange auf seinem Handy. Einmal habe ich das getan. Ich ließ dem Mann zehn Minuten Zeit, vielleicht sogar mehr, vielleicht zwanzig, dann stand ich auf und stellte mich im Mittelgang neben ihn. Er saß vorgebeugt und presste den Finger an sein freies Ohr. Er wurde nicht wütend. Er sah zu mir hoch, lächelte, wedelte mit seiner Hand und beendete sein Gespräch, bevor ich an meinem Platz zurück war. Ich erledige keine geschäftlichen Telefongespräche auf meinem Handy im Zug. Die Leute sollten es doch eigentlich besser wissen.

Sie machte auch Geschenke anderer Art – den Aufwand, den sie für andere Leute trieb, die Arbeit, die sie sich antat, wenn sie für Freunde kochte. Die Streuner, die sie in ihr Haus aufnahm und wochen- oder monatelang da wohnen ließ – Jugendliche, die kamen und gingen, und, in einem Jahr, auch dieser dünne alte Inder, der Tag für Tag ihre Bücher in die Bücherkästen einordnete und so wenig aß und so lange meditierte. Und später ihr alter Vater – ihr richtiger Vater, der, den sie zum ersten Mal traf, als sie schon erwachsen war, nicht mein Vater, nicht der Vater, der sie erzog. Sie hatte von ihm geträumt, dass er sehr krank sei. Sie hatte es sich in den Kopf gesetzt, ihn zu finden, und sie hatte ihn gefunden.

Am Ende des Tages war sie immer so müde, dass sie jedes Mal einschlief, wenn ich zu Besuch war und wir uns am Abend alle ein Programm oder einen Film im Fernsehen ansahen. Zunächst blieb sie eine Zeit lang wach und war neugierig auf die Schauspieler: wer ist das, haben wir ihn nicht in … gesehen? – und dann wurde sie still und blieb so lange still, dass man zu ihr hinüber sah und feststellte, dass ihr Kopf auf der Seite lag, mit dem Licht der Lampe auf dem hellen Haar, oder dass er auf die Brust herabgesunken war. Und so schlief sie, bis wir alle aufstanden und zu Bett gingen.

Was war das letzte Geschenk, das sie mir machte? Vor sieben

Jahren. Hätte ich gewusst, dass es das letzte sein würde, ich hätte ihm die liebevollste Aufmerksamkeit geschenkt.
Wenn es nichts aus dem Reich der Tiere oder nicht von einem Ureinwohner hergestellt war, dann war es wahrscheinlich eine Art Tasche, keine teure Tasche, aber eine mit einer besonderen Eigenschaft, einem Trick, wie zum Beispiel, dass man sie, wenn sie leer war, zusammenfalten und dann mit einem Reißverschluss zumachen konnte, und die eine Klammer dran hatte, so dass man sie an einer anderen Tasche festklippen konnte. Ich habe noch ein paar von ihnen aufgehoben.
Sie selbst trug solche und andere Arten von Taschen, immer standen sie offen und waren bis oben hin voll mit Sachen – einem zusätzlichen Pullover, einer weiteren Tasche, ein paar Büchern, einer Schachtel Crackers, einer Flasche mit irgendeinem Getränk. Es hatte etwas Großzügiges, was sie alles einpackte und mit sich herumschleppte.
Einmal, als sie uns besuchte – ich erinnere mich an die Taschen, die nebeneinander an einem meiner Stühle lehnten. Ich war beinahe schockstarr, weil ich nicht wusste, was ich tun sollte. Ich weiß nicht, warum. Ich wollte sie nicht alleine lassen, das wäre nicht richtig gewesen, aber ich war auch nicht an Gesellschaft gewöhnt. Nach einer Weile verging die Panik – vielleicht bloß, weil die Zeit verging, aber es gab einen Moment, in dem ich dachte, ich würde zusammenbrechen.
Nun kann ich zum selben Bett hinsehen, in dem sie schlief, und ich würde mir wünschen, sie käme wieder, und sei's auch nur für eine kurze Weile. Wir müssten nicht miteinander reden, wir müssten einander nicht einmal anschauen. Aber es wäre tröstlich, sie bloß hier zu haben – ihre Arme, die breiten Schultern, ihre Haare.
Ich möchte ihr sagen: Ja, es gab Probleme, unsere Beziehung war schwer zu verstehen und kompliziert, aber trotzdem; ich würde dich bloß da auf der Couch sitzen sehen wollen, wo du

wirklich – einmal – ein paar Nächte geschlafen hast, es ist jetzt dein Teil des Wohnzimmers; ich würde bloß deine Wangen ansehen wollen, deine Schultern, deine Arme, dein Handgelenk, um das das goldene Uhrband ein wenig streng saß, so dass es ins Fleisch einschnitt, deine starken Hände, den goldenen Ehering, deine kurzen Fingernägel; ich brauche dir nicht in die Augen zu sehen, um ein Einvernehmen herzustellen, vollständig oder unvollständig, aber dich bloß eine Zeit lang als Person hier zu haben, die die Matratze eindrückt und Falten in den Überwurf macht, während die Sonne von hinten auf dich fällt – das wäre wunderbar. Vielleicht würdest du dich auf der Couch ausstrecken und am Nachmittag eine Weile lesen, vielleicht würdest du einschlafen. Ich wäre im Zimmer gleich nebenan.

Manchmal, nach dem Abendessen, wenn sie ganz entspannt war und ich neben ihr saß, legte sie mir die Hand auf die Schulter und ließ sie eine Zeit lang da liegen, so dass ich sie durch die Baumwolle meiner Bluse wärmer und wärmer werden spürte. Dann spürte ich, dass sie mich tatsächlich auf unerschütterliche Weise liebte, egal, in welcher Stimmung sie war.

Im Herbst nach jenem Sommer, in dem die beiden – sie und mein Vater – starben, gab es einen Zeitpunkt, da wollte ich zu ihnen sagen: Also gut, ich weiß schon, ihr seid tot, und ihr seid schon eine Weile tot, wir haben das alle nun verkraftet und wir haben die Gefühle erforscht, mit denen wir zunächst darauf reagierten, darunter ein paar überraschende Gefühle, und auch die Gefühle, die wir jetzt haben, da ein paar Monate vergangen sind – jetzt ist es aber an der Zeit, dass ihr zurückkommt. Ihr wart lange genug fort.

Denn nach den Dramen des Sterbens selbst, nach diesen komplizierten Dramen, die sie beide tagelang durchmachten, blieb die leisere und unkompliziertere Tatsache, dass sie uns fehlten.

Er würde nicht da sein und aus seinem Zimmer herauskommen, mit einem Bild oder einem Brief, die er uns zeigen wollte, er wäre nicht mehr da, um uns die immer wieder gleichen Geschichten zu erzählen – über seine Zeit als kleiner Junge – und dabei die Namen herauszustreichen, die für ihn so wichtig waren und für uns gar nicht: Die Clinton Street, wo er auf die Welt kam, Winter Island, wohin sie, als er noch klein war, im Sommer fuhren, wobei er das Hinterteil des Pferdes betrachtete, das vor ihnen dahintrottete und ihre Kutsche zog, die Lungenentzündung, mit der er als Kind, geschwächt und im Bett lesend, im Haus dieses Cousins in Salem lag, wo er an Samstagen die YMCA aufsuchte, um zusammen mit anderen Jungs zu schwimmen, und wo es Brauch war, dass alle nackt schwammen, und wie ihn das störte, und nebenan die Familie Perkins. Er würde nicht da sein, um vormittags um elf Uhr seine erste Tasse Kaffee zu trinken oder um in einem Lehnstuhl, im Licht, das durchs Fenster hereinfiel, zu lesen. Sie würde in dem gemieteten Haus am Strand am Morgen keine Pfannkuchen für uns machen, große, dicke, in der Mitte eine Spur zu wenig durchgebackene Blaubeerpfannkuchen, und über die Pfanne gebeugt dastehen, ruhig und konzentriert, oder bei der Arbeit reden, in ihrer geblümten Bluse und den geraden Hosen, ihren bequemen flachen Schuhen oder ihren Mokassins, unter deren Stoff oder Leder sich der vertraute Umriss ihrer gestreckten Zehen abzeichnete. Sie würde nicht im rauen Wellengang des Hafens schwimmen, auch bei Sturm, mit Augen, deren Blau heller war als das Wasser. Sie würde nicht in Küstennähe neben unserer Mutter bis zu den Hüften im Wasser stehen und sich mit ihr unterhalten – die Augenbrauen, die sie wegen des Sonnenlichts oder weil sie sich auf den Gegenstand ihrer Unterhaltung konzentrierte, ein wenig zusammengezogen. Sie würde nie wieder ein Austernragout zubereiten, wie sie es, nach dem Tod ihres Mannes, an einem Weihnachtsabend während des

Besuchs im Haus von Mutter und Vater getan hatte – wir im Mund das Knirschen des Sands in der milchigen Brühe, Sand in der Vertiefung unserer Löffel. Sie würde kein Kind mehr zu sich auf den Schoß setzen, weder ihr eigenes Kind, wie während eben jenes Besuchs, als sie alle so traurig und ratlos waren, noch irgendjemandes anderen Kind, um dieses sanft zu wiegen, die mächtigen, starken Arme um seine Brust, die Wange an seinem Haar, das Gesicht traurig und nachdenklich, der Blick unnahbar. Sie würde an den Abenden nicht dort auf dem Sofa sitzen und vor Überraschung aufschreien, wenn sie einen ihr bekannten Schauspieler in einem Film oder einer Fernsehshow sah, sie würde nicht spätabends, nachdem sie plötzlich verstummt war, ebenda einschlafen.
Der erste Jahreswechsel nach dem Tod der beiden war wie ein weiterer Treuebruch – wir ließen das letzte Jahr, in dem sie am Leben gewesen waren, hinter uns und fingen ein Jahr an, das sie nie erleben würden.
In meinem Kopf ging es in den Monaten danach auch drunter und drüber. Nicht, dass ich geglaubt hätte, sie sei immer noch am Leben. Gleichzeitig aber konnte ich nicht glauben, dass sie tatsächlich von uns gegangen war. Auf einmal ließ sich das nicht mehr so ohne weiteres entscheiden: am Leben/ nicht am Leben. Es war, als bedeutete, dass sie nicht am Leben war, nicht zwangsläufig, dass sie tot war – so als gäbe es irgend eine dritte Möglichkeit.

Ihr damaliger Besuch – heute weiß ich nicht, weshalb er mir so schwierig erschien. Man geht einfach aus und unternimmt etwas gemeinsam, oder man sitzt und redet miteinander, wenn man zuhause bleibt. Es wäre ganz einfach gewesen zu reden, wo sie so gerne redete. Natürlich ist es zu billig zu sagen, sie habe gerne geredet. An ihrer Art zu reden war etwas Fieberhaft-Verzweifeltes. So als hätte sie Angst vor etwas, als wehrte sie etwas

ab. Nach ihrem Tod stimmten wir alle in einem Punkt überein – wir hatten uns immer wieder gewünscht, sie möge eine Zeit lang aufhören zu reden oder etwas weniger reden, jetzt aber hätten wir alles dafür gegeben, ihre Stimme zu hören.
Auch ich wollte reden, ich hätte ihr so manche Antwort geben können, aber es war unmöglich, oder schwierig. Sie ließ mich nicht zu Wort kommen, oder ich hätte mich mit Gewalt ins Gespräch einmischen müssen.
Ich wünschte, ich könnte es noch einmal versuchen – ich wünschte, sie käme mich wieder besuchen. Ich denke, ich wäre gelassener. Ich wäre so froh, sie zu sehen. Aber so funktioniert das nicht. Käme sie zurück, dann nicht bloß für kurze Zeit, und dann wüsste ich vielleicht um nichts besser, was tun, als bei unserer letzten Begegnung. Trotzdem – ich würde es gerne versuchen.
Ein weiteres Geschenk war ein Brettspiel, bei dem es um gefährdete Arten ging. Ein Brettspiel – wieder war da dieser Optimismus. Oder sie tat, was unsere Mutter immer tat – mir etwas zu geben, wozu ein Zweiter nötig gewesen wäre, so dass ich einen Zweiten in mein Leben holen musste. Defacto treffe ich viele Leuten – ich komme sogar mit Leuten zusammen, wenn ich auf Reisen bin. Die meisten Menschen sind im Grunde ganz freundlich. Es ist wahr, ich lebe noch immer allein – ich fühle mich auf diese Weise einfach wohler, ich habe alles gerne so, wie ich es mir wünsche. Aber der Besitz eines Brettspiels bedeutete keine Ermunterung für mich, jemanden nach Hause zu bringen, damit ich das Spiel mit ihm spielen konnte.

Es sind nicht gar so viele Menschen im Waggon, wenn auch mehr, als ich heute erwartet hätte. Ich denke natürlich, dass sie irgendwohin unterwegs sind, wo man gastfreundlich und nett ist und sie schon mit Speisen und Getränken erwartet, mit kleinen Würstchen zum Beispiel, und Eierpunsch. Aber vielleicht ist das auch gar nicht so. Und vielleicht denken sie das Gleiche über mich – sofern sie überhaupt über mich nachdenken.

Und manche von ihnen, die kein spezielles Ziel haben, sind vielleicht glücklich, auch wenn es einem ein wenig schwer fällt, das zu glauben, weil einem tatsächlich, angesichts des Reklamerummels und des ganzen Aufwands an Werbungen und auch angesichts dessen, was die Freunde sagen, das Gefühl vermittelt wird, man sollte sich an einem ganz speziellen Ort aufhalten, im Kreis seiner Familie oder seiner Freunde. Wenn dem nicht so ist, befällt einen wieder dieses alte Gefühl, draußen zu sein, noch so ein Gefühl, das man sich als Kind anerziehen ließ, wahrscheinlich in der Schule, zur gleichen Zeit, als man sich beim Anblick all der eingewickelten Geschenke anerzog, ganz aus dem Häuschen zu sein – egal, was man beim Auswickeln dann vorfand, abgesehen von dem, was man sich gewünscht hatte.

Ich weiß, ich bin nicht so fröhlich wie früher. Einer meiner Freunde machte diesbezüglich eine Bemerkung, nachdem ich die beiden in jenem Sommer innerhalb von drei Wochen verloren hatte. Er sagte: Dein Kummer greift auf die unterschiedlichsten Bereiche deines Lebens über. Dein Kummer wird zur Depression. Und nach einer Weile willst du einfach gar nichts mehr tun. Es kümmert dich einfach nicht mehr.

Als ich es einem anderen Freund erzählte, sagte er: »Ich wusste nicht, dass du eine Schwester hast.« Wie sonderbar. Als er herausfand, dass ich eine Schwester hatte, hatte ich keine Schwester mehr.

Es fängt an zu regnen, kleine Tropfen, die von der Seite über die Fensterscheibe treiben. Schlieren und Punkte auf dem Glas. Der Himmel draußen ist dunkler, und die Beleuchtung des Waggons, die Deckenbeleuchtung und die kleinen Leselampen über den Sitzen, scheinen heller. Draußen ziehen nun Farmen vorüber. Wäsche ist keine aufgehängt, aber ich kann die zwischen den rückseitigen Veranden und den Scheunen gespannten Wäscheleinen ausmachen. Zu beiden Seiten der Gleise sind Farmen, und dazwischen viel freier Raum, die Silos liegen in großer Entfernung voneinander in der Landschaft verstreut, um sie herum, gruppiert in Klumpen wie die Kirchen ihrer kleinen Dörfer in der Ferne, die Wirtschaftsgebäude.

Manchmal wartete der Kummer in unmittelbarer Nähe, war kaum zurückzuhalten, und eine Zeit lang konnte ich so tun, als gäbe es ihn nicht. Aber zu anderen Zeiten glich er einer immervollen Tasse, die immerzu überlief.

Eine Zeit lang fiel es mir schwer, an die beiden zu denken oder über sie zu sprechen und sie dabei auseinanderzuhalten. Eine Zeit lang – heute ist das nicht mehr so – waren sie in meinem Kopf immer miteinander verbunden, weil sie so kurz hintereinander gestorben waren. Es war schwer vorstellbar, dass sie nicht irgendwo auf ihn wartete und er kam. Für uns war das sogar tröstlich – wir stellten uns vor, dass sie sich um ihn kümmerte, wo auch immer sie gerade waren. Sie war jünger und geistig reger als er. Sie war größer und stärker. Aber würde er sich darüber freuen oder würde er sich ärgern? Wäre er lieber für sich?

Ich wusste nicht einmal, ob er wollte, dass ich da neben seinem Bett saß, als er starb. Ich war, um bei ihm zu sein, mit dem Bus in die Stadt gefahren, wo er und meine Mutter lebten. Es bestand keine Aussicht, dass er sich erholen oder von da, wo er war, zurückkommen würde, weil sie aufgehört hatten, ihn zu ernähren. Er redete nicht und hörte nicht mehr zu und sah auch nichts mehr, und man konnte nicht sagen, was er wollte. Er sah nicht wie er selbst aus. Seine Augen standen halb offen, aber sie nahmen nichts wahr. Sein Mund stand halb offen. Er

hatte sein Gebiss nicht drin. Weil sein Mund so trocken war, befeuchtete ich seine Unterlippe mit einem kleinen, feuchten Schwamm, und, schnapp, ging er zu.
Man denkt, man sollte sich zu einem Menschen, der gerade stirbt, dazusetzen, man denkt, es müsse tröstlich für ihn sein. Aber als er noch lebte und wir um den Esstisch oder im Wohnzimmer saßen und miteinander redeten und lachten, stand er jedes Mal nach einer Weile auf und ging weg und in sein Zimmer. Wenn er später das Geschirr abwusch, sagte er, nein, er wolle keine Hilfe. Selbst als wir ihn im Altersheim besuchten, bat er uns nach ein oder zwei Stunden zu gehen.
Später, nachdem sie von uns gegangen waren, suchte meine Mutter ein Medium auf, um auszuprobieren, ob sie mit ihnen Kontakt aufnehmen konnte. Sie glaubte nicht wirklich an dieses Zeug, aber eine Freundin hatte ihr das Medium empfohlen, und sie dachte, es könnte interessant sein und ein Versuch könne nicht schaden, also traf sie sich mit der Frau und erzählte ihr von ihnen und ließ sie mit ihnen Verbindung aufnehmen.
Die Frau sagte, sie könne mit beiden Verbindung aufnehmen. Unser Vater war liebenswürdig und kooperativ, obwohl er nicht viel redete oder etwas Unverbindliches sagte, zum Beispiel, dass es ihm »gut gehe«. Unsere Mutter war der Meinung, dass er, nach all den Schwierigkeiten, die sie auf sich genommen hatten, um mit ihm Verbindung aufzunehmen, mehr hätte sagen können. Aber unsere Schwester wandte sich ab und war sauer und wollte nichts damit zu tun haben. Für uns war das alles sehr interessant, auch wenn es uns schwer fiel, daran zu glauben. Wir hatten das Gefühl, dass zumindest das Medium daran glaubte, und dachten, sie hätte Erfahrung darin.
Die beiden Arten des Kummers waren unterschiedlich. Die eine Art, bei der es um ihn ging, betraf ein Ende, das zur rechten Zeit eingetreten war, wie es der natürlichen Ordnung der

Dinge entsprach. Die andere Art von Kummer, bei der es um sie ging, betraf ein Ende, das unerwartet und viel zu früh gekommen war. Sie und ich hatten eben erst eine gute Korrespondenz begonnen – sie wird nun nie mehr fortgesetzt werden. Sie hatte eben erst ein eigenes Projekt in Angriff genommen, das ihr viel bedeutete. Sie hatte eben erst ein Haus in unserer Nähe gemietet, so dass wir sie viel öfter würden sehen können. Eben erst hatte für sie ein neuer Lebensabschnitt begonnen.

Sonderbar, wie die Dinge aussehen, wenn man sie durch ein Zugfenster betrachtet. Ich werde dessen niemals müde. Soeben habe ich im Fluss eine Insel bemerkt, eine kleine Insel mit einem Wäldchen drauf, und gerade wollte ich sie mir genauer ansehen, weil ich Inseln liebe, aber dann sah ich einen Moment weg, und als ich wieder hinsah, war sie entschwunden. Nun fahren wir wieder an Waldstücken vorbei. Nun sind die Waldstücke weg, und ich kann wieder den Fluss und, in der Ferne, die Hügel sehen. Die Gegenstände neben den Gleisen flitzen ganz schnell vorbei, die Gegenstände in mittlerer Entfernung gleiten ruhiger und gemächlicher vorüber, und die weit entfernten Gegenstände stehen still oder scheinen sich manchmal bloß deshalb vorwärts zu bewegen, weil sich die Gegenstände in mittlerer Entfernung rückwärts bewegen.
In Wahrheit bewegen sich die weiter entfernten Gegenstände, obwohl sie still zu stehen oder sich sogar ein wenig vorwärts zu bewegen scheinen, sehr langsam in rückwärtiger Richtung. Die Baumwipfel auf dem weit entfernten Hügel da drüben fuhren sogar eine Weile mit uns mit, aber als ich wieder hinsah, waren sie schon hinter uns, wenn auch nicht weit.

In den Tagen, nachdem sie gestorben war, und danach, als er gestorben war, fielen mir immer wieder Dinge auf: ein weißer Vogel, der aufflog, schien eine Bedeutung zu haben, ebenso ein weißer Vogel, der in meiner Nähe landete. Drei Krähen auf dem Ast eines Baumes hatten eine Bedeutung. Drei Tage nachdem er gestorben war, erwachte ich aus einem Traum über die elysischen Gefilde, als wäre er nun in sie eingegangen, als hätte er uns eine Zeit lang umschwebt, drei Tage lang, sogar, als wäre er durch das Wohnzimmer unserer Mutter geschwebt und dann weiter, in die elysischen Gefilde, enteilt, bevor er vielleicht noch weiter weg ging, an einen Ort, zu dem er hin und an dem er bleiben wollte.

All das wollte ich glauben, und ich strengte mich sehr an, es zu glauben. Schließlich wissen wir nicht, was geschieht. Es ist so sonderbar – dass man, wenn man tot ist, die Antwort tatsächlich weiß – sofern man dann überhaupt etwas weiß. Aber wie die Antwort auch immer heißt, man kann sie jenen, die noch am Leben sind, nicht übermitteln. Und bevor man stirbt, weiß man nicht, ob wir nach dem Tod in irgendeiner Gestalt weiterleben oder einfach an einem Ende angelangt sind.

Es ist wie das, was die Frau in dem Laden unlängst zu mir gesagt hat. Wir unterhielten uns über die kleinen Formulierungen, die unsere Mütter gerne immer und immer wieder von sich gaben: »Jedem das Seine«, oder: »Sie haben es gut gemeint«. Sie erklärte, ihre Mutter sei Christin gewesen, und zwar strenggläubig, und habe an ein Weiterleben der Seele nach dem Tod geglaubt. Die Frau selbst war nicht gläubig und machte sich liebevoll über ihre Mutter lustig. Und immer, wenn das geschah, sagte ihre Mutter mit einem gutmütigen Lächeln: »Wenn wir sterben, wird eine von uns beiden sich sehr wundern!«

Unser Vater selbst glaubte, dass alles eine körperliche Angelegenheit sei, insbesondere eine des Gehirns, dass alles physisch sei – der Verstand, die Seele, die Gefühle. Er hatte einmal gesehen, wie nach einem Unfall das Gehirn eines Mannes auf eine asphaltierte Einfahrt gespritzt war. Er hatte seinen Wagen angehalten und war ausgestiegen, um zu schauen. Meine Schwester war damals ein kleines Mädchen. Er trug ihr auf, im Wagen auf ihn zu warten. Wenn der Körper nicht mehr am Leben war, sagte er, dann war es mit allem vorbei. Aber ich war nicht so sicher.

Entsetzen überkam mich eines Nachts, als ich zu Bett ging – diese plötzliche Frage, von der ich erwachte. Wohin verschwand sie? Ich empfand ganz stark, dass sie irgendwohin verschwand oder irgendwohin verschwunden war, nicht, dass sie plötzlich aufgehört hatte zu existieren. Dass sie, wie er, eine Zeit lang in unserer Nähe gewesen war, und nun ging sie – hinunter vielleicht, aber auch irgendwo hinaus, vielleicht aufs Meer hinaus.

Zu Anfang, als sie noch am Leben war, aber schon im Sterben lag, fragte ich mich immer wieder, was ihr widerfuhr. Man erzählte mir nicht viel darüber. Nach Auskunft der Ärzte, sagte man mir, habe sie, als ihre Reflexe nachließen, die schneidenden und stechenden Schmerzen lieber annehmen wollen, statt vor ihnen davonzulaufen. Ich dachte, das heiße, ihr Körper wolle den Schmerz, sie wolle etwas empfinden. Ich dachte, es heiße, sie wolle am Leben bleiben.

Und da war auch dieser träge, düstere Traum, den ich etwa fünf Tage nach ihrem Tod hatte. Ich mag ihn vielleicht eben zum Zeitpunkt ihres Begräbnisses geträumt haben oder unmittelbar danach. Im Traum ging ich in einer Art Arena über ein paar Treppenabsätze, Treppenabsätze, die breiter und höher waren als Stufen, hinunter in einen großen, tiefen, üppig möblierten und geschmückten Saal mit hoher Decke – ich erinnere mich an dunkle Möbel mit überladener Ornamentik – es war ein Zeremoniensaal und nicht bestimmt für den täglichen Gebrauch. Ich hielt eine kleine Lampe, deren Griff fest auf meinem Daumen saß und eine winzige Flamme brannte darin. Es war in dem riesigen Raum die einzige Beleuchtung,

eine Flamme, die hin und her schwankte und flackerte und schon ein-, zweimal ganz oder beinahe ganz ausgegangen war. Ich hatte Angst, dass während meines Abstiegs, während ich unter so großen Schwierigkeiten über Treppenabsätze abwärts kletterte – Treppenabsätze deren Breite und Höhe zu groß war, als dass man mit einem langen Schritt über sie hinuntersteigen hätte können –, das Licht ausgehen und ich in diesem tiefen Schacht der Dunkelheit, in diesem dunklen Saal zurückgelassen werden könnte. Die Tür, durch die ich hereingekommen war, lag hoch über mir, und wenn ich riefe, es würde mich niemand hören. Ohne Licht würde es mir unmöglich werden, über diese mühsam zu überwindenden Treppenabsätze zurück hinauf zu klettern.
Später begriff ich, dass es, bedenkt man den Tag und die Stunde, zu der ich aus dem Traum erwachte, durchaus möglich war, dass ich den Traum just zu dem Zeitpunkt hatte, als sie eingeäschert wurde. Sie sollte, teilte mir mein Bruder mit, unmittelbar nach der Totenfeier eingeäschert werden, und er teilte mir mit, wann die Totenfeier zu Ende gewesen war. Ich dachte, das flackernde Licht sei ihr Leben, an dem sie sich während der letzten paar Tage festgehalten hatte. Die mühsamen Treppenabsätze, über die es in den Saal hinunter ging, mussten die Stationen ihres tagtäglichen Verfalls gewesen sein. Der riesige, geschmückte Saal mochte der Tod selbst gewesen sein, der in seiner ganzen Feierlichkeit vor oder unter ihr lag.
Das prekäre Problem, das wir in der Folge hatten, war, ob wir unserem Vater davon erzählen sollten oder nicht. Der Verstand unseres Vater war damals schon trüb, und vieles stürzte ihn in Verwirrung. Wir schoben ihn ständig in seinem Altersheim gang-auf, gang-ab. Er grüßte die anderen Heiminsassen gerne mit einem Lächeln oder einem Nicken. Vor seiner Zimmertür blieben wir stehen. Im Juni seines letzten Lebensjahres betrachtete er den *Happy-Birthday*-Glückwunsch an der Tür

und winkte ihm mit seiner langen, blassen, sommersprossigen Hand und fragte mich etwas dazu. Er konnte die einzelnen Worte nicht mehr gut artikulieren. Hätte man ihn nicht sein ganzes Leben lang gehört, so hätte man nicht verstanden, was er sagte. Er staunte über den Glückwunsch und lächelte. Wahrscheinlich fragte er sich, woher sie wussten, wann er Geburtstag hatte.

Er erkannte uns noch, aber er verstand vieles nicht. Er würde nicht mehr lange leben, aber da wussten wir noch nicht, wie wenig Zeit bleiben würde. Wir hielten es für wichtig, dass er wusste, dass sie gestorben war, seine Tochter – in Wahrheit seine Stieftochter. Und doch: Würde er es verstehen, wenn wir es ihm sagten? Und würde es für ihn nicht bloß entsetzliche Qualen bedeuten, wenn er es tatsächlich verstand? Vielleicht würden auch beide Reaktionen zugleich ausgelöst: Einen Teil dessen, was wir ihm erklärten, würde er vielleicht verstehen und würde dann sowohl unter dem schrecklich leiden, was wir ihm erzählt hatten, wie auch unter seiner Unfähigkeit, es ganz zu verstehen. Sollten seine letzten Tage tatsächlich mit diesem Leid ausgefüllt sein?

Aber auch die andere Möglichkeit schien unrecht: – dass er sein Leben beenden sollte, ohne über diese bedeutende Tatsache Bescheid zu wissen: dass seine Tochter gestorben war. Unrecht, dass man ihm, der einst das Oberhaupt unserer kleinen Familie gewesen war, ihm, der, gemeinsam mit unserer Mutter, die wichtigsten Entscheidungen in familiären Angelegenheiten getroffen hatte, ihm, der auf unseren kleinen Ausflügen das Auto gefahren hatte, der unserer Schwester, als sie noch ein Teenager war, bei ihren Hausübungen geholfen hatte, der sie in ihrem ersten Schuljahr jeden Morgen auf dem Schulweg begleitet hatte, während unsere Mutter noch ruhte oder arbeitete, der Erlaubnis erteilte oder verweigerte, der am Mittagstisch Scherze machte, die sie und ihre kleinen Freundinnen

zum Lachen brachten, der ein paar Wochen lang hinter dem Haus, draußen im Garten, geschäftig an einem Spielzeughaus gehämmert hatte – dass man ihm also nicht den Respekt bezeugen sollte, ihn über ein so bedeutendes Ereignis in seiner eigenen Familie in Kenntnis zu setzen.
Es blieb ihm so wenig Lebenszeit, und wir waren es, die eine Entscheidung über sein Lebensende treffen sollten – ob er im Wissen oder ohne das Wissen sterben sollte. Und nun bin ich mir nicht mehr sicher, was wir getan haben – vor so vielen Jahren. Und das bedeutet wohl, dass nichts groß Dramatisches passiert ist. Vielleicht fühlten wir uns dazu verpflichtet und haben es ihm tatsächlich erzählt, aber überhastet und nervös, weil wir gar nicht wollten, dass er es verstand, und vielleicht lag auf seinem Gesicht ein Ausdruck, dass er nicht verstand, weil ihm irgend etwas zu schnell ging. Aber ich weiß nicht, ob ich das erinnere oder ob ich es mir nur ausdenke.

Bei einem ihrer Besuche bei mir schenkte sie mir einen roten Pullover, einen roten Rock und einen runden Lehmziegel zum Brotbacken. Sie machte ein Foto von mir in dem roten Pullover und dem roten Rock. Ich glaube, ihr letztes Geschenk an mich waren diese kleinen weißen Seehunde mit den perforierten Rückseiten. Sie sind mit Holzkohle befüllt, die Gerüche absorbieren soll. Man tut sie in den Kühlschrank. Ich vermute, sie fand, dass mein Kühlschrank übel rieche, weil ich alleine lebe und ihn verschlampen lasse, oder vielleicht dachte sie bloß, dass jedermann für so etwas Verwendung habe.
Wann hat sie die Sauce tartare hier gelassen? Man würde nicht glauben, dass ein Mensch an etwas wie einem Topf mit Sauce tartare hängen könnte. Aber vermutlich kann man das – ich wollte ihn nicht wegwerfen, weil sie ihn bei mir zurückgelassen hatte. Ihn wegzuwerfen würde bedeuten, dass diese Tage der Vergangenheit angehörten, dass die Zeit vergangen war und

sie hinter sich gelassen hatte. So wie es mir schwer fiel wahrzunehmen, wie der neue Monat begann, der Monat Juli, denn sie würde diesen neuen Monat nicht mehr miterleben. Dann kam der Monat August, und auch er war dann vorüber.

Nun, die kleinen Seehunde sind für mich von Nutzen, zumindest waren sie das vor sieben Jahren. Ich habe sie tatsächlich in meinen Kühlschrank getan, wenn auch in ein hinteres Fach, wo ich nicht jedes Mal, wenn ich die Tür öffnete, in ihre kleinen fröhlichen Gesichter mit den schwarzen Augen sehen musste. Ich nahm sie sogar mit, als ich übersiedelte.

Ich bezweifle, dass sie heute, nach all diesen Jahren, noch irgend etwas absorbieren. Aber sie brauchen nicht viel Platz, und es ist ohnehin nicht viel da drin. Es freut mich, sie zu haben, weil sie mich an sie erinnern. Wenn ich mich hinunterbeuge und Dinge umstelle, kann ich sie hinten unter dem Licht liegen sehen, das durch allerlei verschüttetes und eingetrocknetes Zeug im Fach darüber auf sie herabfällt. Es sind zwei. Auf ihren Gesichtern liegt ein aufgemaltes, schwarzes Lächeln. Oder zumindest ist es ein auf ihre Gesichter gemalter Strich, der wie ein Lächeln aussieht.

In Wahrheit war das einzige Geschenk, das ich mir jemals wirklich wünschte, als ich schon erwachsen war, etwas, mit dem ich arbeiten konnte, wie etwa ein Nachschlagewerk. Oder etwas Altes.

Nun dringt großer Lärm aus dem Speisewagen herüber – das Lachen der Leute. Man verkauft da Alkohol. Ich habe mir im Zug niemals einen Drink gekauft – ich trinke gerne, aber nicht hier. Unser Bruder genehmigte sich, wenn er nach einem Besuch bei unserer Mutter auf der Heimreise war, im Zug bisweilen einen Drink. Das hat er mir einmal erzählt. Dieses Jahr ist er in Acapulco – er mag Mexiko.

Vor uns liegen noch immer ein paar Stunden Fahrt. Draußen ist es dunkel. Ich bin froh, dass es hell war, als wir an den

Farmen vorbeikamen. Vielleicht hält sich im Speisewagen eine große Familie auf oder eine Teilnehmergruppe auf dem Weg zu einer Konferenz. Das gibt es immer wieder. Oder zu einer Sportveranstaltung. Wahrscheinlich ist das allerdings nicht – zumindest heute nicht. Nun kommt jemand in meine Richtung und fixiert mich. Sie lächelt ein wenig – aber sie sieht verlegen aus. Was jetzt? Sie torkelt. Ach ja, eine Party. Im Speisewagen gibt es eine Party – erklärt sie mir. Alle sind eingeladen.

Mittelalterliche Geschichte lernen

Sind die Sarazenen die Ottomanen?
Nein, die Sarazenen sind die Mauren.
Die Ottomanen sind die Türken.

Mein Schulfreund

Geschichte von Flaubert

Letzten Sonntag ging ich in den Botanischen Garten. Dort, im Trianon Park, lebte einst dieser sonderbare Engländer Calvert. Er züchtete Rosen und verschiffte sie nach England. Er hatte eine Kollektion seltener Dahlien. Er hatte auch eine Tochter, die es mit Barbelet trieb, einem alten Schulkameraden von mir. Ihretwegen hat sich Barbelet umgebracht. Er war 17. Er erschoss sich mit einer Pistole. Ich ging bei starkem Wind einen sandigen Weg entlang, vor mir das Haus von Calvert, in dem seine Tochter damals lebte. Wo ist sie heute? In der Nähe haben sie ein Glashaus mit Palmen und einen Vortragssaal hingebaut, wo die Gärtner alles über das Okulieren, Veredeln, Zurückschneiden erfahren können, und darüber, wie man am Spalier zieht – alles, was sie für die Pflege von Obstbäumen wissen müssen! Wer denkt heute noch an Barbelet – der dieses englische Mädchen so sehr geliebt hatte? Wer erinnert sich noch an meinen leidenschaftlichen Freund?

Die Klavierstunde

Ich bin in Gesellschaft meiner Freundin Christine. Ich habe sie schon lange nicht mehr gesehen, kann sein, siebzehn Jahre. Wir sprechen über Musik und vereinbaren, dass sie mir bei unserem nächsten Wiedersehen Klavierunterricht geben wird. Sie sagt, zur Vorbereitung auf diese Stunde müsse ich ein Stück aus dem Barock, ein klassisches, ein romantisches und ein zeitgenösssisches Stück auswählen und dann einstudieren. Ich bin von ihrem Ernst und der Schwierigkeit der Aufgabe beeindruckt. Ich bin bereit, sie zu erfüllen. Die Unterrichtsstunde werde in einem Jahr stattfinden, erklärt sie. Sie wird zu mir nach Hause kommen. Später erklärt sie dann aber, sie sei nicht sicher, ob sie in dieses Land zurückkehren werde. Vielleicht wird der Unterricht stattdessen in Italien stattfinden. Oder, wenn nicht in Italien, dann – selbstverständlich – in Casablanca.

Traum

Die Schulkinder in dem großen Gebäude

Ich lebe in einem sehr großen Gebäude; es hat die Größe einer Lagerhalle oder eines Opernhauses. Ich bin alleine da. Soeben treffen ein paar Schulkinder ein. Ich sehe ihre kleinen flinken Beine durch die Vordertür hereinkommen und frage etwas furchtsam: »Wer ist da, wer ist da?« Sie geben keine Antwort. Die Schulklasse ist sehr groß – lauter Jungen, und zwei Lehrer. Sie strömen in den Zeichensaal im hinteren Teil des Gebäudes. Dieser Zeichensaal ist zwei oder gar drei Stockwerke hoch. Die eine Wand schmückt ein Grafitto mit dunkelhäutigen Gesichtern. Die Schuljungen scharen sich um das Gemälde, sie sind fasziniert, zeigen darauf und unterhalten sich. An der gegenüberliegenden Wand befindet sich ein weiteres Grafitto mit grünen und blauen Blumen. Dieses sieht sich nur eine Handvoll Jungen an.

Die Schulklasse möchte gerne hier übernachten, weil sie kein Geld für ein Hotel haben. Sollte nicht eigentlich ihr Heimatort das Geld für diesen Schulausflug auftreiben?, frage ich einen der Lehrer. Nein, sagt er mit einem traurigen Lächeln, das wollte man deshalb nicht, weil er, der Lehrer, homosexuell sei. Nachdem er das gesagt hat, dreht er sich weg und legt seine Arme zärtlich um den anderen Lehrer.

Später bin ich wieder in diesem Gebäude mit den Schuljungen, aber es ist nicht länger mein Zuhause, oder aber ich kenne es nicht. Ich frage einen Jungen, wo die Toiletten sind, und er zeigt mir eine – es ist eine hübsche Toilette mit alten Installationen und einer Holzverkleidung. Als ich auf dem Klo sitze, wächst der Raum in die Höhe – denn er dient gleichzeitig als Aufzug. Während ich die Spülung betätige, frage ich mich kurz, wie in diesem Fall die Installationen funktionieren, und nehme dann an, dass man dieses Problem wohl gelöst haben wird.

Traum

Der Satz und der junge Mann

Ein Satz liegt, für jedermann sichtbar, in einem offenen Abfallkübel. Es ist der grammatikalisch inkorrekte Satz: »Wer singen!?!« Wir beobachten die Sache von unserem Standort aus, einem Versteck in einem schattigen Torbogen. Wir sehen einen jungen Mann, der mehrmals an dem Abfallkübel vorbeigeht und neugierig auf den Satz hinsieht. Wir rühren uns nicht von der Stelle, aus Angst, er könnte jeden Augenblick rasch hineingreifen und ihn korrigieren.

Traum

Molly, Katze: Geschichte / Untersuchungsergebnisse

Beschreibung: weiblich, Eierstöcke entfernt, mehrfarbig
Geschichte: aufgefunden im Vorfrühling am Straßenrand,
eingerollt vor einer Schneewächte.
Alter bei Adoption: etwa 3 J.
wahrscheinlich von Vorbesitzern ausgesetzt
wird während der ersten Woche ins Badezimmer gesperrt
wollte während der ersten Woche im neuen Heim nichts fressen, spielte aber munter in dem abgeschlossenen Raum
Haut/Fell: am Nacken entzündet
Parasiten: Spuren von Flohdreck
darf nach Adoption frei herumlaufen
leistet Besitzern im Gemüsegarten Gesellschaft
Nase/Hals: keine sichtbaren Verletzungen
frisst mit Appetit, Trockenfutter
jagt kleine Vögel, war aber unfähig, einen Blauhäher mit den Krallen festzuhalten
abgebrochener Eckzahn, rechts oben
Zustand des Gebisses: 2-3 auf einer Werteskala von 1–5
zwei weitere Katzen im Haus, und alle laufen in dem großen Gebäude frei herum
spielt nicht mit anderen Katzen
Augen: keine sichtbaren Verletzungen

Lungen: innerhalb des Normbereichs
spielt in Gegenwart anderer Katzen nicht mit den Besitzern, spielt mit den Besitzern jedoch im Badezimmer
Lymphknoten: normal
Herz: innerhalb des Normbereichs
den Besitzern zugetan, schnurrt und schließt die Augen, wenn gestreichelt
liegt, wenn hochgehoben, entspannt in den Armen der Besitzer
Urogenitalsystem: innerhalb des Normbereichs
uriniert zuhause ungehörigerweise jeden Tag an 2-3 Stellen auf den Fußboden
wird im Lauf der Zeit immer schlimmer; größere Urinpfützen
Ohren: keine sichtbaren Verletzungen
mäßige fasziale Hautschädigung in Lendengegend, erheblich über dem Kreuzbein
schreit, wenn unmittelbar oberhalb des Schwanzes gestreichelt
schreit manchmal vor oder nach dem Urinieren
schreit manchmal nach dem Schlafen
Abdomen: keine spürbaren Verletzungen
Nervensystem: innerhalb des Normbereichs
Gewicht: 4 kg
Idealgewicht: 4 kg
setzt sich nicht auf das Kistchen – kotet in der Nähe des Kistchens auf den Fußboden
hat möglicherweise Flöhe
Schmerzempfinden: 3 auf einer Skala von 10 (über dem Kreuzbein)
lässt Untersuchungen durch den Tierarzt zu, nervös, aber keine offene Feindseligkeit

Puls: 180
Körperlicher Zustand insgesamt: 3 auf einer Skala von 5

Neuester Stand:

urinierte, wenn im Haus, größere Mengen auf den Fußboden
beschloss, jeden Tag trotz widriger Wetterbedingungen nach draußen zu gehen
war an sehr heißem Frühlingstag mittags nicht aufzufinden
wurde am späten Nachmittag, schwer atmend und bedeckt mit Fliegen, unter einer Kiefer aufgefunden
wurde ins Haus gebracht und in eine kühle Duschkabine gelegt
hörte auf, schwer zu atmen, und fing an, wieder normal zu atmen
starb innerhalb weniger Stunden
Alter zum Zeitpunkt des Todes: ca. 11 Jahre

Der Brief an die Stiftung

Sehr geehrter Frank, sehr geehrte Mitglieder des Stiftungsrates,

es war mir bis heute nicht möglich, diesen Brief fertigzustellen, obwohl ich ihn unmittelbar nach Ihrem folgenschweren Anruf vom 29. September vor so vielen Jahren in meinem Kopf an Sie zu schreiben anfing. Aber ich erinnerte mich während der ersten paar Tage an bestimmte Anweisungen, die Sie mir gegeben hatten – dass ich nur zwei Personen von den Neuigkeiten erzählen dürfe, dass ich, für den Fall, dass ein College-Reporter mit mir Kontakt aufnehmen sollte, zu ihm freundlich sein möge, und dass ich Sie mit Frank anreden solle. Ich kam nicht auf die Idee, mich hinzusetzen und Ihnen zu schreiben, weil Sie mir das nicht ausdrücklich aufgetragen hatten.

Ich glaube, Sie haben sehr wohl gesagt, Sie seien neugierig, was mir der Erhalt dieses Stipendiums bedeute, aber es mag sein, dass ich zwischenzeitlich das, was Sie zu mir gesagt haben, mit dem vermische, was jemand anderer zu mir gesagt hat, der mich bat, ihm zu beschreiben, was das bedeutet. Egal, ob Sie mich nun gebeten haben, es zu beschreiben oder nicht – ich tue es hiermit.

Frank, ich habe Ihnen gleich gesagt, dass ich ein Dankesschreiben an Sie verfassen wolle. Sie erwiderten, dass das wirklich nicht notwendig sei. Aber ich sagte, ich wolle aber. Sie lachten und sagten: Ja, Sie sind Stipendiatin und Professorin für Literatur, also haben Sie wahrscheinlich eine Menge zu sagen.

Das Problem ist, ich bin ein ehrlicher und aufrichtiger Mensch, und ich weiß nicht, wie aufrichtig ich in einem Brief an die Stiftung sein kann. Schließlich möchte ich Ihnen nichts schreiben, was Sie nicht hören möchten. So glaube ich zum Beispiel nicht, dass Sie hören wollen, dass ich nicht vorgehabt hatte, während der ganzen Zeit, für die das Stipendium angesetzt war, zu arbeiten.

Zunächst glaubte ich nicht, dass mir das Stipendium zuerkannt worden war. Erstaunlich lange Zeit glaubte ich das nicht. Ich hatte mich so sehr daran gewöhnt, dieses Stipendium nicht zu erhalten. Ich wusste von seiner Existenz. An unserem Institut am College nennt man es das Zwei-Jahres-Stipendium. Andere Wissenschaftler, die ich kannte, hatten es bekommen. Ich hatte viele Jahre darauf gehofft. Ich hatte miterlebt, wie es andere erhielten, während ich leer ausging: Ich war einfach einer von hunderten Wissenschaftlern, die sehnsüchtig eines dieser Stipendien zu bekommen wünschen, um wenigstens eine Zeit lang von dem Leben oder der Arbeit befreit zu sein, unter der sie litten – der schweren Last der Lehrveranstaltungen, der ständigen Erschöpfung, des enervierenden Studienleiters oder der unerträglich detailversessenen Vorsitzenden, der Arbeit in den Ausschüssen, der endlosen Dienststunden, der flackernden Leuchtstoffröhren im Büro, der verschmutzten Teppichböden in den Hörsälen etc. Ich hatte schon reichlich Übung darin, zu denen zu gehören, die von der Stiftung übergangen worden waren, die abgewiesen wurden, die dieses Stipendium nach Ansicht der Stiftung nicht erhalten sollten und es weniger wert waren als gewisse andere. Ich glaubte deshalb nicht wirklich daran, dass ich zu jenen gehören sollte, die befreit und errettet worden waren, oder ich brauchte sehr lange, bis ich, dank der Erinnerungshilfen, welche nach einer Weile ebenso irreal schienen, langsam daran zu glauben anfing. »Wie schön für Sie!« sagte einer meiner Kollegen, »und wie sehen Ihre Pläne nun aus?«

Ich war wie eine, die unter Gedächtnisschwund leidet und

hinnimmt, was man ihr über ihr Leben erzählt, die selbst aber nichts davon erinnert. Da sie sich an nichts von alledem erinnern kann, kann sie es auch nicht wirklich glauben, muss es aber akzeptieren und sich darein finden, weil ihr so viele Leute immer wieder die immer gleichen Tatsachen präsentieren. Nachdem Sie darum gebeten haben, werde ich versuchen, diese Erfahrung für Sie nachvollziehbar zu machen.

Es war kurz nach neun Uhr morgens, als die Stiftung anrief. Ich machte mich gerade für die Fahrt in die Stadt fertig. Ich unterbrach meine Tätigkeiten und redete mit Ihnen. Einen Augenblick lang dachte ich, Sie riefen vielleicht aus einem anderen Grund an. Gleichzeitig dachte ich aber, dass Sie mich um neun Uhr morgens nicht wegen irgendwas Anderem anrufen würden – Sie hätten mir einen Brief geschrieben. Die erste Person, mit der ich sprach, war eine schüchterne, freundliche Frau mit leiser Stimme. Sie teilte mir die Frohbotschaft mit und sagte dann, ich solle umgehend ein anderes Stiftungsmitglied anrufen, einen Mann, der vielleicht oder vielleicht auch nicht in seinem Büro wäre.
Unterdessen machte ich mir, selbst als ich gerade mit ihr redete und die frohe Botschaft vernahm, Gedanken, weil ich meinen Bus versäumen würde. Ich durfte den Bus nicht versäumen, weil ich in der Stadt, die von meiner Wohnung aus gesehen im Süden liegt, eine Verabredung hatte. Ich rief die andere Person an, den Mann, und zu meiner Erleichterung war er in seinem Büro. Ich vermute, dieser Mann waren wahrscheinlich Sie, obwohl ich mir heute, nach all diesen Jahren, nicht mehr sicher bin. Er fing an mich aufzuziehen. Er wollte mich glauben machen, ich hätte die Worte der freundlichen Dame missverstanden und würde in Wahrheit kein Stipendium welcher Art immer erhalten. Er muss gewusst haben, dass mir klar war, dass er mich aufzog, und er muss auch gewusst haben, dass es mich

überraschen würde, dass er mich aufzog, dass ich mir deshalb sogar Sorgen machen würde, obwohl ich nicht genau wusste, in Hinsicht worauf ich mir Sorgen machen sollte. Ich habe mich später gefragt, ob ich die einzige war, die Sie aufgezogen haben, als Sie über die Frohbotschaft sprachen, aber da ich das nicht glauben kann, muss ich glauben, dass Sie es sich zur Gewohnheit gemacht haben, die Leute, mit denen Sie telefonieren, aufzuziehen – natürlich nur für den Fall, dass wirklich Sie es waren.

Ich redete so lange mit ihm – oder mit Ihnen –, wie Sie mich offenbar reden hören wollten. Und an diesem Punkt gaben Sie mir dann Anweisungen. Sie sagten, ich solle Sie Frank nennen. In diesem Augenblick war ich bereit, alles zu tun, was Sie von mir verlangten, weil ich Angst hatte, dass ich – wenn ich nun nicht vorsichtig war – alles kaputt machen und das Stipendium sich in Luft auflösen würde. Das war eine instinktive und keine rationale Reaktion. Als das Gespräch beendet war, eilte ich zum Bus.

Ich war natürlich froh – ich dachte die ganze Fahrt, bis in die Stadt, über die freudige Nachricht nach. Zum ersten Mal konnte ich auch genau beobachten, wie sich mein Kopf auf eine plötzlich ganz neue Situation einstellte: Immer wieder ertappte ich mich dabei, wie ich über etwas in gewohnter Weise nachdachte, und dann sagte ich mir: Nein, nun liegen die Dinge anders. Nachdem das oft genug passiert war, begann sich mein Kopf endlich auf die neue Situation einzustellen.

Später dann nahm ich in einem Restaurant nahe der Stadtbibliothek mein Mittagessen ein, allein. Ich bestellte ein halbes Sandwich und einen Teller Suppe, was etwa $ 7 kostete. Nachdem die Kellnerin weggegangen war, dachte ich weiter über mein Menü nach, denn in Wahrheit hätte ich lieber einen bestimmten Lieblingssalat um $ 11 bestellt. Dann wurde mir bewusst: Ich hätte mir den Salat leisten können! Aber sofort dach-

te ich: Nein! Vorsicht! Wenn du für jeden Einkauf ab jetzt um die Hälfte mehr als üblich ausgibst, wirst du bald blank sein!
Ich empfand eine solche Erleichterung. Ich wollte der Stiftung über diese unglaubliche Erleichterung berichten. Dann wieder dachte ich, für Sie müsse das selbstverständlich sein. Wahrscheinlich bekommen Sie das von jedem zu hören, dem Sie helfen. Teilt Ihnen das jeder mit? Oder sind manche ganz still oder ganz sachlich? Sind sie völlig pragmatisch, und planen sie auf der Stelle, welchen Gebrauch sie davon machen wollen? Sind manche Leute nicht einmal erleichtert, obwohl sie glücklich und ganz aus dem Häuschen sind? Oder nicht einmal glücklich und aus dem Häuschen? Trotzdem – ich wollte der Stiftung Mitteilung machen. Ich wollte Ihnen mitteilen, dass nun alles in Ordnung kommen werde – dass ich mir keine Sorgen machen müsse.
Ich wollte Ihnen sagen, dass ich während meines gesamten Erwachsenenlebens, ab einundzwanzig, in Sorge gewesen war, wie ich genug verdienen könnte, um über das nächste Jahr, manchmal über die nächste Woche zu kommen. In jungen Jahren und auch, als ich schon älter war, schickten mir meine Eltern manchmal kleinere Summen, um mir auszuhelfen, aber die Bürde lag auf meinen Schultern, es lag in meiner Verantwortung, das wusste ich, und mein Einkommen fürs nächste Jahr war nie gesichert. Manchmal hatte ich Angst, weil ich so wenig Geld hatte und nicht wusste, wie ich mehr verdienen könnte. Die Angst spürte ich dann körperlich, bis hinunter in die Magengrube. Sie überkam mich urplötzlich: Was sollte ich tun? Einmal hatte ich, bis auf die $ 13, die mir eine Freundin schuldete, überhaupt kein Geld. Ich wollte sie nicht darum bitten, es mir zurückzugeben, aber ich tat es. Vor allem wollte ich Ihnen sagen, dass ich nun nicht mehr die Arbeit machen müsse, die ich machte und die mir so schwer fiel. Damit meine ich das Unterrichten.

Unterrichten war immer so schwierig. Manchmal war es ein Desaster. Ich schrecke nicht vor schwerer Arbeit zurück, ich bin sie gewöhnt, aber diese ganz bestimmte Art von Arbeit, meine Art des Unterrichtens, zehrte an meinen Kräften und erdrückte mich fast. Besonders schwierig war das Jahr vor diesem Telefonanruf, und auch das Jahr, in dem ich ihn erhielt. Zu dieser Zeit wollte ich heulen, wollte ich laut schreien, wollte ich die Hände ringen und klagen, und ich habe tatsächlich versucht, ein paar Leuten mein Leid zu klagen, aber nie konnte ich so weinen und mich so sehr beklagen, wie ich gewollt hatte. Manche Leute hörten mir zu und wollten helfen, aber nie hatten sie genug Zeit zuzuhören; immer mussten sie das Gespräch abbrechen. Meine Gefühle behielt ich in der Hauptsache immer für mich. Damals, als die Stiftung anrief, steckte ich noch immer mitten im Unterrichten, allerdings mit dem großen Unterschied, dass ich nach dem Anruf dachte, ich würde damit aufhören. Ich dachte, zwei Monate hätte ich noch vor mir, dann wäre Schluss – vielleicht für alle Zeiten.

Ich bin an solchen Tagen so oft morgens im Bus gesessen, um ins College hinauf zu fahren, und habe mir gewünscht, etwas würde zu mir herabsteigen und mich erretten oder es gäbe einen kleinen Unfall, einen, bei dem keiner zu Schaden kam, oder wenigstens nicht allzu schwer, einen, der mich an diesem Tag am Unterricht im Hörsaal hindern würde.

Und das ist der Beginn eines Unterrichtstages: Ich nehme in meinem Wohnort einen öffentlichen Bus, der mich zu der kleinen eine Stunde weiter nördlich gelegenen Stadt mit meinem College bringt. Ich nehme nicht mein Auto, obwohl ich das könnte. Ich möchte an einem Unterrichtstag diese zusätzliche Verantwortung nicht. Ich will nicht ans Autofahren denken müssen.

Ich sitze still im Bus und blicke aus dem Fenster. Der Bus

schaukelt mich sanft hin und her und drückt mich in den Sitz zurück, wenn er beschleunigt, oder er sackt kurz unter mir weg, wenn er über eine Bodenwelle fährt. Mir gefällt dieses Hin- und Herschaukeln im Bus. Das Lied, das mir dabei durch den Kopf geht, gefällt mir nicht. Es geht mir immer eine Zeit lang durch den Kopf, bevor mir das bewusst wird. Es ist kein Jubelgesang. Es ist ein fades und monotones Lied, das mir oft durch den Kopf geht, und ich weiß nicht, weshalb: Es ist »Der mexikanische Hut-Tanz«.

Ich wollte Ihnen auch berichten, wie knapp ich bei Kasse war, als ich die Neuigkeit erfuhr. Ich hatte so wenig Geld am Konto wie schon seit Jahren nicht, auch wenn ich für das Frühjahr ein paar Jobs in Aussicht hatte. Nun würde ich, und das dank Ihnen, endlich genug Geld haben, sollte ich nicht davor schon sterben.

Ich hätte ausreichend Geld zum Leben, und ich hätte sogar noch zusätzlich Geld für Dinge, die ich wollte oder brauchte. Ich könnte eine neue Brille kaufen, vielleicht eine attraktivere, obwohl das immer schwierig ist. Ich könnte teurere Nahrungsmittel fürs Abendessen einkaufen. Aber kaum dass ich darüber nachdachte, was ich mit dem überschüssigen Geld kaufen könnte, schämte ich mich oder wurde verlegen, denn obwohl eine neue Brille und ein besseres Abendessen eine nette Sache wären, so waren sie doch nicht wirklich notwendig, und: Wie viele Dinge genau sollte ich mir denn leisten, die nicht wirklich notwendig waren?

Da passierte etwas Sonderbares. Manchmal fühlte ich mich wie außerhalb meines Lebens, so als würde ich über ihm oder vielleicht ein wenig seitlich von ihm schweben. Dieses Schwebegefühl muss wohl daher gekommen sein, dass ich glaubte, ich hinge an nichts mehr oder nicht mehr an vielem: Ich dachte, ich hinge nicht an meinem Job als Lehrer, und ich dachte, ich hinge an keinem der vielen Fäden zu all den anderen notwendigen kleinen und größeren Jobs, die mir viertausend Dollar einbringen würden, oder drei, oder zwei, um für drei, oder zwei Monate oder einen Monat über die Runden zu kommen. Ich schwebte in die Höhe und sah in viel größere Weiten, auf eine größere Landschaft im Umkreis.

Das Institut gab eine kleine Party, um mir zum Stipendium zu gratulieren. Es ist kein so riesengroßes Stipendium, aber das Institut macht gerne um alle Aktivitäten der Fakultät ein großes Aufhebens. Es möchte, dass die Verwaltung des Colleges über die Leistungen der Fakultät informiert ist und vom Institut eine gute Meinung hat. Aber bei dieser Party fühlte ich mich unbehaglich. Das Institut – und vielleicht auch das College selbst – brachten mir nun mehr Wertschätzung entgegen als davor, und gleichzeitig wollte ich nun vom College gehen. Ich hatte in der Tat heimlich vorgehabt wegzugehen. Ich wollte meine Bindungen entweder vollständig durchschneiden oder so wenig mit ihm zu tun haben wie möglich.

Es stellte sich heraus, dass ich nicht aufhören konnte mit Unterrichten. Aber eine Zeit lang war mir das nicht bewusst.

Ich bin nicht immer eine schlechte Lehrerin. Meine Schwierigkeit beim Unterrichten ist komplex, und ich habe viel darüber nachgedacht: Wahrscheinlich ist sie vor allem auf ein allgemeines Organisationsunvermögen meinerseits zurückzuführen, in Kombination mit übermäßiger Vorbereitung, weiters das Lampenfieber und, im Hörsaal selbst, mangelhafte Gliederung der Ideen und schwache Präsenz im Unterricht. Es fällt mir schwer, den Studenten ins Gesicht zu sehen. Ich murmle oder es gelingt mir nicht, Dinge verständlich zu machen. Ich benütze die Tafel ungern.

Ich benütze die Tafel ungern, weil ich den Studenten ungern den Rücken zukehre. Ich fürchte, dass, wenn ich es tue, die Studenten das ausnutzen und miteinander reden oder Noten aus einem anderen Kurs besprechen oder dass sie, noch schlimmer, meinen Rücken anstarren, und das zweifellos nicht in Bewunderung. Das ganze vergangene Jahr habe ich die Tafel nie benützt. Dieses Jahr habe ich angefangen, sie zu benützen. Und wenn ich sie dann tatsächlich benütze, dann so überstürzt und ungeschickt, und meine Handschrift ist so erbärmlich, dass die Worte, die ich aufschreibe, klein und undeutlich und kaum leserlich sind.

Meine Arbeitsweise ist die folgende: Ich vermeide den Gedanken an die Lehrveranstaltung so lange wie möglich. Und wenn dann nicht mehr viel Zeit übrig ist, ein Tag vielleicht oder ein Abend, fange ich an, sie vorzubereiten. Unseligerweise fange ich bei der Vorbereitung auch an, sie mir auszumalen. Wenn ich sie mir ausmale, bekomme ich so große Angst vor dem Hörsaal und den Studenten, dass ich zu Eis erstarre und nicht mehr klar denken kann. Manchmal gelingt es mir, meine Panik zu kontrollieren – sie zu unterdrücken oder sie wegzureden –, und dann gelingt es mir – für Minuten, sogar für eine halbe Stunde, die Veranstaltung vernünftig zu planen. Dann überkommt mich neuerlich die Panik, und ich kann nicht mehr denken. Jegliche Planung scheint verfehlt, ich glaube, dass ich nichts weiß und nichts zu sagen habe. Und je mehr Schwierigkeiten ich bei der Planung habe, desto größer wird meine Angst, weil die Zeit vergeht und die Stunde der Lehrveranstaltung näher rückt.

Dieses Gefühl, außerhalb meines Lebens zu stehen, das ich erwähnt habe, entspricht in etwa meiner Vorstellung von dem, was eine Person empfindet, die erfährt, dass sie eine tödliche Krankheit hat. Auch mein Blick war klarer – und das mag ebenfalls passieren, wenn ein Mensch stirbt. Es war, als hätte nicht ich mich verändert, sondern alles um mich herum. Alles war schärfer, klarer, näher herangerückt, so als hätte ich davor immer nur kleines Stückwerk gesehen, nicht alles, oder doch alles, aber wie hinter einem Schleier oder hinter Wolken. Was hatte meinen Blick davor verstellt? War zwischen mir und der Welt ein Schleier, oder trug ich Scheuklappen, die mein Gesichtsfeld einschränkten und mich nur geradeaus sehen ließen? Das war mir bis zum heutigen Tag nicht bewusst gewesen: dass es meine Gewohnheit gewesen sein muss, nicht um mich und in die Runde zu blicken. Nicht, dass ich vorher alles als gegeben hingenommen hätte, sondern ich konnte nicht alles auf einmal ins Auge fassen. Warum? War es so, dass es mich nicht reizte zu tun, wozu ich nicht die Zeit oder das Geld hatte, es zu tun, oder dass mir nicht einmal die Idee kam, an etwas zu denken, das mich zu sehr ablenken konnte? Ich musste über so vieles von der Welt hinwegsehen oder meine Gedanken weg- und wieder auf meine Aufgabe hier und jetzt hinlenken, was auch immer das war. Ich konnte meine Gedanken nicht schweifen lassen, wohin sie wollten, und von da weiter zu etwas Anderem.

Nun sah alles anders aus – als wäre ich zur Erde zurückgekehrt und sähe sie mir von Neuem an. War jedes einzelne Ding schöner? Nein, nicht wirklich. Vielleicht war es mehr es selbst, vollständiger, lebendiger. Sah die Welt so für Menschen aus, die aus einem Nah-Tod-Erlebnis ins Leben zurückgekehrt waren?

Ich wusste bereits, dass ich die Gewohnheit hatte, sehnsüchtig durch ein Auto- oder Busfenster nach bestimmten Dingen in der Ferne Ausschau zu halten, Stätten, die ich nie besuchen würde, die ich mir ansehen wollte, nie aber ansehen würde – dort, wo ich lebte, war es ein altes, heruntergekommenes kalifornisches Farmhaus in einem Gehölz aus Eukalyptusbäumen und Palmen jenseits eines verwilderten Feldes. Eine lange, kurvige und staubige Zufahrt führte zu ihm hinauf.

Auf dem Weg zum College sehe ich dieser Tage vom Bus aus etwas Vergleichbares: ein altes, von Bäumen umstandenes

Farmhaus mit Wirtschaftsgebäuden und ein Feld zwischen Highway und Haus. Es ist ein sehr schlichtes altes Riegelhaus, und bei den Bäumen handelt es sich bloß um eine Gruppe hoher Schattenbäume.

Ich dachte immer, diese Orte müssten in genau dieser Distanz bleiben, dass ich mich nach ihnen sehnen und sie beinahe imaginär bleiben sollten und dass ich sie niemals aufsuchen sollte. Nun, da ich eine Zeit lang das Gefühl hatte, als stünde ich gleichsam außerhalb meines Lebens, dachte ich, ich könnte sie doch aufsuchen.

Gleichzeitig fühlte ich eine größere Nähe zu Fremden. Es war, als sei etwas weggenommen worden, das immer zwischen mir und ihnen gestanden hatte. Ich weiß nicht, ob das mit dem Gefühl zusammenhing, dass ich mich nicht mehr innerhalb meines eigenen Lebens aufhielt. Ich nehme an, dass ich unter »mein eigenes Leben« die gewohnheitsmäßigen Sorgen, Pläne und Beschränkungen verstehe, die ich nicht einmal mehr für relevant hielt. Mir wurde dieses Gefühl der Nähe gegenüber Fremden vor allem an der Bushaltestelle bewusst, wo ich viele Fremde auf einmal in einer Masse beisammen stehen sehe und eine oder zwei Stunden am Stück beobachte, während ich zum Beispiel spät abends auf den Bus nach Hause warte und in einer Cafeteria sitze, um einen Brief zu schreiben oder die Arbeiten meiner Studenten durchzulesen.

Ich muss sagen, dass, sobald der Unterricht einmal in Gang gekommen ist, die Spannung nicht annähernd so schlimm ist wie während der Stunden, die ihm vorausgehen, und insbesondere jener letzten 10 oder 20 Minuten davor. Der schlimmste Augenblick ist der letzte Augenblick in meinem Sprechzimmer, in dem ich von meinem Stuhl aufstehe, meine Aktentasche nehme und die Tür zu meinem Sprechzimmer öffne. Selbst fünf Minuten, jene fünf Minuten, die mir bleiben, bevor ich aus meinem Sprechzimmer gehen muss, reichen aus, um mir ein leises Gefühl des Schutzes zu vermitteln, wenngleich diese fünf Minuten beinahe eine zu kurze Zeitspanne sind, um mir etwas zu nützen. Aber 10 Minuten sind zweifellos lange genug, um mich vor dieser letzten Minute zu schützen.

Unterdessen sollte ich schon wissen, dass die Stunde, sobald sie einmal angefangen hat, nicht so schlimm sein wird wie jene 10 oder 20 Minuten davor und ganz besonders diese allerletzte Minute. Wüsste ich mit Sicherheit, dass die Stunde selbst nicht so schlimm sein wird, dann hätte ich nicht so viel Angst vor ihr, und selbstverständlich wären dann auch die vorausgehenden 10 oder 20 Minuten nicht so schlimm. Aber bis jetzt scheint es mir nicht zu gelingen, mich davon zu überzeugen. Und natürlich ist es manchmal wirklich schlimm.

Einmal lief zum Beispiel während der Stunde die Diskussion aus dem Ruder, und einige Studenten machten ausfällige Bemerkungen über bestimmte Bevölkerungsgruppen, Bemerkungen, die, da ich nicht wusste, wie ich dem sofort einen Riegel vorschieben konnte, den Anschein erweckten, sie seien mit meiner Zustimmung oder gar Ermutigung meinerseits gefallen. Einige der anderen Studenten und auch ich selbst fühlten sich bei fortschreitender Diskussion zunehmend unwohl. Ein erfahrenerer Lehrer hätte die Diskussion auf einen breiteren Boden stellen und sie retten können, indem er sie zum Beispiel für ein Lehrstück über die Frage und Problematik von Verallgemeinerungen versus deren Nützlichkeit umfunktioniert hätte. Aber ich sah damals keine Möglichkeit, das zu tun, und so blieb am Ende der Stunde ein ungutes Gefühl zurück. Zuhause fielen mir dann ein paar gute und kluge Dinge ein, die hilfreich gewesen wären, aber es war zu spät. Ich fürchtete mich vor der nächsten Stunde und vor der Kälte, die in ihr herrschen würde. Und ich täuschte mich nicht, was die nächste Stunde anging.

Es passiert nicht oft, dass die Diskussion eine unerfreuliche Wendung nimmt. Häufiger gibt es bloß heikle Augenblicke.

Manchmal beispielsweise zaudere ich beim Sprechen, nicht weil mir in der nächsten Sekunde der perfekten Ausdruck oder das perfekte Bild einfallen wird, sondern weil ich den Faden verloren habe und irgend eine sinnvolle Schlussfolgerung für meine Ausführung finden muss. Wenn ich zaudere, dann sind die Studenten besonders auf dem Quivive. Es interessiert sie weit mehr, wenn ich darum ringe, was ich als nächstes sagen soll, als wenn ich in einem Zug gleichmäßig weiterrede. Und dann: Je schärfer sie mich beobachten und darauf warten, was ich als Nächstes sagen werde, desto weniger weiß ich, was ich sagen soll. Ich habe Angst vor einer gänzlichen Schreckensstarre. Ich muss Theater spielen und die Tatsache, dass ich förmlich starr vor Schreck bin, vertuschen und rasch zum Schluss kommen, wenigstens zu einem vorläufigen. Dann verlieren sie das Interesse.
Wovor ich mich aber im Hörsaal fürchte, ist nicht bloß der schlimme Augenblick, in dem ich mich nicht auffangen kann, oder die vielen peinlichen Augenblicke, in denen ich Ungenügen empfinde. Es ist etwas Größeres. Ich will nicht im Mittelpunkt der Aufmerksamkeit einer großen Studentengruppe stehen, die darauf wartet, was ich als Nächstes tun oder sagen werde. Es ist ein so ungleicher Kampf. Auf der einen Seite sind so viele, die da aufgereiht sitzen, um ein einzelnes Gegenüber anzustarren. Selbst mein Gesicht scheint sich zu verändern. Es wird verletzlicher, weil es nicht mit Wohlwollen betrachtet wird, wie es von einer Freundin oder Bekannten oder auch nur von einer Person auf der anderen Seite eines Ladentisches oder Bankschalters angesehen werden würde, sondern kritisch, wie etwas Fremdartiges. Je gelangweilter die Studenten sind, desto mehr werden mein Gesicht und mein Körper zu fremdartigen Dingen, die kritisch geprüft werden müssen. Ich weiß das, ich war selbst Studentin.

Es stimmt, dass die erste Unterrichtsstunde für mich nicht so schwierig ist wie die folgenden, weil so viel erledigt zu werden hat und weil ich diesbezüglich absolut die Kompetenz besitze. Ich prüfe die Anwesenheitsliste und gebe den Studenten einen Ausblick auf das Studienprogramm und was ich von ihnen erwarte. Es macht mir nichts aus, zwischen meinen Listen und xerokopierten Handouts herumzusuchen, weil das die meisten Lehrkräfte am ersten Tag tun. Ich gebe mir den Anschein einer kompetenten Lehrkraft, und für die Dauer dieser ersten Unterrichtseinheit nehmen sie mir das ab. Es bedeutet für mich eine große Hilfe, dass sie im Laufe ihres Lebens so viele Lehrer gehabt haben, kompetente Lehrer oder wenigstens von sich überzeugte und starke Lehrer – so dass ich die Rolle einer von sich überzeugten, sogar souveränen Lehrkraft spielen kann, und sie nehmen mir das ab. Manchmal spiele ich eine Rolle gut, und eine Zeit lang gelingt es mir, sie zu überzeugen.

Es hat während des Unterrichts sogar gute Augenblicke gegeben. Manchmal ist die Diskussion interessant, und die Studenten wirken überrascht und engagiert. Es ist sogar der seltene Fall eingetreten, dass eine Stunde vom Anfang bis zum Ende gut war. Ich mag die Studenten wirklich – wenn auch nicht alle, so doch zumindest die meisten. Ich habe sie immer gemocht, vielleicht, weil sie von den guten Noten abhängig sind, die ich ihnen gebe, und sie mir deshalb immer ihre beste Seite und ihr liebenswertestes Naturell zeigen.

Ich lese wirklich gerne, was sie schreiben. Jede Woche gibt es einen neuen Stoß schriftlicher Arbeiten, die meisten – wenn schon sonst nichts – fein säuberlich getippt und präsentiert, und immer bin ich darauf gefasst, in ihnen einen Schatz zu finden. Und tatsächlich ist immer etwas Gutes drin, und gelegentlich etwas – eine Idee oder ein Satz oder eine Redewendung –, das sehr gut ist. Der aufregendste Augenblick ist der, wenn ein Student, der nie besonders gut war, plötzlich mit einer sehr sauberen Arbeit glänzt. Um die Wahrheit zu sagen – die Arbeiten der Studenten und Studentinnen zu lesen und mit Kommentaren zu versehen liegt mir beim Unterrichten am meisten, teilweise, weil ich zu Hause bin, alleine, wobei ich für gewöhnlich auf meinem Bett oder auf dem Sofa liege. Aber diese guten Zeiten und die wenigen erfolgreichen Unterrichtsstunden sind weit in der Minderzahl gegenüber den problematischen Zeiten.

Nachdem ich die Nachricht von diesem Stipendium erhalten hatte, träumte ich zunächst davon, dass ich nicht nur zu unterrichten aufhören, sondern endlich mein Arbeitszimmer verlassen und ins öffentliche Leben eintreten könnte. Ich dachte sogar, ich könnte mich um ein öffentliches Amt bewerben, wenn auch um kein sehr hohes – ein Amt im Schulausschuss oder im städtischen Planungsbüro. Dann fragte ich mich, ob ich überhaupt im öffentlichen Bereich tätig werden sollte. Vielleicht sollte ich weiterhin den Großteil meiner Zeit alleine in meinem Arbeitszimmer zubringen. Oder ich würde in meinem Arbeitszimmer bleiben und hier eine Kolumnen für die hiesige Tageszeitung verfassen.
Später dachte ich, dass sich jedes Stadium dieser Reaktion vielleicht einfach totlaufen müsse und dass sich letztendlich wieder eine Art Normalzustand einstellen würde. Und vielleicht war es das, was ich wirklich wollte – das Gleiche zu empfinden, das ich zu empfinden gewohnt war, und das Gleiche zu tun, das ich zu tun gewohnt war, bloß mit dem Unterschied, dass ich etwas mehr Zeit hätte und etwas weniger Arbeit und eine etwas bessere Meinung von mir selbst.
Das College, das ich selbst besucht hatte, meine Alma Mater, hatte nie Kontakt zu mir aufgenommen, nicht einmal, um Neuigkeiten für die Zeitschrift der Alumnen oder Geld

zu erbitten. Sobald aber die Mitteilung über das Stipendium in einer akademischen Zeitschrift gedruckt erschienen war, schrieb mir die Präsidentin, um mir höchstpersönlich zu gratulieren. Sie schrieb, man würde mir ein Einladungsschreiben zu einem Vortrag im Frühling vor Ort zuschicken. Ich wartete, erhielt aber keines. Ich fragte schriftlich nach, erhielt aber keine Antwort. Ein paar Monate später schrieb mir meine Alma Mater abermals, diesmal aber nur, um mir die Zeitschrift der Alumnen zuzusenden und mich um Geld zu bitten.

Schließlich fing ich an, mich wieder normal zu fühlen. Wochenlang hatte ich mich auf undefinierbare Weise kränklich gefühlt und Angst vor Unfällen gehabt. Ich hatte Angst, ich würde sterben. Warum hatte ich plötzlich Angst zu sterben? War mein Leben aufgrund dieses Stipendiums auf einmal mehr wert? Oder dachte ich, dass mir nun, nachdem mir etwas Gutes widerfahren war, etwas Schlimmes widerfahren würde? Hatte ich Angst, ich würde dieses Glück nicht auskosten können, weil ich davor schon sterben würde? Es war mir versprochen worden, und sie – oder Sie – könnten es mir nicht wegnehmen. Aber Sie waren so umsichtig gewesen, mir in Ihrem allerersten Schreiben mitzuteilen, dass es, sollte ich sterben, niemand anderer, kein Mitglied meiner Familie, zum Beispiel meine Mutter oder meine Schwester oder mein Bruder, bekommen könne. Es wäre überflüssig gewesen mir zu sagen, dass, sollte ich sterben, selbstverständlich auch ich es nicht bekommen könne.

Oder dachte ich, dass ich nun, da mir etwas so Gutes in Aussicht gestellt worden war, sterben würde, bevor ich es erhielte?

Ich hatte Anfälle von plötzlicher Großzügigkeit. Ich wollte meinen Freunden Geld geben, ich wollte fremden Menschen in der Stadt Zwanzig-Dollar-Noten geben. Ich dachte daran, dem deprimierenden, schäbigen Busbahnhof eine Schenkung zu machen, vielleicht ein paar große Pflanzen oder ein Regal mit Büchern für den Warteraum.

Dann warnte mich eine Freundin, die das schon mitgemacht hatte. Sie sagte, ich solle aufpassen: Ich würde einen beinahe ununterdrückbaren Drang verspüren, das ganze Geld wegzugeben.

Es gab viele Dinge, die ich in meinem Leben hatte erledigen wollen, aber nie erledigt hatte, weil mir die Zeit fehlte. Ich bin nicht leichtfüßig, aber ich tanze gerne. Ich wollte singen, obwohl meine Stimme dünn und schwach ist. Aber dafür hatte ich dieses Geld ja nicht bekommen. Es war nicht in der Absicht der Stiftung gelegen, mich während der Zeit zu unterstützen, die ich mit Tanzen und Singen verbrachte.

Ich hatte oft von den hübschen Dingen geträumt, die ich kaufen würde, wenn ich genug Geld hätte. Nun hielt mich eine Verbindung von Schamgefühl und Vorsicht davon ab, Geld beliebig oder auf törichte Art auszugeben. Trotzdem überlegte ich mir manchmal, was ich kaufen wollte. Ich hatte eine Liste: Ich wünschte mir ein Kanu, einen alten Garderobeschrank, ein besseres Klavier, einen Esstisch, ein kleines Grundstück, einen Trailer darauf, einen Fischteich, ein paar Bauernhoftiere und einen Stall für deren Unterbringung. Das alles als Draufgabe zu ein paar hübscheren Kleidern.

Ich dachte freilich, ich müsse vorsichtig sein. Wenn ich etwas kaufte, was nicht notwendig war, mir aber Freude bereitete, so mochte sein Besitz teuer kommen, wie das hübsche Grundstück, für das ich Steuern zahlen müsste. Oder es würde ständige Betreuung erfordern – wie die Bauernhoftiere.

Ich habe keins dieser Dinge je gekauft.

Nachdem in der College-Zeitung ein Artikel erschienen war, erwartete ich mir für die nächste Unterrichtseinheit Reaktionen und Fragen seitens der Studenten. Ich freute mich auf die Gelegenheit, mit ihnen über diese aufregende Geschichte zu reden. Ich wollte mit ihnen über die Forschungsarbeit sprechen, und darüber, wie aufregend sie sein kann. Ich dachte, es ließe sich leicht darüber sprechen und wäre interessant, und vielleicht würde dadurch ihr Respekt vor mir steigen. Ich bin im Unterricht viel besser, wenn ich glaube, dass man mich respektiert. Ich bereitete mich auf diese Diskussion vor, dachte mir ihre Fragen und ein paar Antworten auf sie aus. Aber keiner hatte von der Neuigkeit gehört, und niemand sagte etwas dazu. Da ich mich auf ihre interessierten Fragen und nicht auf ihr eisiges Schweigen vorbereitet hatte, war ich sogar noch steifer und noch linkischer als gewöhnlich.

Nun wird mir klar, weshalb ich Ihnen so viel über meinen Unterricht geschrieben habe. Ich habe nicht gewagt, mir vorher selbst einzugestehen, wie sehr er mir lästig war, weil ich damit leben musste. Dann dachte ich, ich würde nie wieder unterrichten müssen. Das war der Augenblick, in dem ich zugeben konnte, dass es allerschlimmste Folter war: vor dieser Zuhörerschaft aus gleichgültigen oder vielleicht gar hämischen jungen Studenten stehen zu müssen.

Zunächst dachte ich, meine Angst, den Studentinnen und Studenten gegenüberzutreten, sei verständlich: Was konnte furchteinflößender sein als vor diesen Reihen kritischer oder gleichgültiger oder verächtlicher junger Menschen zu stehen, in all meiner Unsicherheit, mit meinem unscheinbaren Äußeren, meinem Mangel an Übung, meinem Mangel an Selbstvertrauen und Autorität ihren Blicken und Gedanken ausgesetzt zu sein. Etwas daran war wahr. Aber ich habe das nun schon seit Jahren an den unterschiedlichen Schulen immer wieder getan. Schließlich musste ich zu Beginn dieses entscheidenden Jahres, des Jahres Ihres Telefonanrufs, als meine Angst, nun, nach meinen Erfahrungen an eben diesem College, entgegen meinen Hoffnungen nicht nachgelassen hatte oder verschwunden war, nun also musste ich der Tatsache ins Auge sehen, dass meine Furcht übertrieben und widernatürlich war. Etliche Freunde pflichteten mir bei.

So erlitt ich zum Beispiel am allerersten Unterrichtstag des ersten Jahres an diesem College etwas, das ich heute für eine psychosomatische Verwundung halte, wenn das der richtige Terminus für eine Verwundung ist, die allein von einer emotionalen Befindlichkeit herrührt: Ich erwachte mit einem großen Blutgerinnsel in einem meiner Augen. Als ich in den Spiegel sah, kam ich mir selbst grotesk, monströs vor. Ich weiß nicht, ob, als ich mich an jenem Tag zu einem späteren Zeitpunkt vor die versammelten Studenten hinstellte, diese das Blutgerinnsel bemerkten. Da sie mir darüber natürlich nichts sagen wollten, habe ich es nie erfahren. Und es stimmt, dass Studenten in diesem Alter gemeinhin mehr an ihren eigenen Angelegenheiten interessiert sind als einem Lehrer, ob nun mit oder ohne Blutgerinnsel im Auge.

Aufgrund eines Splitters, den ich mir eingezogen hatte, kam es in diesem Semester zu einem späteren Zeitpunkt zu einer so bösen Infektion einer Fingerkuppe, dass ein operativer Eingriff notwendig wurde und ich im Unterricht einen dicken Verband tragen musste. Von der Operation blieb eine Narbe und Kerbe sowie ein Gefühl von Taubheit in dieser Fingerkuppe zurück. Ich kann einfach nicht anders – ich sehe auch in dieser Verletzung den jämmerlichen Versuch, mich selbst außer Gefecht zu setzen und unterrichtsunfähig zu machen.

Nachdem der Finger geheilt und der Verband entfernt war, ging es damit los, dass ich zu allen möglichen und unmöglichen Zeiten für ein paar Minuten einschlief. Ich schlief nicht nur im Bus ein, was ja nicht so überraschend war, sondern auch in meinem Sprechzimmer, wo mir der Kopf auf die Schreibtischplatte sank oder nach hinten in den Nacken fiel, und auf Parkplätzen nach meinem Einkauf in meinem Auto, und im Zahnarztstuhl liegend und wenn ich zusammen mit einer Reihe anderer Patienten im Vorzimmer des Augenarztes saß und darauf wartete, dass sich die Pupillen erweiterten. Offenbar muss ich mir eingebildet haben, das Einschlafen sei eine Möglichkeit, meiner Situation wenigstens für kurze Zeit zu entrinnen.

Während des ganzen Semesters trug ich schwarz – schwarzen Mantel, schwarze Schuhe, schwarze Hosen und einen schwarzen Pullover, so als gäbe mir das in irgendeiner Weise Schutz. Schwarz war zweifellos eine starke Farbe, und vielleicht dachte ich, wenn ich in Schwarz erschiene, dann würde ich die Studenten davon überzeugen, dass ich eine starke Persönlichkeit war. Man erwartete, dass ich sie mit sicherer Hand führen würde. Aber ich wollte nicht ihre Führerin sein – ich wollte nie irgend jemandes Führerin sein.

Als ich das schon nicht mehr erwartete, kriegten die Studenten das mit meiner Auszeichnung plötzlich mit und fingen an, Fragen zu stellen. Sie schienen an der Neuigkeit wirklich interessiert zu sein. Sie schienen zu genießen, dass ihre Professorin plötzlich zu einer kleinen Berühmtheit auf ihrem Campus geworden war. Dieses Novum, die Unterbrechung der Routine, die mir willkommen war, war wahrscheinlich auch für sie entlastend. Immer wenn im Unterricht etwas außer der Norm passiert – zum Beispiel ein plötzliches Gewitter oder ein Schneesturm oder ein Stromausfall oder mein Auftritt mit dicker Bandage um meinen Finger –, dann entspanne ich mich ein wenig und der Unterricht verläuft besser.

Der Unterricht war in diesem Semester so gut wie vorüber. In acht Tagen hatten die Studenten ihre letzte Unterrichtsstunde.

Ich fühlte das Nahen des Todes, vielleicht weil der Tag nahe war, an dem ich von der Stiftung meinen ersten Scheck erhalten würde. Das Einzige, was zwischen mich und die Inempfangnahme des Geldes im Januar kommen konnte, war mein eigener Tod. Und so dachte ich, das neue Jahr werde mir unweigerlich entweder den Tod oder den ersten Scheck der Stiftung bringen.

In der letzten Stunde gab es so etwas wie eine Party, obwohl ich sie zuerst noch im Hörsaal eine Arbeit erledigen ließ. In meinem Rucksack hatte ich in den Bus zwei Flaschen und eine Tüte leckerer Apfel-Donuts mitgenommen. Wir stellten die Stühle in einem sehr großen Kreis auf, ein Einfall, der allerdings nicht von mir war. Ich konnte mir nicht vorstellen, wie ich eine Party mit fünfundzwanzig Studienanfängern hinkriegen konnte. Ich dachte, sie würden es nicht eben feierlich finden, mir in Stuhlreihen gegenüberzusitzen und ihre pappigen Krapfen zu essen. Aber ebenso unpassend erschien es mir, die Stühle auseinanderzuschieben und wie auf einer Cocktailparty umherzuschlendern, wo doch nicht alle Studenten und Studentinnen miteinander befreundet waren.

Nun tat es mir ein wenig Leid, ihnen Auf Wiedersehen zu sagen. Es war leichter, sie zu vermissen und voll Zuneigung an sie zu denken, wenn ich keine Angst mehr vor ihnen zu haben brauchte.

Nachdem die Kurse vorüber waren und die Last des Unterrichts von mir genommen war, ging das Unterrichten in meinem Kopf natürlich weiter und ich dachte mir weiteren Lesestoff oder kluge Kommentare für sie aus. Ich stellte mir vor, wie sie alle da saßen, aufgeschlossen und interessiert, obwohl sie da in Wahrheit schon in anderen Kursen saßen oder noch in Ferien waren, ohne an mich oder meinen Kurs auch nur einen Gedanken zu verschwenden, außer vielleicht daran, wie ihre Note ausfallen würde.

Bald nach Neujahr verabredete ich mich mit einem Steuerberater, und der hatte schlechte Nachrichten in petto. Ein Großteil des Stipendiums würde *für das Stipendium* an die Steuer gehen! Ein anderer Teil musste auf ein spezielles Konto eingezahlt werden – um die Steuer zu umgehen. Was dann übrig war, würde für meine Lebenshaltungskosten nicht ausreichen. Mir wurde bewusst, dass ich mich auch weiterhin auf die beinahe gleiche Weise wie früher um kleine Übergangsjobs würde umsehen müssen. Aber noch immer glaubte ich, ich würde nicht mehr unterrichten müssen.

Trotzdem hatte ich meine Verbindungen zum College zunächst nicht gänzlich abbrechen wollen. Ich dachte, ich könnte ein paar Vorlesungen halten. Ich habe keine Angst davor, mich vor eine Hörerschaft hinzustellen und eine Vorlesung zu halten, die ich zuvor schriftlich vorbereitet habe. Ich könnte das gegen ein kleines Honorar tun, dachte ich. Aber mein Plan mit den Vorlesungen erwies sich als undurchführbar. Anstelle dessen teilte man mir mit, ich könnte, gesetzt mein Einverständnis, gegen ein minimales Honorar jeden Herbst einen speziellen Kurzlehrgang für Gemeindemitglieder abhalten. Gemeindemitglieder sind gewöhnlich älter, manchmal sehr alt und häufig exzentrisch. Sie haben aber auch mehr Verständnis und Respekt vor einer Lehrperson, also begrüßte ich diese Lösung.

Nun hatte ich keine Angst mehr vor dem Sterben. War es, weil ich bereits einen Teil des Geldes erhalten hatte? Dachte ich, dass, wenn ich jetzt sterben sollte, zumindest nicht das ganze Geld verloren war? Mir kam eine Idee, die zunächst nichts mit meinem Tod zu tun haben zu schien: Ich sollte mich jetzt auf meinen Tod vorbereiten, damit diese Vorbereitung »abgehakt« wäre und ich danach mit meinem Leben weitermachen konnte. Wenn der Tod für mich das Schlimmste zu Befürchtende war, dann sollte ich mit ihm Frieden schließen. Aber wie hatte ich mir denn tatsächlich einbilden können, das Gefühl habe nichts mit meiner früheren Angst vor dem Tod zu tun?

Ich dachte auch, ich sei drauf und dran, meinen Brief an die Stiftung zu verfassen. Ich würde der Stiftung mitteilen, dass ich alles mit größerer Sorgfalt anginge. Wahrscheinlich würde es Ihnen Freude bereiten, das zu erfahren. Und ich würde Ihnen schreiben, dass ich – weit davon entfernt, mir weitere Dinge anzuschaffen, wie es möglich gewesen wäre – nun, da ich ein bisschen mehr Geld besaß, all die Dinge, die ich nicht benötigte, los werden wollte, die Dinge, die sich oben auf den Bücherkästen stapelten und von einer dicken, klebrigen Staubschicht bedeckt oder, in Schachteln verpackt, in Geschirrschränke gestopft oder haufenweise zuhinterst in einem Schrank im Badezimmer verstaut worden waren, wo sie verschimmelten.

Und doch war mir bewusst, dass Sie das möglicherweise nicht interessieren würde.

Ich wusste nicht, ob ich in dem Brief an die Stiftung diese über meine Pläne unterrichten würde, obwohl ich vielleicht darlegen würde, dass ich in meinem bisherigen Leben nicht Zeit für Dinge gehabt hatte, wie stehen zu bleiben und mit meinen Nachbarn zu reden. Ich war der Stiftung dankbar, dass ich diese Dinge nun tun konnte. Ich würde Ihnen nicht mitteilen, dass ich noch an keinem ernsthaften Projekt arbeitete oder dass ich meine Tage zurzeit damit verbrachte, Dinge zu ordnen: Medikamente, Lotionen und Salben; Magazine und Kataloge, Socken, Kugelschreiber und Bleistifte. Vielleicht ordnete ich diese Dinge, weil ich dachte, ich würde sterben. Oder vielleicht dachte ich, dass ich diese Auszeichnung nicht verdiente und die Stiftung, könnte sie nur für ein paar Minuten einen Blick in mein Leben werfen, den Anblick dieser Unordnung abstoßend finden würde.

Ich glaubte beileibe nicht, dass die Stiftung das im Sinn hatte, als sie mir das Stipendium zusprach. Ich befürchtete, sie würden das Gefühl haben, sie hätten ihr Geld verschwendet. Nun

wäre es zu spät für sie, es mir wieder wegzunehmen, aber sie wären enttäuscht und verärgert.
Vielleicht aber würde mich mein eigenes Gewissen früher oder später so weit bringen, dass ich mich wieder der Arbeit widmete, die ich erledigen sollte. Und vielleicht verließ sich die Stiftung darauf, dass es mir mein Gewissen schlussendlich nicht erlauben würde, meine Zeit und damit ihr Geld zu verschwenden.

Nachdem ich die erste Rate des Stipendiums erhalten hatte, überlegte ich, mir etwas Teures zu leisten. Und eines Tages kaufte ich dann um ein Haar, irrtümlich, einen Sweater um $ 267. Ich halte das für einen teuren Sweater, obwohl ich weiß, dass das manche Leute nicht so sehen würden. Ich hatte mich beim Preisschild verguckt und gedacht, er koste $ 167, was immer noch teuer genug gewesen wäre. Ich holte tief Atem und beschloss, ihn zu kaufen. Ich habe ihn nicht einmal anprobiert – ich hatte Angst, der Mut würde mich verlassen. Als die Verkäuferin den Rechnungsbeleg schrieb, bemerkte ich den Irrtum und musste ihr sagen, dass ich ihn nun doch nicht kaufen würde. Es war eine schlichte rote Strickweste. Ich verstand nicht wirklich, weshalb das Material und dieses eine interessante Muster ihn so viel teurer machen sollten als das, was ich gewohnt war zu bezahlen.
Ich blieb neben der Kassa stehen, zum Teil wohl, damit die Verkäuferin denken sollte, es sei mir nicht peinlich, dass ich mich wegen des Preises anders entschieden hatte. Ich warf einen Blick in die Schmuckvitrine aus Glas und bewunderte eine Halskette um $ 234. Sie war hübsch, aber nicht so hübsch, dass ich bereit gewesen wäre, dafür diesen Betrag hinzulegen. Dann erkundigte ich mich nach dem Preis für ein Goldarmband, und sie sagte, es koste an die $ 400. »Gold

kostet eben was«, sagte sie. Es war ein einfaches zartgliedriges kleines Armband aus winzigen, dünnen Goldplättchen, die an etwas aufgefädelt waren, an das ich mich nicht mehr erinnern kann. Es war sehr hübsch. Aber wie hübsch es auch immer sein mochte, niemals hätte ich dafür oder für sonst einen Schmuck $ 400 ausgegeben. Schließlich kaufte ich, was ich vielleicht sowieso gekauft hätte – ein Paar Ohrringe um $ 36.
Ich wusste nicht, ob ich jemals etwas Teures tragen sollte. Ich dachte, ich könnte mir, und wär's auch nur ein einziges Mal, etwas so Teures kaufen wie dieses Armband. Aber sollte ich? Ich hatte einmal den Beschluss gefasst, dass ich nur ein paar Kleider besitzen wollte und dass diese schlicht, aber gut gearbeitet sein sollten. Ich bildete mir das noch immer ein. Aber wenn sie gut gearbeitet waren, hieß das dann auch, dass sie teuer wären? Sich schlicht anzuziehen genügte nicht unbedingt, wenn die schlichten Kleider sehr teuer waren. Andererseits wäre ausgezeichnete Qualität vielleicht in Ordnung, wenn ich die Kleider aus zweiter Hand kaufte. Sie wären second hand, schlicht, alt, ein wenig abgetragen, aber von erstklassiger Qualität. Das schien mir ein guter Kompromiss. Dann aber quälte mich wieder der Gedanke, dass ich sie, wenn ich sie in einem Second-Hand-Laden erwarb, jemandem wegnehmen könnte, der sie vielleicht wirklich brauchte.

In diesem Frühling würde ich viel zu tun haben. Der Frühling war schon lange mit einer Reihe ermüdender Kurzzeit-Jobs verplant, die ich nun nicht abblasen konnte, beispielsweise für ein Verlagshaus professionelle Kommentare über Bücher zu verfassen, kurze Artikel zu schreiben, Referate bei uninteressanten Konferenzen zu halten. So erschien mir mein Leben nicht anders und nicht freier, als es gewesen war, abgesehen davon, dass ich mich von Zeit zu Zeit daran erinnerte, dass ich

im Herbst nicht unterrichten würde – so meine irrige Annahme. Der Sommer würde kommen und ich wäre wirklich frei von sämtlichen Verpflichtungen.
Aber als der Sommer dann tatsächlich da war, mit der Aussicht auf jenen Kurzlehrgang, den ich nun abzuhalten hätte, waren so viele Monate vergangen, dass ich mich daran gewöhnt hatte, zwei einander widersprechende Gefühle zu haben: dass alles in meinem Leben anders geworden war, und dass in Wahrheit nichts in meinem Leben anders geworden war.

Der Unterricht, den ich hier am College gab, war, wie ich Ihnen schon früher geschrieben habe, keine Premiere für mich. In anderen Jahren lief es mit manchen Kursen gut, mit anderen schlecht. Ich erinnere mich, dass ich mich während einer ersten Lehrveranstaltung so matt fühlte, dass ich die Studenten an einer Übungsaufgabe, die ich mir an Ort und Stelle ausdachte, arbeiten ließ, während ich aus dem Raum ging. Ich stellte mich auf einer Außenbalustrade auf und starrte zu einem Eukalyptuswäldchen hin, bis ich mich besser fühlte.
Ein paar Jahre danach, an einem anderen College, versammelte sich eine andere Studentengruppe zufällig in einem Raum, der einstmals einer engen Freundin von mir als Sprechzimmer gedient hatte. In eben diesem Raum war es zu einer Reihe schwieriger Begegnungen mit ihr gekommen. Vielleicht war es das, was mir das Unterrichten so schwer gemacht hatte. Während der ersten Stunde machte ein begabter Student eine rüde Bemerkung, als er feststellte, welche Anforderungen ich für den Lehrgang stellte, und stieg auf der Stelle aus. Später beleidigte ich eine Studentin, indem ich etwas Persönliches sagte, das sie in die falsche Kehle bekam.
Meine Sprechstunden waren für die Stunde vor meinem Unterricht angesetzt. Kein Student, keine Studentin hat mich je auch nur ein einziges Mal da aufgesucht, und so saß ich im-

mer allein in meiner Zelle. Es war eine Abendeinheit, und das Gebäude war zu dieser Stunde beinahe leer, aber unmittelbar neben dem meinen war ein weiteres Sprechzimmer, das von einem beliebteren und erfolgreicheren Lehrer belegt war. Ich saß allein in dem beinahe leeren Gebäude und hörte alles, was er dem ununterbrochenen Strom seiner Studenten und Studentinnen zu sagen hatte, mit an.

Ich sage mir: Es sind bloß vier Stunden pro Woche. Es sind vier Einzelstunden – jeweils zwei am Dienstag und zwei am Donnerstag –, bloß vier kurze Stunden in einer ganzen Woche. Aber jede wirft einen sehr langen, sehr finsteren Schatten zurück auf den Vortag oder sogar auf die zwei Tage davor, und dieser Schatten ist am Morgen des jeweiligen Unterrichtstags besonders finster, und am allerfinstersten ist er während dieser schrecklichen 10 oder 20 Minuten vor Unterrichtsbeginn und mit ihnen die letzte, beinahe unerträgliche Minute, in der ich durch die Tür meines Sprechzimmers gehe.

Ich sage mir auch, dass es viele Menschen auf der Welt gibt, die schreckliche Jobs haben und dass mein Job, verglichen mit diesen Jobs, ein guter Job ist.

Ich habe mich hier des Langen und Breiten über meinen Unterricht ausgelassen. Das hatte seinen Grund darin, dass ich, als Ihr Stipendium kam, glaubte, ich würde nicht mehr unterrichten müssen. Ich dachte auch, und denke noch, dass Sie sich, da Ihr Interesse an meiner Arbeit so groß war, dass Sie mir das Stipendium gaben, auch für alles, was mich betrifft, und für alles, was ich zu sagen habe, interessieren würden. Ich weiß, dass das nicht stimmen muss, aber ich erlaube mir immer noch zu glauben, Ihnen sei wichtig, wie es mir geht und was ich tue.

Meine geistigen Angewohnheiten sind derart starr, dass ich auf die immerselbe Weise die immerselben Dinge denke, auch dann, wenn sich meine Lebensumstände geändert haben. Aber nach den Neuigkeiten änderte sich meine Sicht der Dinge für eine Zeit. Ich nahm mehr an der Peripherie wahr, und ich wurde mir der Erweiterung meines Gesichtsfelds bewusst und genoss das. Wenigstens stieg ich eines Tags in mein Auto und fuhr die nähere Umgebung ab, die ich davor nie erkundet hatte. Ich erkundete den neuen Raum – oder die neue Zeit –, die mir geschenkt worden war. Dann, vielleicht unter dem Druck der diversen Frühjahrsjobs, verengte sich mein Gesichtsfeld wieder, ich widmete mich meinen Pflichten, ich konzentrierte mich auf das, was als Nächstes zu tun war, und nicht auf die größeren Lebensperspektiven. Mein Gesichtsfeld reichte bloß vom Frühstück zum Mittag- und vom Mittag- zum Abendessen.

Als ich dann alle Arbeiten auf meinem Terminplan für den Frühling erledigt hatte, bemächtigte sich meiner überraschend eine tiefe Trägheit. Was als große Erholung begann, wurde, kaum dass der Druck nachgelassen hatte, zu einer endlosen, grenzenlosen Trägheit, in der ich mich vorsätzlich weigerte, den größten Teil dessen zu erledigen, was man von mir verlangte, es sei denn, die Person, die es verlangte, stand mir direkt gegenüber. Ich ignorierte einfach jedes aus der Entfernung an mich herangetragene Ersuchen und jeden Brief und jede Mitteilung. Oder ich reagierte schnell darauf, um es hinter mir zu haben. Ich sagte, ich sei zu ausgelastet, zu beschäftigt, um zu tun, was immer sie von mir wollten. Ich war zu beschäftigt mit Nichtstun.

Für gewöhnlich bin ich ein Mensch mit viel Energie. Ich kann, wenn man mich bittet, jede Arbeit anpacken, ich kann mich dazu zwingen, ich kann einen ganzen Rattenschwanz von Aufgaben der Reihe nach sehr schnell und gleichzeitig mit großer Aufmerksamkeit ausführen. Als ich nun eine solche gute Gelegenheit erhielt, an einem Projekt zu arbeiten, das zum Beispiel wissenschaftliche Arbeit erforderte, verließ mich aber plötzlich

meine ganze Energie, ich war hilflos, und wieder und wieder sagte ich zu jedem, der mich bat: »Tut mir Leid, ich bin zu beschäftigt, ich habe jetzt schon zu viel zu tun.«
Immerhin konnte es ja keiner wissen. Vielleicht war ich tatsächlich beschäftigt, vielleicht war ich es auch nicht. Manchmal sagte ich: »Könnten Sie mich bitte in einem Jahr noch einmal fragen?«, weil manche von ihnen freundliche, gute Menschen waren, und ich wollte sie nicht enttäuschen. Ich wollte tun, egal, worum sie mich auch baten, solange es nur nicht auf der Stelle sein musste. Ich konnte mir absolut vorstellen, dass ich zu einem späteren Zeitpunkt den Willen und die Energie dazu haben würde.
Ich versuchte draufzukommen, welchen Grund diese sonderbare Trägheit haben mochte. Es mochte Folgendes gewesen sein: Mir war etwas gegeben worden, das ich mir nicht verdienen musste, etwas, das andere Leute für wichtig hielten, aber ich selbst kam mir nicht sehr wichtig vor. Ich hatte mich zuvor nicht für besonders wichtig gehalten, und nun hatte mich diese Sache, die mir geschenkt worden war, noch kleiner gemacht. Ich war zweifellos viel kleiner und unbedeutender als das, was mir geschenkt worden war. Ich war in diesem Wechselspiel bloß ein Empfänger. Ein Empfänger ist nicht besonders aktiv oder wichtig. Die Stiftung war aktiv, indem sie mir das Geld gab. Durch einen Beschluss und einen Telefonanruf hatte sie mein Leben für eine Weile verändert. Ich war nur in dem Ausmaß aktiv, als ich Danke! sagte, Danke! Nach zwei Jahren würde das Stipendium eingestellt. Meine Dankbarkeit wäre während dieser ganzen Zeit sehr aktiv gewesen – aber hätte ich irgend etwas getan?
Dann kehrte etwas von meiner Energie wieder zurück, und ich konnte einen Teil dessen erledigen, was ich zu erledigen hatte, wenn auch nicht viel auf einmal – am einen Tag ein einziger Geschäftsbrief, am anderen ein einziger persönlicher

Brief. Den Brief an die Stiftung hatte ich noch nicht geschrieben. Mir ist jetzt klar, dass es ein Fehler war, Ihnen einen Brief zu versprechen. Sie hatten keinen erwartet, aber nachdem ich einen versprochen hatte, würden Sie nunmehr einen erwarten, und Sie würden nunmehr denken, ich sei ein Mensch, der nicht hielt, was er versprochen hatte.

An einem Tag im Spätsommer jenes ersten Jahres saß ich im Bus und fuhr die gleiche Strecke zum Unterricht wie immer. An diesem Tag wurde daraus mit einem Mal die erste Teilstrecke eines viel längeren Ausflugs, der mich weit weg führte, nur nicht in die Nähe des Colleges. Aber während ich im Bus Richtung Norden fuhr, bemerkte ich, wie mich das gleiche Elend überkam, obwohl ich nicht auf dem Weg hinauf zum College war. Wie seltsam, dachte ich: Die Erinnerung ist noch immer zu gegenwärtig, als dass ich in Ruhe über sie nachdenken könnte. Die Erinnerung an dieses Elend war selbst zu sehr voller Elend – dieses Elend war zu nahe, als würde es mir immer noch auflauern, als könnte ich jeden Augenblick in diese Alternativrealität hinübergleiten.

Es mag Ihnen schwer fallen zu glauben, dass ich an dem, was vor dem Unterricht kommt, bloß weil es nicht der Unterricht ist, bloß weil ich noch nicht einmal auf dem Campus bin, bescheidenen Gefallen finde. So verschaffen mir zum Beispiel die kurzen Stationen der Busfahrt selbst große Befriedigung: Als Erstes der Bus von meinem Ort nach Norden zu dieser kleinen Stadt, dann der städtische Bus hinaus zum College-Campus. Der städtische Bus ist für mich gratis, wenn ich meinen College-Ausweis vorweise, und ich genieße dieses Privileg mehr, als Sie glauben würden. Um vom ersten Bus zum zweiten zu gelangen, lege ich in der Morgensonne einen flotten Fußmarsch von der Busstation zur Hauptstraße im Stadtzentrum zurück. Der Marsch dauert sieben Minuten, in denen ich an einem Restaurant vorbeikomme, wo zu dieser Stunde ein Angestellter immer die Terrasse aufwäscht und die Tische und Stühle hinausstellt. Wenn ich an diesem Restaurant vorbei bin, überquere ich die breite Hauptstraße und biege anschließend nach links ab und gehe ein paar Häuserblocks hügelauf zur Haltestelle des städtischen Busses. Dieser Anstieg auf den Hügel ist gut für mein Herz, sage ich mir immer.

Bevor ich zu dem Restaurant komme, komme ich an einem Reisebüro vorüber, und natürlich lässt mich die Verbindung von Reisebüro und Restaurant mit den Tischen davor und den frühmorgendlichen Aktivitäten an ein fremdes Land denken, an einen weit entfernten Ort. Nur einen Augenblick lang hält sich das Gefühl, ich sei weit weg, und das lässt mich noch mehr wünschen, ich wäre weg von hier.

Wenn ich den städtischen Bus ein wenig später nehme als gewöhnlich, dann macht er auf seiner Route einen zusätzlichen Halt, und ich ziehe diese Route vor, weil sie länger dauert: Wenn der Bus die Stadtgrenze hinter sich hat, biegt er in einen großen, isolierten Bürokomplex ein, wo die Arbeiter oft, entweder zu zweit oder allein, energisch auf den sich dahinschlängelnden Gehsteigen entlangmarschieren. Sehr selten steigt jemand an dieser Haltestelle aus oder ein.

Um mich zu trösten, denke ich oft augenblicksweise an den großen, sonderbaren und komplizierten französischen Dichter Stéphane Mallarmé. Mallarmé unterrichtete Jahr um Jahr an einem Gymnasium, weil er sich seinen Lebensunterhalt anders nicht verdienen konnte. Jahr um Jahr machten sich die Schüler in der Schule über ihn lustig. Zumindest erinnere ich mich, das irgendwo gelesen zu haben.

In der Cafeteria der Bushaltestelle verbringe ich den letzten Teil meiner Woche, den Abend vor meinem Spätbus nach Hause. Dieser Abend ist eine friedvolle Zeit, vielleicht die friedlichste Zeit der ganzen Woche, erfüllt von der immensen Erleichterung, dass ich soeben die Unterrichtswoche beendet habe und dass vor mir die längstmögliche Zeitspanne liegt, bevor die Arbeit der nächsten Woche und damit die erste Unterrichtsstunde der Woche wieder anfängt.

Ich kaufe etwas, für gewöhnlich eine Tasse heißer Schokolade, um mich hinsetzen zu können, und dann suche ich mir einen sauberen Tisch oder wische einen Teil des Tisches ab, um einen sauberen Platz für meine Sachen zu schaffen. Ich lasse mich häuslich nieder, um Arbeiten zu lesen oder zu korrigieren. Die Tische in der Cafeteria sind groß und stabil und von prima Machart, mit einer glatten Oberfläche aus hübschem gelbem Hartplastik und Ecken aus hellem Laminat. Ich bin absolut glücklich mit meiner Tasse Schokolade, meiner weißen Serviette und meinem Buch oder meinen Arbeiten. Nichts geht mir in dieser Zeit ab. Die zirka zwei Stunden oder so vergehen in vollständiger Seelenruhe, einer Ruhe, die in einer komplizierteren Situation nicht möglich wäre, zum Beispiel in einer mit mehr Wahlmöglichkeiten. Um mich herum überall Geräusche, aber kein Geräusch kann mich stören. Ich höre den Angestellten der Cafeteria zu, wie sie sich miteinander unterhalten und Witze machen und lachen, und ich habe das Gefühl, dass sie sowas wie Kameraden sind. Ich finde den Lärm der Spielautomaten gemütlich, die in einer Ecke des Lokals untergebracht sind, wobei die hartnäckigsten Geräusche von der feierlichen Stimme des Sprechers kommen, der die Anleitung zum Spiel der achtzehnrädrigen Lastwägen gibt, vom wiederholten explosionsartigen Hupen der Sattelschlepper des Automatenspiels, dem Bumsen, den Schreien und dem metallischen Aufeinanderprallen aus einem anderen Spiel, das sich wie das Klirren von Schwertern oder wie unendlich sich wiederholender Baustellenlärm anhört; und in diese Geräusche platzt vom Tonband die junge, ekstatische Stimme hinein, die,

zusammen mit den Aufnahmen brüllender Zuschauermengen, den Auftakt zum *Sport-Shooting-USA*-Spiel geben.
Aber wenn die nächste Woche anfängt und ich wieder hinauf zum College und zur ersten Unterrichtsstunde unterwegs bin, muss ich an dieser Cafeteria vorbei, die Ende letzter Woche ein so geheiligter Zufluchtsort war. Ich höre ihre vertrauten Geräusche, die Rufe der Angestellten, das Klingeln und Knallen und Krachen und die Tonbandstimmen aus den Automaten. Ich höre sie nicht in einem fort – wie sonst, wenn ich am Abend mit meiner heißen Schokolade da sitze –, sondern bloß in dem kurzen Moment, in dem ich mit meiner Aktentasche an der Eingangstür vorübergehe. Vielleicht hätte ich Sehnsucht danach, in der Cafeteria zu sein, aber ich wage mir das nicht einmal einzugestehen. Stattdessen wende ich meine Gedanken ab und verlasse die Station in Richtung Hauptstraße und zum städtischen Bus, während die Geräusche aus der Cafeteria hinter mir abebben. Da dieser heilige Ort für mich in diesem Augenblick unerreichbar ist, hat er für mich nicht mehr Wert, als wenn er für mich nie erreichbar gewesen wäre. In Wahrheit würde ich von ihm, da ich ihn nun nicht betreten kann, lieber gar nichts sehen oder hören. Und jedes Mal, wenn ich in seiner Nähe bin, überkommen mich wieder diese beiden Gefühle – die Erleichterung und die Angst, aber die Angst ist stärker.

Nachdem ein Jahr nach Erhalt der Nachricht vergangen war, wollte ich wieder zu dem zurückkehren, was ich für meinen Normalzustand hielt. Bis zu einem gewissen Grad war ich dazu zurückgekehrt, aber ich stellte fest, dass zu meinem Normalzustand das alte Gefühl von Einschränkung und Zwang gehörte. Ich hatte nichts von dem Gefühl jener Freiheit in mir, das ich zu Anfang, bald nach Erhalt der guten Nachricht, empfunden hatte. Wie immer machte ich mir wieder Sorgen wegen der

Zeit. Ich würde Zeitpläne und noch mehr Zeitpläne aufstellen. Ich schrieb mir auf, wie lange ich für bestimmte Tätigkeiten im Haushalt benötigte. Ich dachte, ich würde all die Minuten zusammenzählen, die für die Erledigung bestimmter unumgänglicher Haushaltspflichten aufgingen, und würde ausrechnen, wie groß der minimale Zeitaufwand war, den mich die Erledigung dieser lästigen Arbeiten kostete.

Ich hatte wegen dieser plötzlichen Veränderung in meinem Leben ein Gefühl der Freiheit gehabt. Im Vergleich zu dem, was vorher gewesen war, fühlte ich mich unendlich frei. Doch dann, als ich mich an die Freiheit gewöhnt hatte, fielen mir auch kleine Aufgaben schwerer. Ich erlegte mir Beschränkungen auf und verbrachte damit ganze Stunden des Tages. Vielleicht aber war es noch komplizierter als das. Manchmal tat ich den ganzen Tag genau das, wozu ich Lust hatte – ich lag auf dem Sofa und las ein Buch oder ich tippte ein altes Tagebuch in die Maschine –, und dann überkam mich die absolut entsetzlichste Art von Verzweiflung: Die Botschaft eben der Freiheit, die ich genoss, schien zu sein, dass alles, was ich an meinen Tagen tat, beliebig war und dass deshalb mein ganzes Leben und die Art, wie ich es zubrachte, beliebig war.

Dieses Gefühl von Beliebigkeit war ähnlich einem Gefühl, das mich vor einigen Jahren nach einem Zwischenfall in einem Esslokal neben einer anderen Bushaltestelle überkommen hatte. Ich hoffe, Sie haben nichts dagegen, wenn ich das erkläre. Auf gewisse Weise scheint es mir relevant dafür, was in mir vorging, als mir die Stiftung das Zwei-Jahres-Stipendium zuerkannte.

Ich wollte eine Freundin abholen, die mit einem Bus ankommen sollte. Ich war an der Bushaltestelle. Es war eine andere Bushaltestelle, die meiner Heimatstadt, nicht die, an der ich auf meinem Weg zum College so oft vorbeigekommen war.

Man sagte mir, der Bus meiner Freundin hätte ziemliche Verspätung. Ich zögerte zunächst, dann beschloss ich den Parkplatz zu überqueren und zu dem Lokal zu gehen, um etwas zu essen, während ich auf die Ankunft des Busses wartete.
Es ist ein großes, vielbesuchtes Lokal mit vielen Tischen und einem langen Tresen. Es stand schon seit Jahrzehnten an eben dieser Stelle. Das Lokal war überfüllt, weil Essenszeit war. Ich saß an einem kleinen Tisch, und neben mir, am Tresen, saß ein alter Mann. Eine junge, neue Kellnerin nahm die Bestellung des alten Mannes auf. Er wollte irgend einen Fisch. In eher gelangweiltem Ton schlug sie ihm eine Forelle »almondine« vor, und er war einverstanden. Die neue Kellnerin rief die Bestellung durch die Durchreiche in die Küche. Eine ältere Kellnerin hörte die Bestellung und kam herüber.
»Mr. Harris darf keine Nüsse essen«, sagte sie zur neuen Kellnerin. »Mr. Harris, Sie dürfen keine Nüsse essen. Sie dürfen keine Forelle ›almondine‹ essen. Da sind Mandeln drin.«
Der alte Mann blickte ein wenig verwirrt drein, sah aber wieder in die Speisekarte und änderte seine Bestellung, während die neue Kellnerin gleichgültig zusah.
Mir gefiel es, dass sich die ältere Kellnerin um ihren alten Stammkunden kümmerte. Dann kam mir ein sonderbarer, wenn auch nicht unangenehmer Gedanke: Ich begriff, dass ich ebenso gut nicht Zeuge dieser Szene gewesen wäre, hätte ich es vorgezogen, in der Bushaltestelle zu bleiben. Ich hätte drüben, jenseits des Parkplatzes, im Warteraum sitzen können, während sich diese Szene abspielte. Sie hätte sich trotzdem abgespielt. Ich habe noch nie so klar über all die Szenen nachgedacht, die sich in meiner Abwesenheit abspielten, wenn ich nicht ihr Zeuge wurde. Und dann kam mir ein noch seltsamerer und weniger erfreulicher Gedanke: Nicht nur, dass ich für diese Szenen überflüssig war, und für diese Leben überflüssig war, die ohne mich weiter gingen, sondern dass ich in Wahr-

heit überhaupt überflüssig war. Es brauchte mich überhaupt nicht zu geben.
Ich hoffe, Sie verstehen, wie das zusammenhängt.

Ein Jahr nach dem Erhalt der Nachricht beschloss ich, dass ich zu guter Letzt meinen Brief an Sie, die Stiftung, zu einem Ende bringen wollte. Der Tag passte, um den Brief zu Ende zu bringen und abzuschicken, denn es war ein Jahrestag.
Natürlich kam mir auch der Gedanke, dass ein anderer Tag für das Verfassen des Briefes passend sein könnte, jener, an dem das Stipendium, nach etwa einem weiteren Jahr, auslief, und tatsächlich verging ein weiteres Jahr.
Aber auch dieser Tag kam und ging vorüber, ohne dass ich den Brief geschrieben oder abgeschickt hätte.
Nun liegt der Tag der Zuerkennung der Auszeichnung viele Jahre zurück, und ich unterrichte immer noch. Sie hat mich nicht für alle Zeiten vor dem Unterrichten bewahrt, womit ich so sicher rechnete. De facto habe ich das Unterrichten, obwohl ich zwei Jahre lang etwas weniger Unterricht hielt, nie ganz aufgegeben. Meine Tätigkeit als Wissenschafterin war nicht so gut, dass ich nie wieder unterrichten würde müssen. Ich stellte fest, dass ich, sollte ich weiter an meinem College unterrichten, nie wieder damit würde aufhören können.
Nun sind auch seit ich darüber nachzudenken anfing, was ich in diesem Brief schreiben wollte, viele Jahre vergangen. Die Zeit des Stipendiums liegt lange hinter mir. Sie werden sich kaum noch an mich erinnern, selbst wenn Sie Ihre Akten konsultieren. Ich danke Ihnen ehrlich für Ihre Geduld und entschuldige mich für die große Verspätung, und möchte Ihnen versichern, dass ich aufrichtig dankbar bin und bleibe.

Mit meinen allerbesten Grüßen

Die Ergebnisse einer statistischen Untersuchung

Menschen, die, als Kinder,
gewissenhafter waren,
leben länger.

Bearbeiten 1

Ein Feuer braucht nicht warm oder rot genannt zu werden. Streichen Sie viele weitere Adjektiva.
Die Gans ist wirklich zu albern: Nehmen Sie die Gans heraus. Es reicht, dass nach Fußabdrücken gesucht wird.
Der kleine Kopf ist eine Beleidigung: streichen Sie den kleinen Kopf. (Aber Eliot liebte den kleinen Kopf, denn es entsprach doch der Wahrheit.) Der kleine Kopf wird gestrichen, dafür steht nun an seiner Stelle ein schmaler Kopf.
Wann sollte der große Hut auftauchen? Die Frau, eine Reisende und Englischlehrerin, wurde irrtümlich wegen ihres Hutes identifiziert und wegen subversiver Aktivitäten verhaftet. Sie könnte sofort oder etwas später den großen Hut tragen. Soll sie Nina heißen? Der große Hut wird vom Anfang ans Ende verschoben und danach wieder an den Anfang.
Ist es recht und billig zu behaupten, er werde niemals heiraten? Jedenfalls verlobt er sich sehr wohl rechtzeitig mit seiner Nachbarin, also darf es nicht heißen, dass er nie heiraten werde.
Später verliebt sich Anna in einen Mann namens Hank, aber es folgt die Feststellung, es sei unwahrscheinlich, dass sich jemand in einen Mann namens Hank verlieben würde. Also heißt der Mann jetzt nicht mehr Hank, sondern Stefan, auch wenn Stefan ein Kind ist, das mit einer Schwester namens Anna auf Long Island lebt.

Kurze Unterhaltung (in einer Abflughalle)

»Ist der Pullover neu?« fragt eine Frau eine andere, eine Fremde, die neben ihr sitzt.
Die andere Frau sagt, nein, das sei er nicht.
Ende der Unterhaltung.

Bearbeiten 2

Setzen Sie mit *Baby* fort, aber streichen Sie *Prioritäten.* Setzen Sie an Stelle von *Prioritäten Priorität.* Kürzen Sie in *Vorankommen.* Fügen Sie zu *Paradoxon* hinzu, dass die Langeweile im Interesse enthalten ist, und umgekehrt, das Interesse in der Langeweile. Streichen Sie das. Gehen Sie zu *Zeit.* Setzen Sie mit *Zeit* fort. Setzen Sie mit *Warten* fort. Fügen Sie bei *Baby* hinzu, dass seine Hand nach dem Fuß eines eigentümlichen Frosches fasst. Fügen Sie *Priorität* und *Nervös* zu *Bearbeiten 1* hinzu. Setzen Sie nach *Kingston* mit *Familie* und *Supermärkte* fort. Setzen Sie mit *Querulant* fort. Beginnen Sie *Kingston* mit *Sibirischer Tiger.*

Gepäckaufbewahrung

Das Problem ist folgendes: Sie befindet sich auf Durchreise in der Stadt und muss etwas Zeit in der öffentlichen Bibliothek zubringen. Aber an der Garderobe der Bibliothek will man ihren Koffer nicht entgegennehmen – sie muss ihn woanders deponieren. Die Lösung scheint klar: Sie wird die Straße zum Bahnhof hinuntergehen und ihren Koffer dalassen und dann zur Bibliothek zurückkehren. In der einen Hand einen kleinen Regenschirm, in der anderen ihren Koffertrolley, geht sie durch Wind und Regen zum Bahnhof. Sie sucht den ganzen Bahnhof nach einer Gepäckaufbewahrung ab. Da gibt es Restaurants und Geschäfte, eine schöne hohe Decke mit Sternbildern drauf, marmorne Fußböden und Wände, prachtvolle Treppenaufgänge und ansteigende und abfallende Korridore, aber keine Gepäckaufbewahrung. An einem Informationsschalter erkundigt sie sich nach der Gepäckaufbewahrung, und der verärgerte Schalterbeamte greift wortlos unter die Theke nach einem Flyer und hält ihn ihr hin. Es ist der Flyer einer privaten Gepäckaufbewahrung mit zwei Adressen drauf, aber keine von beiden ist im Bahnhof. Also muss sie entweder ein paar Häuserblocks hinauf- oder ein paar Blocks hinuntergehen.

Sie geht in Wind und Regen in Richtung Stadt, dann ein paar Häuserblocks in der falschen Richtung nach Osten, danach, in der richtigen Richtung, ein paar Blocks nach Westen und findet die Adresse: ein altes, schmales Gebäude zwischen einem Fastfood-Laden und einem Reisebüro. Sie nimmt, zusammen

mit einem Paar, das in Brasilien heiraten will, den Aufzug nach oben. Sie wollen zu einem öffentlichen Notar. Die Frau erklärt dem Mann, er müsse vor einem Notar eidesstattlich erklären, dass er noch nie verheiratet war. Abgesehen von dem öffentlichen Notar und der Gepäckaufbewahrung befindet sich in diesem Gebäude ein Büro der Western-Union, wo man Geld aufgeben oder abholen kann.
Die Gepäckaufbewahrung nimmt den ganzen Raum im obersten Stockwerk, dem sechsten, ein – ein Raum an der Straßen- und einer an der Rückseite. Der straßenseitige Raum ist vollständig leer und sonnenlichtdurchflutet. Im hinteren Raum hat man quer vor den Eingang einen langen Klapptisch geschoben, und an ihm sitzt ein Mann, neben sich eine dicke Rolle mit kleinen blassblauen Abreißkarten von der Art, wie man sie für Fahrten auf Rummelplätzen auf dem Land ausgibt. An den Wänden im Raum hinter ihm lehnen gruppenweise ein paar Koffer. Er lächelt und spricht mit osteuropäischem Akzent. Es ist ein freundliches Lächeln. Ein paar von seinen Zähnen sind schief, andere fehlen überhaupt. Sie zahlt $ 10,00 im voraus, übergibt dem Mann ihren Koffer und nimmt das blassblaue Ticket. Dann fährt sie im Aufzug wieder hinunter und macht sich, die Gedanken kreisen um ihren Koffer, in Wind und Regen auf den Weg zur öffentlichen Bibliothek. In der Eile und Verwirrung hat sie ihn nicht abgeschlossen. Sie hofft, dass ihr das ausländische Geld nicht gestohlen wird.
Sie ist soeben erst in der Stadt gelandet, von einer anderen Stadt, aus einem anderen Land kommend. Dort macht man das anders, denkt sie: Es gab da mitten im Bahnhof eine Gepäckaufbewahrung, und an ihrem Eingang nahm ein Förderband alle Gepäckstücke auf und transportierte sie ins Gepäckdepot. Dort hatte sie ihren Koffer in der Gepäckaufbewahrung deponiert, für eine Gebühr von umgerechnet $ 5,00, was dem Mann, der neben ihr stand, viel erschien, und der mit offe-

nem Mund und aufgerissenen Augen *»Donnerwetter!«* sagte. Als sie kam, um ihren Koffer abzuholen, wurde er ihr vom Förderband an die gleiche Stelle zurückgestellt. Daran denkt sie, während sie geht. In der Bibliothek, wo sie in einem stillen, kühlen, dünn besetzten Saal arbeitet, wird sie eine Weile nicht daran denken. Aber im Gehen denkt sie: Ich bin jetzt aber daheim, und wir halten es so, in dieser Stadt, in unserem Land.

Warten auf das Takeoff

Das Flugzeug, in dem wir sitzen, steht auf dem Boden und wir warten so lange auf das Takeoff, dass eine Frau erklärt, sie werde nun ihren Roman schreiben, und eine andere auf einem Nebensitz sagt, sie würde ihn gerne publizieren. Im Gang wird Essen verkauft, und die Passagiere, die entweder vom Warten hungrig sind oder befürchten, dass sie nun für eine lange Zeit nichts zu essen bekommen werden, kaufen eifrig ein, sogar Essen, das sie sonst nicht zu sich nehmen würden. So gibt es zum Beispiel Schokoriegel, die so lang sind, dass man sie als Waffe verwenden könnte. Der Steward, der das Essen verkauft, erzählt, dass er einmal von einem Passagier körperlich angegriffen worden sei, allerdings nicht mit einem Schokoriegel. Weil das Flugzeug so viel Verspätung hatte, habe ihm der Passagier, so erzählte er, einen Drink ins Gesicht geschüttet und einen Augapfel mit einem Stück Eis verletzt.

Industrie

Schimpftirade von Flaubert

Wie die Natur sich über uns lustig macht –
Und wie langweilig der Ball ist, auf dem die Bäume tanzen –
und das Gras, und die Wellen!

Die Schiffsglocke des Dampfers aus Le Havre läutet so verrückt, dass ich meine Arbeit unterbrechen muss.

Was für ein Krawallmacher eine *Maschine* ist.
Was für einen Lärm die Industrie in der Welt macht!
Wie viele unsinnige Berufe lässt sie entstehen!
Wie viel Verblödung bringt sie mit sich!
Die Menschheit verwandelt sich in ein Tier!

Um eine *einzige Nadel* herzustellen, braucht es *fünf oder sechs verschiedene Spezialisten.*

Was kann man von den Leuten aus Manchester schon erwarten –
die ihr Leben damit verbringen, *Nadeln* herzustellen!?

Der Himmel über Los Angeles

Der Himmel von Los Angeles wölbt sich immer über einem Reihenhaus. Im Laufe eines Tages kommt die Sonne vom Osten her durch das große Fenster herein, dann aus dem Süden, dann aus dem Westen. Als ich durch das Fenster zum Himmel blicke, sehe ich, wie sich Kumuluswolken plötzlich zu komplexen, pastellfarbenen geometrischen Formen hochtürmen, um ebenso plötzlich in sich zusammenzusinken und sich aufzulösen. Nachdem sich das einige Male hintereinander wiederholt hat, scheint es mir endlich wieder möglich, mit Malen anzufangen.

Traum

Zwei handelnde Personen in einem Absatz

Die Geschichte ist bloß zwei Absätze lang. Ich arbeite am Ende des zweiten Absatzes, dem Ende der Geschichte. Ich beuge mich konzentriert über die Arbeit. Und während ich am Ende arbeite – sieh an, was sie am Anfang im Schilde führen! Und sie sind nicht so weit weg! Er hat sich von dort, wo ich ihn vor bloß einem Absatz (dem ersten Absatz) hingesetzt habe, scheinbar davontreiben lassen und schwebt über ihr. Es ist wahr, es ist ein dichter Absatz, und sie stecken mittendrin, und es ist dunkel da. Ich wusste, dass die beiden da drin waren, aber als ich mich davon ab- und dem zweiten zuwandte, war zwischen den beiden nichts im Gange. Sieh einer an …

Traum

Schwimmen in Ägypten

Wir sind in Ägypten. Gleich gehen wir tiefseetauchen. Sie haben ein riesiges Bassin mit Wasser neben dem Mittelmeer auf das Land hingebaut. Wir schultern Sauerstoffflaschen und steigen in den Tank. Wir tauchen bis ganz zum Boden. Hier, der Tunneleingang wird von einem Bündel aus blauen Lichtern beleuchtet. Wir dringen in den Tunnel vor. Der Tunnel wird ins Mittelmeer führen. Wir schwimmen und schwimmen. Am hinteren Tunnelende sehen wir weitere, weiße Lichter. Als wir die Lichter durchschwommen haben, sind wir plötzlich aus dem Tunnel raus und im offenen Meer, das einen ganzen Kilometer oder mehr unter uns abfällt. Um uns und über uns sind Fische und zu allen Seiten Riffe. Wir glauben, wir fliegen hinweg über diese Tiefe. Für einen Augenblick vergessen wir, dass wir vorsichtig sein müssen, damit wir nicht verloren gehen, sondern den Weg zurück zum Tunneleingang finden.

Traum

Die Sprache der Dinge im Haushalt

Die Waschmaschine im Schleudergang: »Pakistani, Pakistani!«

Die Waschmaschine im Schongang (langsam): »Feuerreiter, Feuerreiter, Feuerreiter, Feuerreiter!«

Teller die im Korb der Geschirrspülmaschine klappern: »Getätigt.«

Der Standmixeraufsatz, der auf dem Boden des metallenen Spülbeckens aufschlägt: »Cumberland.«

In der Spüle klappernde Töpfe und Geschirr: »Marokko, Marokko.«

Der Holzlöffel, der den Pfannkuchenteig umrührt, im Plastikgefäß : »Fahr zur Höll. Fahr zur Höll.«

Ein Gasbrenner, der auf seiner Metallhalterung rattert: »Bonanza.«

Der Saugnapf des Bleistiftspitzers, der vom Bücherschrank oben abgelöst wird: »Rip Van Winkle.«

Hin und her rollende und gegeneinander schlagende Filzstifte in einer Schublade, die geöffnet und wieder geschlossen wird: »Purpurblut.«

Der Deckel eines Bechers mit aufgeschlagener Butter, der aufgebrochen und dann auf die Arbeitsfläche gelegt wird: »Horóskopie.«

Ein Löffel, mit dem man Hefe in einer Schüssel umrührt: »Unilateral. Unilateral.«

Kann es sein, dass wir unbewusst immerzu Wörter und Phrasen hören?
Diese Wörter und Phrasen müssen im oberen Abschnitt unseres Unbewussten, jederzeit verfügbar, da sein.
Fast immer muss dabei ein Hohlraum im Spiel sein: eine Resonanzkammer.

Wasser, das den Ablauf der Küchenspüle hinunterfließt: »Spätfolgen.«

Wasser, das in einen Glaskrug fließt: »Mohammed.«

Der leere Parmesanstreuer, den man auf einer Arbeitsfläche abstellt: »Tbilisi.«

Eine Gabel, die auf der Arbeitsplatte scheppert: »Bin bei Billerbeck.«

Ein Sieblöffel aus Metall, der klappert, als er auf den Küchenherd gelegt wird: »Pakistani.«

Ein Topf in der Spüle, in den Wasser rinnt: »Allroundbesteck.«

Ein Löffel, der in einer Teetasse umrührt: »Iraqi, -raqi, -raqi, -raqi.«

Die Waschmaschine, im Schleudergang: »Huckepack, huckepack.«

Die Waschmaschine, im Schleudergang: »Kabarett re, Kabarett re.«

Mag sein, dass die Worte, die wir von den Dingen in unserem Haus gesprochen hören, Worte sind, die wir aus unserer Lektüre in unserem Gehirn gespeichert haben; oder von dem, was wir aus dem Radio kennen oder zueinander gesagt haben; oder von dem, was wir oft durchs Fenster unseres Autos lesen, wie zum Beispiel das Schild der Cumberland Farms*; oder es sind einfach Wörter, die wir immer gemocht haben, wie etwa* Roanoke *(wie in Virginia). Wenn es diese Worte (»Iraqi, –raqi«) die ganze Zeit im Zellgewebe unseres Gehirns gibt, dann hören wir sie, weil wir den richtigen Rhythmus des Wortes exakt im Ohr haben und daneben die mehr oder weniger richtigen Konsonanten hören und, häufig, etwas, das den richtigen Vokalen entspricht. Sobald der Rhythmus und die Konsonanten da sind, liefert unser Gehirn, das dieses Wort schon irgendwo in sich gespeichert hat, die entsprechenden Vokale nach.*

Zwei Hände, die sich im Waschbecken waschen: »Quatsch Unquatsch.«

Beim Einschalten der Herduhr: »Rick.«

Teppichklopfer aus Metall, der auf einem Haken an der Holzverkleidung der Kellerstiege aufgehängt wird: »Garbe Heu treten.«

Nasser Fuß eines Mannes, der auf dem Gaspedal quietscht: »Lisa!«

Die unterschiedlichen Sprachlaute werden von diesen Objekten folgendermaßen erzeugt: harte Konsonanten werden von harten Objekten erzeugt, die auf eine harte Oberfläche aufschlagen. Vokale werden mittels Hohlräumen erzeugt, wie jenem im Butterfass, dessen Deckel und Innenraum die Laute des Wortes »Horóskopie« erzeugen – wobei »horó« entstand, wenn der Deckel aufging, und »skopie«, wenn der Deckel auf die Arbeitsplatte gelegt wurde. Manche Vokale, wie die e/ä in »Getätigt«, die die Teller im Geschirrspüler aussprechen, werden von unserem Gehirn eingebaut, um zu ergänzen, was wir als bloße Konsonanten wahrnehmen: »gttgt.«
Entweder fungieren Konsonanten als Unterbrechung und als Verschluss von Vokalen; oder Vokale fungieren als Ergänzung oder als Färbung von Konsonanten.

Messer mit Holzgriff, das auf einer Arbeitsplatte aufschlägt: »Background.«

Salatschleuder aus Plastik, die auf Arbeitsplatte abgestellt wird: «Julie, Schleck es aus!«

Grugelnder Abfluss: »«Hórticult.«

Orangensaftbehälter, einmal geschüttelt: »Genua.«

Katze, die auf Badezimmerfliesen hinunterspringt: »Va bene.«

Kessel, der auf Tonziegel abgesetzt wird: »Palermo.«

Weidenkorb für Wäsche, dessen Deckel geöffnet wird: »Vobiscum« oder »*Wo bist du?*«

Niesen: »Karatschi.«

Winterjacke, deren Zip geöffnet wird: »Allumettes«.

Das Drahtgitter des Wäschetrocknerfilters, das mit den Fingern gesäubert wird: »Philadelphia.«

Wasser, das durch den Abfluss der Küchenspüle weggesaugt wird: »Dvořák.«

Der erste Schwall Wasser, der nach dem Drücken der Spültaste aus dem Spülkasten kommt: »Rudolph.«

Ich glaube nicht, dass ich diese Wörter in jüngster Zeit gelesen oder gehört habe – bedeutet das nun, dass ich zum Beispiel das Wort »Rudolph« immer *im Kopf habe, vielleicht von Rudolph Giuliani, aber wahrscheinlicher von »Rudolph, dem kleinen Rentier«?*

Zipp: »Rip.«

Das Klappern von Geschirrspülutensilien: »Kollaboration.«

Flipflops aus Gummi, die auf dem Holzboden quietschen: »*Echt.*«

Wenn man eines dieser Wörter hört und aufpasst, dann hört man mit größerer Wahrscheinlichkeit ein weiteres. Wenn man nicht mehr aufpasst, hört man sie nicht mehr.

Man kann das Quaken von Enten im Schabgeräusch eines Messers auf einem Schneidbrett aus Plastik hören. Man kann Enten auch aus dem Quietschgeräusch eines feuchten Schwamms hören, der über ein Kühlschrankfach wischt. Gründlicheres Wischen (feuchter Schwamm) erzeugt ein Quietschen, während weniger gründliches Wischen (trockener Schwamm) ein weiches Bürstgeräusch verursacht. Man kann ein monotones, melodiöses Wehklagen aus einem oder zwei gleichzeitig laufenden Ventilatoren hören, wenn ihre Geräusche ein wenig voneinander abweichen.

Es gibt keinen sinnstiftenden Zusammenhang zwischen der Aktion oder dem Objekt, welches das Geräusch erzeugt (der Fuß eines Mannes auf einem Gaspedal), und der Bedeutung des Wortes (»Lisa!«).

Vogel: »Dix-huit.«

Vogel: »Marguerite!«

Vogel: »Hey, Frederika!«

Suppenschüssel auf der Arbeitsplatte: »Fabrizio!«

Die Wäscherinnen

Geschichte von Flaubert

Gestern ging ich zurück in ein zwei Stunden entferntes Dorf, das ich vor elf Jahren mit dem guten alten Orlowski besucht hatte.
Nichts an den Häusern oder den Klippen oder den Booten hatte sich verändert. Die Frauen am Waschtrog knieten in gleicher Haltung und Anzahl da und klatschten ihre schmutzige Weißwäsche ins gleiche blaue Wasser.
Es regnete leicht, wie beim letzten Mal.
In bestimmten Augenblicken ist es, als hätte die Welt aufgehört, sich zu drehen, als wäre alles Stein geworden und nur wir wären noch am Leben.
Wie überheblich die Natur doch ist!

Brief an einen Hotelmanager

Sehr geehrter Hotelmanager,

ich möchte Sie mit diesem Brief darauf hinweisen, dass das englische Wort für »junger Kabeljau« (*scrod*) in Ihrer Speisekarte falsch geschrieben ist, wo es als *schrod* mit einem *sch* abgedruckt wurde. Dieses Wort stürzte mich in Verwirrung, als ich es am ersten Abend meines dreitägigen Aufenthaltes in Ihrem Hotel, im Erdgeschoss-Restaurant gleich neben Ihrer wunderschönen Lobby mit der geschnitzten Holzvertäfelung, der hohen Decke und der Reihe goldener Fahrstühle, allein beim Abendessen las. Ich dachte, die Schreibung müsse korrekt sein und ich mich geirrt haben, denn ich war doch hier, in Neuengland, in Boston, der eigentlichen Heimat des Kabeljaus *(cod)* und des jungen Kabeljaus *(scrod)*. Als ich aber am nächsten Abend aus meinem Zimmer in die Lobby herunterkam, in der Absicht, zum zweiten Mal in Ihrem Restaurant zu speisen, diesmal mit meinem älteren Bruder, und während ich in der Lobby auf ihn wartete, was ich in der Regel gerne tue, wenn der Rahmen ansprechend ist und ich mich auf ein gutes Abendessen freue, obwohl ich bei dieser Gelegenheit tatsächlich sehr früh dran war und mein Bruder eher spät, so dass ich lange warten musste und mir die Frage stellte, ob meinem Bruder etwas zugestoßen sei, las ich Informationsmaterial, das mir von dem freundlichen Herren in der Rezeption zur Verfügung gestellt worden war, dessen Betragen, wie das des übrigen Personals, vielleicht mit Ausnahme des Restaurantmanagers, so natürlich und unprätentiös war, dass es wesentlich zur Aufwertung meines Aufenthalts in ihrem Hotel beitrug, nachdem ich ihn gefragt hatte, ob er einen Bericht über die Geschichte Ihres Hotels habe, wo sich doch so viele interessante und berühmte Persönlichkeiten hier aufgehalten oder hier gearbeitet oder gegessen und getrunken haben, einschließlich meiner Ururgroßmutter, obwohl diese nicht berühmt war, und in diesem Bericht, der, wie ich vermute, vom Hotel verfasst worden war, las ich, dass Ihr Restaurant tatsächlich für sich in Anspruch nimmt, das Wort *scrod* erfunden zu haben, um den Fang des Tages zu bezeichnen, vermutlich im Gegensatz zu *cod* (Kabeljau), für den diese Stadt gleichfalls berühmt ist. Ich erinnerte mich auch, vielleicht irrigerweise, das Wort woanders in der Schreibung *shrod* gesehen zu haben, es sei denn, es handelt sich dabei um ein anderes Wort mit anderer Bedeutung. Ich hatte, vermutlich irrtümlich, gedacht, *scrod* bedeute »junger Kabeljau«, oder vielleicht war es *shrod*, welches »junger Kabeljau«, und *scrod,* »Fang des Tages« bedeutete, wenn es das Wort *shrod* denn überhaupt gibt. Mein Wissen bezüglich *scrod* ist bescheiden, bloß den alten Scherz über die beiden vornehmen Damen kenne ich, die von Boston mit der Bahn nach Hause fuhren und von denen eine im Zuge ihrer Unterhaltung das Wort *scrod* irrtümlich für ein Präteritum hielt. Einen Augenblick lang dachte ich an dem vorangegangenen Abend, wie gesagt, dass diese Schreibung sogar korrekt wäre, war dann aber ziemlich sicher, dass sie nicht korrekt war, doch wusste ich nicht, ob es *shrod* oder *scrod* heißen sollte, sofern es das Wort *shrod* überhaupt gibt. Aber nirgendwo sonst habe ich es *schrod* mit *sch* geschrieben gesehen. Am zweiten Abend stellte ich schließlich eine – möglicherweise unrichtige – Verbindung zwischen diesem Schreibfehler und dem Akzent her, mit dem Ihr Restaurantmanager meinen Bruder und mich ansprach. Dieser Manager war an beiden Abenden, an denen ich hier aß, im

Speisesaal anwesend, und wenn sein Betragen auch höflich war, so war es doch etwas kühl, nicht im Besonderen mir, sondern allen gegenüber, und er schien am zweiten Abend das Gespräch nicht weiterführen zu wollen, das ich mit ihm angefangen hatte und in welchem ich vorschlug, das Restaurant möge *Baked Beans* in seine Speisekarte aufnehmen, da gebackene Bohnen doch ebenfalls ursprünglich aus Boston kommen und das Restaurant sich rühmt, sowohl das offizielle Dessert des Staates Massachusetts, den *Boston Cream Pie,* erfunden zu haben, wie ich aus dem Hotel-Prospekt erfuhr, und ebenso die *Parker House Roll.* Die Ungeduld, mit der er auf das Ende des Gesprächs zu warten schien, um wegzukommen, war geradezu eklatant, obwohl ich nicht wusste, wohin er wollte, da er offensichtlich keine andere Funktion hatte, als wichtigtuerisch – soll heißen in übertrieben aufrechter Körperhaltung – vom einen Ende des langen, eher schwach erhellten, prachtvollen Saales zum anderen zu gehen, das heißt, von der mächtigen Eingangstüre, durch die dann und wann eine Handvoll Leute aus der Lobby hereinkam, um ihr Abendessen einzunehmen, vermutlich bis zur Küche, die hinter einer Art Barriere und zwei großen Topfpalmen gut verborgen war. Wie dem auch sei – als er da stand und sich mit uns unterhielt, seitlich leicht zu uns herabgebeugt, aber bei jeder Pause schon auf dem Sprung, bemerkte ich, dass sein Akzent möglicherweise deutschen Ursprungs war, und das brachte mich später, beim Gedanken an die fehlerhafte Schreibung von *scrod,* dazu mutzumaßen, dass die sehr deutsche *sch*-Schreibung sein Werk war. Das mag etwas unfair sein, und vielleicht war es jemand anderer, jemand jüngerer, der *scrod* falsch buchstabierte, und der Fehler wurde dann von Ihrem Manager wegen dessen deutscher Vorprägung, ein *sch* an den Anfang eines Wortes zu setzen, nicht bemerkt. Hier sollte ich zu seiner Verteidigung in Parenthese hinzusetzen, dass er trotz seines kühlen Betragens für meinen

Vorschlag, die *Baked Beans* in die Speisekarte aufzunehmen, ein offenes Ohr zu haben schien. Er erklärte, dass das Restaurant in der Vergangenheit einmal kleine Töpfe mit gebackenen Bohnen als *Amuse Gueule* zu Brötchen und Butter serviert habe, aber dass man damit wieder aufgehört habe, weil so viele andere Restaurants in Boston *Baked Beans* in ihre Speisekarten aufgenommen hätten. Ich wollte nicht, dass er dächte, ich fände an der Idee mit den Töpfchen als *Amuse Gueule* Gefallen – weit gefehlt. Ich fand es eine schreckliche Idee. *Baked Beans* zu Beginn eines Essens wären, wo sie doch so schwer und süß sind, kein guter Appetithappen. Nein, nein, sagte ich, sie sollten einfach irgendwo auf der Speisekarte stehen. Zufällig liebe ich gebackene Bohnen, und ich war enttäuscht gewesen, sie hier, in diesem Bostoner Restaurant, nicht – zusammen mit dem *scrod,* den *Parkerhouse Rolls* und dem *Boston Cream Pie,* die ich sämtlich am zweiten Abend bestellte – angeboten zu finden. Meine Gesellschaft bei diesem Essen, das heißt, mein Bruder, zeigte sich angesichts dieser sich dahinziehenden und vielleicht sinnlosen Unterhaltung nachsichtig, entweder weil er froh war, nach dem schweren Tag, an dem er sich in der Stadt, die nicht seine Heimatstadt ist, die Beine abgelaufen und sich bemüht hatte, ein paar geschäftliche Angelegenheiten, die Vermögensmasse meiner Mutter betreffend, zu einem Abschluss zu bringen, wobei er nicht durchweg erfolgreich war, vor einem köstlichen Abendessen und einem Glas Rotwein zu sitzen, oder aber, weil ihn mein Verhalten de facto an meine Mutter erinnerte, die so gerne eine Unterhaltung mit einem Fremden begann oder, was der Wahrheit schon eher entsprach, einen Fremden, der ihr in die Nähe kam, kaum gehen lassen konnte, ohne mit ihm ein Gespräch anzufangen und etwas über sein Leben zu erfahren und ihn in einige ihrer festen Grundsätze einzuweihen, und die zu unserem großen Bedauern vergangenen Herbst verschieden ist. Obwohl uns, wie sich von selbst versteht, bestimmte ihrer Verhaltensweisen während ihrer Lebenszeit zu schaffen gemacht hatten, denken wir nun gerne wieder an sie, weil wir sie vermissen, und wahrscheinlich übernehmen wir beide manche eben dieser Verhaltensweisen, wenn wir sie nicht schon vor langem übernommen haben. Ich glaube, mein Bruder unterbreitete dem Manager auch selbst noch einen Vorschlag, nachdem er schweigend da gesessen und mir zugehört hatte, obwohl ich mich nicht erinnern kann, was er sagte. Das war nun, genau genommen, schon das zweite Mal, dass ich, diesmal auf das Drängen unseres Kellners hin, der meinen Vorschlag gut fand, den Manager zu unserem Tisch herüber rief. Beim ersten Mal, als ich ihn zu mir her winkte, ging es nicht darum, mit ihm die gebackenen Bohnen oder die Schreibung von *scrod* zu besprechen, sondern über einen anderen Gast in dem beinahe leeren Speisesaal zu reden, eine sehr selbstsichere, kleine alte Dame mit perlgrauem Dutt im Nacken, die neben ihrer jüngeren von ihr angestellten Begleitung überraschend tief in ihrer Sitzbank saß, so dass sie hoch- und hinüberlangen musste, um ihr Essen zu erreichen. Ich hatte sie während meines Dinners am vergangenen Abend bemerkt, da wir in unmittelbarer Nachbarschaft zueinander saßen und es sogar noch weniger Gäste gab und ihre Begleiterin und ich eine Unterhaltung angefangen hatten, in deren Verlauf ich erfuhr, dass die alte Dame nur ein paar Schritt weit weg wohnte und ihr Abendessen seit vielen Jahren in dem Hotel einnahm und dass ich mich, ohne Absicht, unter dem hellsten Beleuchtungskörper auf ihren Stammplatz im Speisesaal gesetzt hatte. Nachdem sich die Begleiterin bei der alten Dame erkundigt hatte, hatte sie präzisiert, sie komme seit dreißig Jahren hierher, was mich erstaunte, aber nun, am zweiten Abend, stellte der Restaurantmanager dies nun richtig: Es seien bloß fünf bis sechs Jahre gewesen. Vielleicht weil ich da schon mein Glas Côte du Rhône getrunken hatte und etwas beschwingt war, wollte ich den Vorschlag machen, das Hotel möge von ihr ein Portraitfoto machen und in einem der Räume an die Wand hängen, da sie nun ja Teil der Hotelgeschichte geworden war. Ich denke noch immer, das wäre eine gute Idee, und Sie mögen sie in Erwägung ziehen. Tatsächlich stand ich dann auch, vielleicht nicht eben diskret, von meinem Stuhl auf und ging zu der alten Frau und ihrer Begleiterin, als diese im Gehen waren, und machte ihr denselben Vorschlag, was sie sichtlich freute. Ich hielt es für unpassend, die Frage der Schreibung von *scrod* so ohne Umschweife mit dem Manager zu erläutern, und stattdessen erwähne ich sie deshalb nunmehr brieflich Ihnen gegenüber. Mein Aufenthalt in Ihrem Hotel war äußerst angenehm – und, abgesehen vielleicht von dem kühlen Verhalten Ihres Restaurantmanagers – waren der Service und die gesamte Gebarung einwandfrei, mit Ausnahme dieses einen Rechtschreibfehlers. Ich denke wirklich, dass die vermeintliche Heimat des *scrod* ein Ort sein sollte, wo dieser korrekt geschrieben wird. Ich danke Ihnen, dass Sie mir Ihr Gehör geschenkt haben.

Mit freundlichen Grüßen

Ihr Geburtstag

105 Jahre alt:
Sie wäre heute nicht am Leben,
selbst wenn sie nicht gestorben wäre.

V

Der Freund aus meiner Kindheit

Wer ist dieser alte Mann, der da geht und mit einer Wollkappe auf dem Kopf ein wenig grimmig aussieht?
Als ich ihn aber anrufe und er sich umdreht, erkennt er mich zunächst auch nicht: diese alte Frau, die ihm in ihrem Wintermantel albern zulächelt.

Ihr armer Hund

Dieser lästige Hund:
Sie wollten ihn nicht und gaben ihn uns.
Wir stießen ihn weg und gaben ihm einen Klaps auf den Kopf und banden ihn an.
Er bellte, er hechelte, er preschte vor.
Wir gaben ihn ihnen zurück. Sie behielten ihn eine Zeit lang.

Dann schickten sie ihn in ein Tierheim. Er wurde in einen Betonpferch gesteckt.
Besucher kamen und sahen ihn an. Er stand auf seinen vier schwarz-weißen Pfoten auf dem Beton.
Keiner wollte ihn.

Er hatte keine guten Eigenschaften. Er wusste das nicht.
Neue Hunde kamen in das Tierheim. Nach einer Weile hatten sie keinen Platz mehr für ihn.

Sie brachten ihn in die Euthanasiekammer, zum Einschläfern.
Er musste einen Bogen um die anderen Hunde machen, die auf dem Boden lagen.
Er sprang los und zog und zerrte. Er hatte Angst vor den anderen Hunden und dem Geruch.
Sie erschossen ihn. Sie ließen ihn, wo er hinfiel, und gingen einen anderen Hund holen.
Sie schaffen immer alle toten Hunde am Ende auf einmal hinaus, um Zeit zu sparen.

Hallo, Schatz

Hallo, mein Lieber
erinnerst du dich noch,
wie wir mit dir Briefe geschrieben haben?

Vor langer Zeit, du hast nicht gesehen,
aber ich bin Marina – mit Russland.
Erinnerst du dich an mich?

Ich schicke dir diese Mail
mit schweren Tränen in den Augen
und großer Sorge in meinem Herz.
Besuche meine Site.

Ich wünsche mir bitte, dass du mich überlegst
mit ganzem herzlich.
Bitte – reden wir miteinander.

Ich warte!

Nicht interessiert

Ich habe einfach kein Interesse daran, dieses Buch zu lesen. Ich hatte auch kein Interesse daran, das letzte, das ich zu lesen versuchte, zu lesen. Ich habe immer weniger Interesse daran, eines der Bücher zu lesen, die mir gehören, obwohl sie vermutlich einigermaßen gut sind.

Ebenso wie mich unlängst, als ich, in der Absicht, ein paar Stöcke und Äste einzusammeln und zu dem Stoß am hinteren Ende der Wiese zu tragen, in den Garten hinterm Haus ging, bei dem Gedanken daran, dass ich diese Stöcke aufheben und noch ein weiteres Mal zu diesem Stoß hintragen sollte, um danach durch das hohe Gras der Wiese zurückzukommen, um noch weitere zu holen, plötzlich eine so tiefe Langeweile überkam, dass ich nicht einmal damit anfing und einfach hineinging.

Jetzt schaffe ich das wieder. Ich war bloß an jenem einen Tag gelangweilt. Dann verging das Gefühl, und nun kann ich wieder hinausgehen und Stöcke und Äste einsammeln und zu dem Stoß bringen. Um genau zu sein: Ich hebe die Stöcke auf und trage sie auf dem Arm, und die größeren Äste ziehe ich hinter mir her. Ich tue nicht beides gleichzeitig. Ich mache etwa drei Touren hin und zurück, bevor ich müde werde und aufgebe.

Die Bücher, von denen ich rede, sind angeblich einigermaßen gut, aber sie interessieren mich einfach nicht. In Wahrheit mögen sie um einiges besser sein als bestimmte andere Bücher, die mir gehören, aber manchmal interessieren mich die Bücher, die nicht so gut sind, mehr.

Am Tag vor dem besagten Tag, und am Tag danach, war ich bereit, die Stöcke aufzuheben und zu dem Stoß zurückzutragen. Eigentlich an vielen Tagen davor und an vielen Tagen danach. Könnte ich sogar sagen: an sämtlichen Tagen vor diesem Tag und an sämtlichen danach? Fragen Sie mich nicht, weshalb ich an anderen Tagen nicht gelangweilt war. Ich frage mich oft selbst, weshalb.

Wenn ich darüber nachdenke, so kann es sein, dass ich eine gewisse Befriedigung darin finde, diesen wüsten Haufen aus Stöcken und Ästen, die ich nach hinten bringe oder ziehe, Tag für Tag kleiner werden zu sehen. Ein gewisses Interesse – obwohl kein großes, sondern vielmehr ein so kleines, dass es schon unmittelbar am Rande zur Langeweile angesiedelt ist – beziehe ich aus dem Anblick der Wiese, die ich unter mir zurücklasse: die Gräser, die Wiesenblumen und gelegentlich die Losung eines Wildtiers. Der schönste Augenblick ist der, wenn ich hinten bei dem Haufen aus Gestrüpp anlange: Ich wiege das Bündel aus Stöcken auf meinen Armen oder balanciere den Ast auf meinen beiden Händen, und dann hebe ich ihn – oder sie – so hoch auf den Haufen aus Gestrüpp hinauf, wie ich kann. Verglichen mit dem Weg hinaus zu dem Haufen, ist der Gang zurück durch die Wiese, wenn die Arme und Hände frei und locker sind, leicht; ich sehe um mich, hinauf zu den Baumwipfeln und zum Himmel und hinüber zum Haus, obwohl sich das nie verändert und uninteressant ist.

An jenem bestimmten Tag aber, hatte ich nicht einmal ansatzweise das Gefühl, ich könnte für diese Arbeit Interesse aufbringen, und plötzlich war ich tiefer gelangweilt als je zuvor, und so drehte ich mich bloß um und ging zurück hinein. Und ich wunderte mich darüber, dass ich diese Arbeiten an anderen Tagen überhaupt hatte machen wollen, und fragte mich auch, welches von beiden nun stimmte: das geringe Interesse an anderen Tagen oder die tiefe Langweile jetzt. Und ich fragte mich, ob ich mich von dieser Arbeit wirklich immer zutiefst langweilen lassen und sie nie wieder machen sollte und ob mit meinem Kopf etwas nicht in Ordnung war, weil sie mich nicht immer langweilte.

Mir sind nicht alle guten Bücher über, es sind mir bloß Romane und Erzählungen über, sogar gute oder die, die angeblich gut sein sollen. In letzter Zeit ziehe ich Bücher mit realistischem Inhalt vor oder mit einem Inhalt, den wenigstens der Verfasser für realistisch hielt. Ich möchte mich nicht von der Einbildungskraft von jemand anderem langweilen lassen. Die Einbildungskraft der meisten Menschen ist nicht sehr interessant – man kann erraten, woher der Verfasser diese oder jene Idee hat. Man kann, bevor man einen Satz noch zu Ende gelesen hat, voraussagen, was als Nächstes kommen wird. Alles scheint so beliebig.

Aber es stimmt, dass ich zuzeiten auch von meinen eigenen Träumen gelangweilt bin oder vom Träumen selbst: Ah, es geht schon wieder los – diese Szene ergibt keinen Sinn, ich muss am Einschlafen sein, das ist ein Traum, ich bin schon wieder drauf und dran zu träumen. Und manchmal langweilt mich sogar der Akt des Nachdenkens: Da, schon wieder ein Gedanke, und gleich werde ich ihn interessant oder uninteressant finden – nicht schon wieder das! Um die Wahrheit zu sagen – manchmal langweilen mich meine Freundschaften: Ah, wir werden den Abend miteinander verbringen, wir werden reden, und dann geh ich nach Hause – schon wieder das gleiche!

Ich will eigentlich nicht sagen, dass mich alte Romane und Geschichtenbücher langweilen, wenn sie gut sind. Bloß neue – gute oder schlechte. Ich würde gerne sagen: Bitte erspare mir deine Einbildungskraft, ich habe deine lebhafte Einbildungskraft so über, soll sich jemand anderer an ihr erfreuen. So geht es mir jedenfalls neuerdings – mag sein, dass es vorübergeht.

Alte Frau, alter Fisch

Der Fisch, der mir den ganzen Nachmittag im Magen gelegen hat, war, als ich ihn zubereitete und aß, so alt, dass es mich nicht zu wundern braucht, dass mir unwohl ist – eine alte Frau, die einen alten Fisch verdaut.

Wohnen beim Apotheker

Geschichte von Flaubert

Wo wohne ich? Im Haus eines Apothekers! Ja, aber bei wem hat er gelernt? *Dupré!* Ist das nicht fantastisch?
Wie Dupré stellt er eine Menge Selterswasser her.
»Ich bin der einzige in Trouville, der Selterswasser herstellt«, sagt er.
Und es stimmt, dass ich oft schon um acht Uhr morgens vom Lärm der Korken aufwache, die durch die Luft fliegen: piff, paff und kkkrrrut!
Die Küche dient auch als Labor. Zwischen den Kasserollen erhebt sich von einem monströsen Destillierapparat in einem Bogen

eine furchteinflößende dampfende Kupferröhre

und oft können sie den Topf wegen der pharmazeutischen Vorbereitungen nicht aufs Feuer stellen.
Um ins Scheißhaus im Hof zu kommen, muss man über Körbe voll Flaschen steigen. Sie haben eine Pumpe draußen, die Wasser spuckt und die Beine anspritzt. Die beiden Jungen waschen Tiegel aus. Ein Papagei kreischt immer wieder, den ganzen Tag lang: »Hast du zu Mittag gegessen, Jako?« oder »Coco, mein kleiner Coco!« Und ein etwa zehnjähriges Kind, der Sohn des Hauses und die große Hoffnung der Apotheke, macht Krafttraining, indem er mit seinen Zähnen Gewichte hebt.
Ein Stück weiser Voraussicht, das ich rührend finde, ist, dass

im WC immer Papier vorhanden ist – gummiertes Papier oder eher *Wachspapier*. Es ist Papier, in das Pakete eingewickelt waren – sie wissen nicht, was sie sonst damit anfangen könnten. Die Latrine des Apothekers ist so klein und dunkel, dass man beim Kacken die Tür offen lassen muss, und man kann kaum die Ellbogen bewegen, um sich den Arsch auszuwischen.
Das Esszimmer der Familie ist unmittelbar daneben.
Man hört das Geräusch der Scheiße, die in den *Kübel* hinunterfällt, untermischt mit dem Geräusch der Fleischstücke, die auf den Tellern umgewendet werden. Abwechselndes Rülpsen und Furzen usw. – charmant.
Und dieser ewige Papagei! Im Augenblick flötet er gerade: »Ich habe guten Tabak, oh ja!«

Das Lied

In einem Haus ist etwas passiert, und dann ist etwas anderes passiert, aber keiner macht sich deshalb Gedanken. Die helle, angenehme Stimme eines Mannes fängt in einem Flur im oberen Stock zu singen an, gleichmäßig, beiläufig. Wir bemerken es kaum. Dann hört man unten im Treppenhaus plötzlich den wütenden Schrei eines anderen Mannes: »Wer singen!?!« Die Stimme des Sängers verstummt.

Traum

Zwei ehemalige Studenten

Ein ehemaliger Student sagte zu dem anderen ehemaligen Studenten, er solle weg gehen, da hinaus, in den Schnee, in der Nacht.
Geh weg, sagte er zu dem anderen. Wenn sie uns beide sieht, dann wird sie uns beide als ehemalige Studenten abstempeln und vergessen, dass ich ich bin und du du.
Er war der ältere ehemalige Student. Er hatte im Krieg gekämpft. Er hatte sich nicht weiterverpflichtet, weil er etwas Anderes mit seinem Leben anfangen wollte. Er war auf einem Ohr taub.
Der andere ehemalige Student war jung, aber er war in Europa gewesen.
Es stimmte, dass es, als sie den beiden durch das Fenster dabei zusah, wie sie unter der Straßenlampe auf und ab gingen, für sie zwei ehemalige Studenten waren, und zwar mehr, als wenn jeder von ihnen für sich gewesen wäre, ganz er selbst, wenn auch, zwangsläufig, ein ehemaliger Student.

Traum

Eine kleine Geschichte über eine kleine Schachtel Pralinen

Während ihres Besuchs in Wien in jenem Herbst hatte ihr ein sehr freundlicher Mann ein kleines Geschenk gemacht – eine Schachtel Pralinen. Die Schachtel war so klein, dass sie in ihre Handfläche passte, und doch waren in ihr, wie durch ein Wunder, 32 winzige, vollkommene Pralinen, lauter verschiedene, in zwei Lagen zu jeweils 16 Stück.

Sie hatte sie von Wien nach Hause mitgebracht, ohne auch nur eine zu essen, so wie sie jedes Mal, wenn sie auf einer Reise Esswaren erworben hatte, diese nach Hause brachte. Sie wollte sie ihrem Mann zeigen, und sie hatte vor, sie mit ihm zu teilen. Aber nachdem sie die Schachtel geöffnet und sie beide die Pralinen bewundert hatten, machte sie die Schachtel wieder zu, ohne eine Praline herauszunehmen und ohne ihm eine anzubieten, und tat die Schachtel an ihren privaten Arbeitsplatz. Dort verwahrte sie sie, und von Zeit zu Zeit sah sie sie an.

Sie dachte daran, sie in der nächsten Unterrichtsstunde mit ihren Studenten zu teilen, aber sie nahm sie nicht mit.

Sie machte die Schachtel nicht auf, und ihr Mann erkundigte sich auch nicht nach den Pralinen. Sie konnte nicht glauben, dass er sie vergessen hatte, da sie selbst an sie dachte und die Schachtel so oft ansah. Nach ein paar Wochen musste sie aber annehmen, dass er sie vergessen hatte.

Sie dachte daran, jeden Tag eine Praline zu essen, aber sie wollte die Pralinen nicht ohne besonderen Anlass zu essen anfangen.

Sie erwog, die Schachtel mit 31 Freunden und Freundinnen zu teilen, aber sie konnte sich nicht entscheiden, wann sie damit anfangen sollte.
Als schließlich das Semesterende und ihr letzter Abendunterricht gekommen waren, beschloss sie die Pralinen mitzunehmen und sie zu teilen. Sie befürchtete, zu lange gewartet zu haben, da vier Wochen vergangen waren, seit ihr der freundliche Mann die Pralinen in Wien gegeben hatte, und dass die Pralinen schal schmecken würden, aber sie tat Gummibänder rund um die Schachtel und nahm sie mit.
Sie sagte zu ihren Studenten, wie verwunderlich für sie der Gedanke war, dass eine so kleine Schachtel Pralinen mit 31 Freunden geteilt werden konnte. Sie dachte, sie würden lachen, aber sie lachten nicht. Vielleicht waren sie nicht sicher, ob es höflich wäre zu lachen, oder vielleicht dachten sie nicht, dass das, was sie gesagt hatte, lustig sei. Sie konnte ihre Reaktionen nicht immer voraussagen. Sie selbst dachte, es sei lustig gewesen – oder zumindest interessant.
Sie hob den Deckel der Schachtel hoch und reichte sie dem am nächsten sitzenden Studenten. Sie forderte alle auf, die Pralinen zu bewundern.
»Dürfen wir auch eine essen?« fragte der Student, der die Schachtel hielt, »oder sollen wir sie bloß ansehen?« Er machte vielleicht einen Witz, aber vielleicht hatte sie nicht klar gesagt, dass sie die Pralinen mit ihnen teilen wollte.
»Natürlich sollt ihr sie essen«, sagte sie.
»Darf ich den Deckel ansehen?« fragte ein anderer Student.
Der Deckel war beinahe so schön wie die Pralinen. Er war grün und dicht an dicht mit mittelalterlichen Figuren und Gebäuden in Orange, Gelb, Schwarz, Weiß und Gold geschmückt. Auf kleinen weißen Fähnchen standen offensichtlich in schwarzen Buchstaben und deutscher Frakturschrift Sprichwörter – kurze gereimte Spruchweisheiten. Sie kannte

von jedem Sprichwort nur ein paar wenige Worte. Eines empfahl, man solle sich wie eine Sonnenuhr verhalten.
Jeder der hungrigen Studenten nahm eine winzige Praline – oder aber es nahmen, da sie nicht genau darauf achtete, manche keine und manche mehr als eine. Sie hatte vorgehabt, die Pralinen mit 31 verschiedenen Freunden zu teilen, aber nun taten ihr die müden, hungrigen Studenten leid, und so ließ sie die Schachtel noch einmal im Raum herumgehen. Ein Student, ein junger Mann aus Kanada, übernahm es, die winzigen leeren Papierförmchen aus der Schachtel zu sammeln und sie zum Papierkorb neben der Tür des Hörsaals zu tragen.
Nach dem Unterricht tat sie das Gummiband wieder um die Schachtel und trug sie nach Hause.
Sie selbst hatte noch keine Praline gegessen, und sie machte sich etwas Gedanken, dass sie zu lange gewartet hatte. Wie lange konnte man Pralinen in einer Schachtel aufheben? Sie hatte gefürchtet, die Studenten würden die Pralinen fad finden. Aber sie war sicher, dass bloß ein einziger Student Pralinenexperte war. Dieser Student würde, aus Höflichkeit, nichts sagen, hatte vielleicht auch gar keine Praline genommen, weil er wusste, wie lange ihr Besuch in Wien zurücklag.
Zwei Tage danach konnte sie die Schachtel dann weder in ihrer Handtasche noch in ihrer Aktentasche finden und fürchtete, sie hätte sie verloren. Einen Augenblick lang dachte sie gar, dass sie ein Student gestohlen haben könnte.
Dann suchte sie genauer nach und fand sie. Sie machte die Schachtel auf und zählte: von den 32 Pralinen waren noch sieben in der Schachtel – 25 waren gegessen worden. Und doch waren nur 11 Studenten im Seminar.
Sie legte sie wieder an ihren Arbeitsplatz, auf die alte mexikanische Bank, die sie so sehr mochte.
Sie überlegte, ob es in Ordnung war, selbst eine Praline zu essen, und ob man, wenn es in Ordnung war, in einer beson-

deren Stimmung oder Geistesverfassung sein musste, um die Praline alleine zu essen. Es schien ihr nicht richtig, aus Ärger oder aus einer Missstimmung oder aus Gier heraus eine Praline zu essen, sondern bloß aus Lust am Vergnügen, oder in glücklicher oder feierlicher Stimmung. Wenn man aber eine Praline aus Gier ganz alleine aß, war es dann weniger falsch, wenn die Praline sehr klein war?

Sie wusste, sie wollte die verbliebenen Pralinen nicht teilen.

Als sie schließlich eine Praline alleine aß, schmeckte sie sehr gut, üppig und bitter, süß und eigenartig zugleich. Der Geschmack hielt sich minutenlang in ihrem Mund, so dass sie noch eine essen wollte, um den Genuss noch einmal von vorne auszukosten. Sie hatte sich vorgenommen, jeden Tag eine zu essen, bis sie weg waren. Nun aber aß sie prompt eine zweite. Sie wollte eine dritte essen, ließ es dann aber sein. Am nächsten Tag aß sie, aus Lust am Genuss und in Missachtung dessen, was sie für richtig hielt, zwei, eine nach der anderen. Und am darauffolgenden Tag aß sie aus einem vagen, unbestimmten Hunger heraus – nicht unbedingt nach Essen – eine weitere.

Sie fand die Pralinen so gut, dass sie entschied, sie habe letztlich doch nicht zu lange gewartet. Es sei denn, ihr Urteil wäre nicht qualifiziert, und es gäbe einen Unterschied zwischen einer Praline, die man sofort und einer, die man nach vier Wochen aß, ein Unterschied, der für sie nicht wahrnehmbar war, wohl aber für einen Experten wie jenen Studenten, den sie für einen Experten hielt.

Dann fragte sie ihren Studenten, den Experten in Sachen gute Pralinen, wo sie in der Stadt die besten Pralinen kaufen könne. Ihr Student nannte ihr den Namen des besten Pralinen-Geschäfts, und sie ging in diesen Laden, in der Hoffnung, sie würde winzige Pralinen finden, von der Art, die ihr der freundliche Mann in Wien geschenkt hatte. Aber das Geschäft hatte

bloß größere Pralinen im Angebot, Pralinen von üblicherer Größe, auf ihre Art gut, aber nicht das, was sie suchte.
Sie entschied, sie mochte keine größeren Pralinen. Nun, da sie – zum ersten Mal – die winzigsten aller Pralinen gekostet hatte, gab sie diesen den Vorzug.
Ein paar Monate davor war ihr in Connecticut, im Haus einer eher ernsten Belgierin, die sie seit vielen Jahren kannte, eine Praline angeboten worden. Es war eine gute Praline, soweit sie das beurteilen konnte, aber sie hatte befunden, sie sei ein wenig zu groß, jedenfalls zu groß, um sie schnell aufzuessen. Sie hatte viele kleine Bisse davon genommen und diese Bisse genossen, hatte aber keine weitere Praline haben wollen, auch als man sie drängte. Die anderen Anwesenden fanden das eigenartig, und die Belgierin hatte sie ausgelacht.

Meine Sitznachbarin im Flugzeug

Meine Sitznachbarin hat während des Flugs aus einem Buch mit dem Titel »Schnelle und leichte Kreuzworträtsel« viele schnelle und leichte Kreuzworträtsel zu lösen. Ich habe bloß langsame und schwierige Kreuzworträtsel, oder unlösbare Kreuzworträtsel. Sie löst jedes Rätsel und blättert um, während wir mit Höchstgeschwindigkeit durch die Luft fliegen. Ich starre auf eine Seite und löse kein einziges.

Schreiben

Das Leben ist zu ernst für mich, um weiterzuschreiben. Das Leben war einmal leichter und oft erfreulich, und dann war das Schreiben eine erfreuliche Angelegenheit, obwohl es auch ernst schien. Nun ist das Leben nicht leicht, es ist zu etwas sehr Ernstem geworden, und im Vergleich erscheint das Schreiben ein wenig albern. Das Schreiben hat oft nicht mit realen Dingen zu tun, und wenn es mit realen Dingen zu tun hat, tritt es häufig gleichzeitig an die Stelle mancher realer Dinge. Das Schreiben handelt zu oft von Personen, die nicht zurechtkommen. Nun bin ich selbst zu einer dieser Personen geworden. Ich bin eine von diesen Personen. Was ich tun sollte, anstatt über Personen zu schreiben, die nicht zurechtkommen, ist, einfach mit dem Schreiben aufzuhören und zu lernen zurechtzukommen. Und dem Leben selbst mehr Aufmerksamkeit zu schenken. Die einzige Möglichkeit, klüger zu werden, ist, nicht mehr zu schreiben. Es gibt andere Dinge, die ich stattdessen tun sollte.

Falsches Dankeschön im Theater

Während sich das Theater für die Vorstellung füllt, erhebe ich mich im hinteren Teil des Zuschauerraums von meinem Sitz, um eine Frau zu ihrem Sitz in der gleichen Reihe vorbeizulassen.
»Danke«, sagt sie
»Mmm-hmm!« sage ich zur Bestätigung.
Aber ich habe missverstanden. Sie hat nicht mir gedankt, sie hat der Platzanweiserin gedankt, die ein paar Fuß hinter mir steht.
»Nein, ich habe *sie* gemeint«, sagt sie, ohne mich anzusehen.
Sie wollte das bloß klarstellen.

Der Hahn

Heute habe ich Safwan, dem Besitzer des *Farm and Country Deli,* einen Kondolenzbesuch abgestattet. Letzte Woche wurde sein Hahn auf der Straße getötet. Ich hatte zunächst beim Haus gegenüber von dem Laden angehalten, wo es viele Hennen und drei Hähne gibt – aber von denen war keiner getötet worden. Ich unterhielt mich eine Weile mit Safwan. Er sagte, er werde sich keinen neuen Hahn anschaffen – die Straße sei zu gefährlich. Sein Hahn war oft auf die Straße marschiert, um Krumen aufzupicken, sagte Safwan, anstatt hinten im Hof zu bleiben, weil ihm der Hofhund des Nachbarn Angst machte.
Nachdem ich kondoliert hatte, hob ich als Andenken zwei der öligen grünen Hahnenfedern vom Straßenrand auf und ging wieder nach Hause. Ich schickte meiner Freundin Rachel eine Nachricht, ich sei traurig wegen Safwans Hahn, der mich den ganzen Tag lang mit seinem regelmäßigen Krähen glücklich gemacht hatte. Jedes Mal, wenn ich ihn hörte, hatte ich das Gefühl, wirklich auf dem Land zu leben – zumindest weiter draußen auf dem Land als in meinem letzten Haus.
Rachel, die stets viele Gedichtzeilen im Kopf hat, sandte mir zur Antwort ein paar Zeilen aus einem Gedicht von Elizabeth Bishop: »Oh, warum sollte eine *Henne* / überfahren worden sein / auf der West 4th Steet…?« Mir gefielen diese Zeilen, obwohl ich mir ein lebendes Huhn auf der West 4th Street schwer vorstellen konnte, und gar noch ein Huhn, das überfahren worden war. Ich fand dann in einem Gedicht von Elizabeth Bishop, das von einem Eremiten und ein paar Eisenbahnschie-

nen handelt, eine weitere Zeile über ein Huhn: »Die Lieblingshenne machte tak-tak.« Für mich hörte sich das »tak-tak« eher nach einem Zug als nach einer Henne an.

Später traf ich ein paar Nachbarn, die Zeugen des Unfalls geworden waren. Sie sagten, sie seien nach Süden, Richtung *Deli,* gefahren, als sie den Hahn vor sich auf der Straße bemerkten. Gleichzeitig kam aus der Gegenrichtung ein Sattelschlepper, der nach Norden, Richtung *Deli,* fuhr. Der Hahn sei eilig losgerannt, um dem Transporter auszuweichen, und war in seiner Eile dem Sattelschlepper direkt vor die Räder gelaufen. Die Nachbarn lächelten, als sie diese Geschichte erzählten. Vermutlich amüsierte sie die Gewalt des Aufpralls und der Anblick des auf dem Kühler in der Luft zerrissenen Vogels, überall Federn.

Ein paar Tage später kam mir plötzlich die Erkenntnis, dass der Hahn einen anderen Grund gehabt haben mochte, auf die andere Seite der Straße zu spazieren. Er war der einzige Vogel in Safwans Besitz. Er hatte vielleicht die Straße überquert, um dem nachbarlichen Hühnerstall mit seiner kleinen Schar von Hennen und Hähnen einen Besuch abzustatten. Er interessierte sich wahrscheinlich für sie und beobachtete sie gerne durch ihren Zaun hindurch und wollte vielleicht sogar die anderen Hähne zum Kampf auffordern. Mir kam diese Erkenntnis, als ich ein Buch über Geflügelzucht studierte: Hähne und Hennen sind soziale Wesen und ziehen es vor, in einer Schar zu leben, hieß es darin. Sollten Sie vorhaben, sich Hühner anzuschaffen, sorgen Sie dafür, dass es mindestens fünf sind.

Ich sitze mit meiner kleinen Freundin

Ich sitze mit meiner kleinen Freundin in der Sonne auf der Eingangsstiege:
Ich lese ein Buch von Blanchot
und sie leckt sich das Bein.

Der alte Soldat

Geschichte von Flaubert

Dieser Tage sah ich etwas, das mich rührte, obwohl ich nichts damit zu tun hatte. Wir waren drei Meilen von hier, in den Ruinen des Château de Lassay (das binnen sechs Wochen für Madame Dubarry erbaut worden war, die sich vorgenommen hatte, in dieser Gegend Salzwasserbäder zu nehmen). Es ist nichts von ihm übrig als ein Treppenaufgang, ein großer Treppenaufgang im Stil Ludwig XV, ein paar Fenster ohne Scheiben, eine Wand und Wind … Wind! Es steht auf einem Plateau in Sichtweite des Meeres. Daneben steht eine Bauernkate. Wir gingen hinein, um einen Schluck Milch für Liline zu bekommen, die durstig war. In dem kleinen Garten standen Stockrosen, die bis zur Dachrinne hinauf wuchsen, ein paar Reihen Bohnen, ein großer Kessel mit schmutzigem Wasser. Daneben grunzte ein Schwein und weiter weg, jenseits des Geheges, grasten auf einer nicht eingezäunten Weide Pferde und wieherten, ihre vollen, wallenden Mähnen im Wind von der See hin- und herwehend.

An der Wand in der Hütte hing ein Bild des Kaisers und ein anderes von Bandiguet! Ich war wohl gerade drauf und dran, einen Witz zu machen, als ich in einer Ecke neben der Feuerstelle, halb gelähmt, einen dünnen alten Mann mit Zwei-Wochen-Bart sitzen sah. Über seinem Lehnstuhl hingen an der Wand zwei goldene Epauletten! Der arme alte Mann war so kraftlos, dass es ihm Schwierigkeiten machte, seinen Löffel zu halten. Niemand schenkte ihm Beachtung. Er saß da und aß einen Teller Bohnen, grübelte und seufzte. Er blinzelte in der Sonne, die durch das Fenster herein und auf die Eisenreifen der Eimer fiel. Die Katze leckte Milch aus einer Pfanne auf dem Boden. Und das war alles. In der Ferne der undeutliche Klang des Meeres.

Ich dachte darüber nach, wie dieser Geselle in dem immerwährenden Halbschlaf des hohen Alters (der dem anderen Schlaf vorausgeht und eine Art Übergang vom Sein zum Nichts darstellt) sicherlich wieder einmal den Schnee Russlands oder den Sand Ägyptens vor sich sah. Welche Gesichte glitten über diese umwölkten Augen? Und was für Kleider er trug! Was für eine Jacke – geflickt und sauber! Die Frau, die uns bediente (seine Tochter, vermute ich), war ein fünfzigjähriges Klatschweib in einem kurzen Rock und mit Unterschenkeln wie die Säulen auf der *Place Louis XV* und mit einer Baumwollmütze auf dem Kopf. Sie kam und ging in ihren blauen Strümpfen und dem derben Rock, und in der Mitte von alledem der grandiose Bandiguet auf einem falben Pferd, in der Hand den dreieckigen Hut, mit dem er vor einer Gruppe von Kriegsversehrten salutierte, deren Holzbeine eine schnurgerade Linie bildeten.

Meinen letzten Besuch hatte ich dem Château de Lassay zusammen mit Alfred abgestattet. Ich kann mich noch immer an das Gespräch erinnern, das wir führten, an die Verse, die wir rezitierten, die Pläne, die wir machten …

Zwei Jungs aus Sligo

Zwei Jungs aus Sligo sind auf dem Weg zu einer gewaltigen vor ihnen am Horizont aufragenden Fabrik. In der Folge werden sie plötzlich hochgeschleudert, zu einem Jahrmarktsriesenrad, das aus sich schnell in elliptischen Bahnen drehenden Gondeln besteht, so hoch über mir, dass sie nur noch kleine Flecken im Himmel sind. Während sie sich im Kreis drehen und über mir hinwegfliegen, rufen sie mir in unregelmäßigen Abständen wieder und wieder »Hallo, hallo« zu. Dann ist das Karussell verschwunden, sie aber kreisen immer noch. Sie könnten jetzt Möwen sein.

Traum

Die Frau in Rot

Neben mir steht eine große Frau in dunkelrotem Kleid. Ihr Gesicht wirkt benommen und eher ausdruckslos. Sie könnte unter Drogen stehen, oder es ist schlichtweg ihr gewöhnlicher Gesichtsausdruck. Sie macht mir ein wenig Angst. Eine rote Schlange richtet sich vor mir auf und bedroht mich und wechselt gleichzeitig ein oder zwei Mal ihre Gestalt, indem sie sich Tentakel zulegt, wie ein zehnarmiger Tintenfisch usw. Hinter der Schlange, mitten auf einem breiten Weg, eine große Wasserlache. Um mich vor der Schlange zu beschützen, legt die Frau im roten Kleid drei breitkrempige rote Hüte auf die Wasseroberfläche der Lache.

Traum

Wenn wir bei der Hochzeit (im Zoo)

Wenn wir auf dem Weg zur Zeremonie nicht angehalten hätten, um einen Blick auf den Koben mit den schwarzen Schweinen zu werfen, dann hätten wir das riesengroße Schwein nicht gesehen, das sich auf das kleinere stürzte, um es mit Gewalt vom Futtertrog zu vertreiben.

Wenn wir nicht früh gekommen wären und uns nicht in der Sonne auf eine Bank unter dem Pavillondach gesetzt hätten, um auf den Beginn der Zeremonie zu warten, dann hätten wir das Pony nicht gesehen, das durchgebrannt war und seine Pferdeleine hinter sich her zog.

Wenn wir nicht das plötzliche Gemurmel unserer Nachbarn auf den Bänken im kalten Sonnenlicht vor Beginn der Zeremonie unter dem Pavillon vernommen hätten, dann hätten wir nicht aufgeschaut, um die Braut in ihrem hellgrünen Kleid aus der Entfernung herankommen zu sehen, rasch, in großen Schritten, Hand in Hand mit ihrer Mutter.

Wenn wir nicht unsere Hälse vorgereckt hätten, um uns unter den Leuten umzusehen, die vor uns standen, bereit, am Vollzug der Trauungszeremonie teilzunehmen, dann hätten wir nicht gesehen, wie die Braut kam, mit gesenktem Kopf, und wie die Mutter, mit gesenktem Kopf, ernst auf sie einredete, wobei die beiden kein einziges Mal aufsahen – so als wäre außer ihnen niemand anwesend –, zum Pavillon, zu den Gästen, zu den schussbereiten Kameras, zur Zeremonie und zu ihrem zukünftigen Ehemann, der auf sie wartend dastand.

Wenn wir nicht von der Zeremonie weggesehen hätten, in welcher das Paar, das vor ihrem die Trauung vollziehenden buddhistischen Freund stand, während die übrige Gemeinde aus Freunden und Familie indische oder andere Gesänge anstimmte, dann hätten wir nicht die chassidischen und asiatischen Familien gesehen, die am Pavillon vorbeigingen und, auf ihrem Weg zum und vom Maisfeldlabyrinth, neugierig zu uns herüberstarrten.

Wenn wir nicht quer durch den Saal gegangen wären, in dem der Empfang gerade anfing, vorbei an den beiden Akkordeonspielern, Mann und Frau, um aus den rückwärtigen Fenstern auf die Hochzeitsgesellschaft hinauszublicken, die im kalten Oktoberlicht, am späten Nachmittag beim Klang der Klezmer-Musik fotografiert wurde, dann hätten wir die beiden Fasanen-Familien nicht gesehen, die am Rand des Kürbisfelds entlangliefen, um im Wald Zuflucht zu suchen.

Wenn wir nicht quer durch den Empfangssaal gegangen wären, um uns neben die Fremden zu den nach hinten gehenden Fenstern zu stellen, dann hätten wir nicht gesehen, wie die Hochzeitsgesellschaft fotografiert wurde, während sie, die Gesichter der untergehenden Sonne zugewandt, einander in der Kälte festhielten, zwischen den Aufnahmen stolperten und lachten und ihre Positionen und Posen änderten, hinter uns im Hintergrund die Akkordeonmusik, so dass die Szene, die wir beobachteten, plötzlich gleichsam zum Ende eines glücklichen italienischen Films wurde.

Wenn wir nicht zurückgekommen wären, um zu einem späteren Zeitpunkt während des Empfangs aus den nach hinten gehenden Fenstern zu sehen, nach den Ansprachen am anderen Ende des Saals und nach dem Essen, bei dem wir in der Nähe von Leuten saßen, die wir kannten, aber gegenüber von Fremden, dann hätten wir nicht gesehen, wie die braune Kuh, die unter einem Baum stand, ihre Schnauze hob und ihren Kopf schüttelte und wiederkäute, während sie zum Himmel hinaufblickte.

Wenn wir den Empfangssaal nicht für einen Augenblick nach Einbruch der Dunkelheit verlassen hätten, bevor wir wieder ins Licht und zur Musik und zum Tanz zurückkehrten, dann hätten wir nicht die schwarzen runden Umrisse in den Ästen der Bäume gesehen, jene der Hühner, die da saßen und schliefen.

Die Goldgräberin von Goldfields

Der Name war Goldfields, es war eine Geisterstadt – mit Brettern verschlagene Saloons, Bevölkerungszahl 100. Die Brunnen wurden mit Arsen vergiftet, sind es immer noch. Das fanden wir später heraus. Jims Stiefmutter hatte Krebs, vielleicht vom Arsen in den Brunnen. Jims Vater verkaufte seine Münzsammlung kleinweise für ihre Behandlung. Ihr Zustand verschlimmerte sich, und er flog sie wieder in die Krebsklinik, aber es war zu spät. Sie starb.

Zwei Wochen danach schickten sie Jim eine Nachricht über seinen Vater – es ist ein medizinischer Notfall, komm sofort. Wir fuhren 36 Stunden ohne Unterbrechung durch. Aber als wir ankamen, war auch er tot.

Wir wussten nicht, wie man zu so etwas sagt – reduzierter Flugpreis nach Todesfall eines Nahestehenden. Als wir von jemand davon erfuhren, hatten wir bereits fünf Staaten durchquert. Jim sagte: Wir sind schon so weit gefahren – wir fahren weiter.

Jim wurde nach 24 Stunden müde und ließ mich fahren. Aber er kann im Auto nicht schlafen, also setzte er sich nach drei Stunden neuerlich ans Steuer. Alyce schickte uns ein SMS nach dem andern, wir sollten nach Hause kommen. Ich forderte sie auf, ihre Hausarbeiten zu machen und sich zu beruhigen. Sie hatte keine Ahnung, wie weit weg wir waren.

Wo *seid* ihr?, fragte sie immer wieder. Sie dachte, wir wären in New Jersey. Wo? *Nevada?* fragte sie immer wieder.

Hol dir eine Landkarte, sagte ich.

Wir wussten nicht, was uns erwartete, wenn wir ankommen würden.
Jims Schwester Lisa, die ich die Goldgräberin nenne, hatte überall nachgesehen, was von den Münzen noch da war, sie wollte mehr Geld für seine Pflege. Sie sagte, sie habe kein Geld, ihn zu beerdigen. Sie sagte, sie müssten für seine Einäscherung ihr Geld für die Steuer verwenden.
Als wir hinkamen, fanden wir im ganzen Haus ständig Münzen. Ganze Stapel von Münzen. Lisa, die Goldgräberin, fand sie nicht. Sie wusste nicht, wo sie suchen sollte. Sie nahm allerdings sämtliche Schusswaffen an sich, bevor wir ankamen.
Jims andere Schwester, die Testamentsvollstreckerin, sagte uns (aus New Jersey), wir sollten alle seine Papiere einsammeln. Jim schaffte das nicht, er war dem nicht gewachsen. Er ging ins Schlafzimmer seines Vaters und saß bloß da. Mehr konnte er nicht. Ich machte es. Ich kannte ihn, aber ich stand ihm nicht so nahe. Ich ging alle Papiere durch, sortierte sie, legte sie jeweils nach Jahreszahl in Ordnern ab.
Ich sagte zu Lisa: Du solltest zu einem Psychiater gehen – nachdem du ihm so nahe gestanden hast, ist die Münzsammlung alles, was du willst? Warum hast du sie nicht genommen, bevor er starb?
Sie dachte, sie hätte mehr bekommen müssen, da sie für ihn gesorgt hatte. Das stand aber nicht in seinem Testament.
Wir fuhren auch wieder 36 Stunden zurück, am Stück. Dass er auf dem Heimweg ein Reh überfuhr, gab Jim den Rest. Er fluchte.
Die andere Schwester, die Testamentsvollstreckerin, wollte, dass wir nach New Jersey kommen. Jim sagte immer wieder: Nein, wir möchten nach Hause. Sie bat uns weiter zu kommen. Schließlich sagte er, wir kämen. Als wir in Pennsylvania in Richtung New Jersey abbogen, passierte uns der Unfall mit dem Reh. Es war ein Mietauto, also mussten wir auf die Poli-

zei warten, damit die unsere Aussage aufnahmen. Ein Scheinwerfer war kaputt. Die Reparatur kostete $ 1000,00. Die Versicherung kam für den Schaden nicht auf, denn der Selbstbehalt war $ 1000,00.
Jim wollte nichts außer einer Gürtelschließe, die ihn an ihn erinnern sollte. Eine silberne Gürtelschließe. Ich sagte zu seiner Schwester, der Goldgräberin: Du solltest zu einem Psychiater gehen.
Jims Vater hatte einen Trinkwasserspender in seinem Haus. Ich fragte mich immer, wozu er einen Trinkwasserspender hatte. Jetzt weiß ich es.

Der alte Staubsauger gibt bei ihr ständig den Geist auf

Der alte Staubsauger gibt bei ihr ständig den Geist auf
jedes Mal wieder
bis ihm die Putzfrau endlich
Angst einjagt, indem sie ihn anschreit:
»Motherfucker!«

Flaubert und Gesichtswinkel

Bei der Hundesegnung, an dem Tag, an dem die Jagdsaison für die Füchse eröffnet wurde, einem Samstag (glattgestriegelte große Pferde, Männer und Frauen, die im roten Reitdress aufsitzen oder sie am Zügel halten, ein kleines Mädchen, das sich weniger für die Pferde interessiert als für ihre Freundin auf der anderen Straßenseite, fast so klein, dass sie schnurstracks unter den Bäuchen dieser großen Pferde hindurchgehen könnte, die Ente oder Gans, die man in der gelegentlichen Stille im Bach hinter der Gemischtwarenhandlung quaken hört, der Wagen, der sich dann und wann diesem gerammelt vollen dörflichen Platz nähert und dann, so gut es geht, wendet, die zwei Boxerhunde an der Leine einer älteren Frau, die erklärt, sie habe sie mitgebracht, damit sie die Hundesegnung mitansehen können, die Zuschauer, die ihre in der frühmorgendlichen Luft dampfenden Kaffeebecher halten, die Meute Jagdhunde, die frei auf der Straße umherläuft, streng bewacht von der Hundehalterin mit ihrer langen Peitsche, die Ansprache des *Master of Hounds* und die Stille, die eintritt, wenn er zwischen seinen Ausführungen den Kopf neigt und Pausen einlegt), erinnere ich mich schließlich an Flauberts Lehrstück über den beschränkt-singulären Blickwinkel – nicht durch das Mädchen, das hauptsächlich an ihrer Freundin interessiert ist, das andere kleine Mädchen, noch durch die Ente oder die Gans, die einzig an dem interessiert sind, weswegen sie unten im Bach quakt, sondern durch die beiden Boxerhunde, die an ihren Leinen zerren, um zu einem ganz bestimmten Punkt hinzukommen, und sich nicht für die Pferde interessieren oder die Reiter oder die Rede des *Master of the Hounds* oder die Jagdhunde oder die quakende Ente oder Gans, sondern ausschließlich für die gelblich-weißen Schaumpatzen, die aus dem Maul eines feurigen Pferdes in der Nähe auf den dunklen Asphalt herabgetropft sind und die ihnen so seltsam und so wohlriechend erscheinen.

Familieneinkauf

Die pummelige, hübsche kleinere Schwester rennt aus dem Laden heraus. Die dünne ältere Schwester rennt ihr hinterher. Die hübsche jüngere Schwester trägt einen Sack voll gedrehter Käsestangen. Sie hatte die dünne ältere Schwester im Laden zurückgelassen, damit sie für sie bezahlt.
»*Gib* mir das!« sagt die ältere Schwester. »Oder ich dreh' dir den *Hals* um!«

Lokale Nachrufe

Helen liebte lange Spaziergänge, Gartenarbeiten und ihre Enkelinnen.

Richard gründete sein eigenes Unternehmen.

Anna half später auf der Farm der Familie.

Robert liebte sein Zuhause.

Alfred hatte Freude an seinen besten Freunden, das heißt an seinen beiden Katzen.

Henry hatte Spaß am Waldarbeiten.

Ed liebte das Leben und genoss es in vollen Zügen.

John hatte Spaß am Fischen und Waldarbeiten.

»Tootles« hatte Spaß an Rätseln aller Art, am Bemalen von Dingen, die ihr Mann hergestellt hatte, und daran, per Computer den Kontakt mit seiner Familie und Freunden aufrechtzuerhalten.

Tammy hatte Spaß am Lesen und Kegeln. Sie kegelte in der *Mixed League* an den *Barbecue Recreation Lanes.*

Margaret sah gerne NASCAR, hatte Spaß am Lösen von Kreuzworträtseln und war gerne mit ihren Enkeln zusammen.

Eva war begeisterte Gärtnerin und Bird Watcherin, und hatte auch Spaß am Lesen und Verfassen von Gedichten. Sie lud gerne andere Leute zu sich ein.

Madeleine machte ausgiebige Reisen. Sie hatte Spaß am Malen, Töpfern, am Bridgespielen, an Golf, Kartenspielen aller Art, an Suchworträtseln, Gartenarbeit, Münzen- und Markensammeln und Blumenstecken. Sie schwatzte liebend gerne mit Freunden und Freundinnen, sowohl am Zeltplatz als auch im Heim der Familie in der Main Street.

Albert war tierlieb.

Jean war Betreuungslehrerin und häkelte und strickte gerne.

Harold hatte Spaß an der Jagd, am Fischen, am Campen und an der Zeit, die er mit seiner Familie verbrachte.

Charlotte war eine begeisterte Quilt-Produzentin und pflückte auch gerne Blaubeeren auf ihrer Farm in Taborton.

Alvin war ein geschickter Handwerker und Gärtner. Er war auch begeisterter Sportler und hatte Spaß am Forellenfischen und am Eisfischen sowie an der Raufußhuhn- und Rotwildjagd. Er war Mitglied der *Ruffed Grouse Society*.

Richard hatte Spaß an seinen Lieblingshobbys, dem Fischen und Rudern, und war dreißig Jahre lang Mitglied des *Hook Boat Club*.

Sven, 80, war Baumeister und Mitglied der *Free and Accepted Masons* und des *Nordic Glee Clubs* sowie der *American Union of Swedish Singers.* Er reiste gerne, ging gerne auf die Jagd und zum Golfen und schmiss gerne Partys. Er war meist in seinem Betrieb anzutreffen, wo er mit der Konstruktion irgendwelcher Dinge beschäftigt war.

Spencer füllte seine letzten Jahre damit, Kühe zu melken und das Land zu beackern. Er liebte den Geruch von frisch geschnittenem Heu an heißen Sommertagen. Er liebte die Tiere, und es schien, als könnte er im Stall schlafen. Er erzählte immer von den alten Zeiten, als es um ihn herum ausschließlich Farmer gab, und davon, wie sie einander immer zur Hand gegangen waren. Den Söhnen und Neffen, die mit ihm arbeiteten, fiel es schwer mit ihm mitzuhalten, obwohl sie 20 bis 30 Jahre jünger waren. Er lebte ein erfülltes Leben und arbeitete mit dem Traktor bis zum Schluss auf der Farm, selbst als diese schon verkauft war.
Er sah sich im Herbst auch gerne *Football* an und sagte immer, Joe Montana sei der beste *Quarterback* am Platz.
In späteren Jahren ging er gerne mit seinem Bruder Harold ins *Stewart's*, um die Leute zu beobachten. Er hatte die Gabe zu plaudern und fing mit jedem, der ihn kannte oder auch nicht kannte, ein stundenlanges Gespräch an.

Helena, 70, liebte lange Spaziergänge.

Mrs. Brown arbeitete 32 Jahre als staatlich geprüfte Krankenschwester. Sie liebte die Krankenpflege sehr.

Roxanna war begeisterte Golferin und Keglerin, häkelte gerne und malte gerne Ölbilder und Aquarelle.

Frederick war zehn Jahre lang Besitzer des *Half Moon Saloon* und war Mitglied der *Elks Lodge* und stand ihr ein Jahr lang als *Past Exalted Ruler* vor.

Benjamin, 91, war Kriegsteilnehmer am 2. Weltkrieg und Maurer.

Jessie, 93, arbeitete in jüngeren Jahren in Fabriken der Umgebung. Sie hatte Spaß an der Gartenarbeit und am Bowling.

Annie, 51, hatte Spaß am Fischen und an der Gartenarbeit.

Eleanor arbeitete 27 Jahre lang für die *Dandy Laundry and Cleaners* und für hiesige Familien als Haushaltshilfe.

Dick war von pedantischer Genauigkeit, was sein Haus, seinen Garten und seine Automobile anging.

Zu einem früheren Zeitpunkt ihrer Laufbahn verbrachte Elizabeth, bekannt als »Betty«, ihre Freizeit mit Soldaten, die aus dem Krieg heimkehrten – mit ihnen tanzte sie und spielte sie Tischtennis und unterhielt sie sich. Sie sang im Kirchenchor und war dort kurze Zeit Schatzmeisterin.

Laura hatte Spaß am Kartenspiel, am Legen von Puzzles und am Reisen.

Jeffery hatte Spaß am Golfen und an der Arbeit auf der Farm seiner Familie.

Stella war bekannt für ihre Liebe zu Katzen.

Marion, 100, war ihr ganzes Leben lang Hausfrau. Sie hatte

Spaß am Kartenspiel im Seniorenzentrum und an ihren häufigen Reisen nach Colorado. Sie suchte immer das Gute im Menschen.

Nellie, 79, war in der ehemaligen *Snow White Laundry* angestellt. Sie hatte Spaß am Bingo-Spiel, am Legen von Laubsägepuzzles und an der Zeit, die sie mit ihrer Familie verbrachte. Ein Bruder, acht Schwestern und ein Junge, den sie aufzuziehen geholfen hatte, starben vor ihr.

John, 73, starb unerwartet nach einem Schlaganfall, während er in Grafton herumfuhr. Er war begeisterter Jäger, der Spaß an der Farmarbeit hatte.

Clyde, 90, diente während des 2. Weltkriegs bei der Marine und war von Beruf Metzger. Er war Mitglied der *American Legion*, der *Stephentown Fire Company*, der *Tamarac Twirlers*, des *Quadrille Square Dance Clubs* und des *Albany Camera Clubs.*

In großer Trauer lässt Mary Ellen ihren Sohn James, ihre Schwester Theresa, ihren Lebensgefährten Rich und ihren Bruder Harold zurück. Jeder, der sie kannte, wusste um ihre Liebe zu Tigger.

Elva, 81, besuchte die zweiklassige Schule in North Petersburgh.

Evelyn, 87, arbeitete in der *Montgomery Ward* in Menands und als Kellnerin im *Crooked Lake Hotel.* Sie liebte die Pferderennen von Saratoga und sang und tanzte gerne. Während ihrer ganzen Jugend war sie häufig die Partnerin von Billy Nassau im Restaurant *Cat in the Fiddle.*

Sowohl ihre Katze Sable als auch ihr Hund Socks haben Linda Ann überlebt. Man wird sich an ihre Sammlung von Büchern, insbesondere jener ihrer Lieblingsautorin Nora Roberts erinnern, wie auch an die bestickten Polsterüberzüge, die sie ihrer Familie und Freunden zum Geschenk machte. Weiters wird sie wegen ihrer umfangreichen Sammlung von Elefanten-Statuetten im Gedächtnis bleiben.

Bernie, 86, war Mitglied des *Derby Club,* des *Hoosick Falls Fire Department,* der *Hoosick Falls Rescue Squad,* der *Kiwanis,* der *Veterans of Foreign Wars,* der *Knights of Columbus,* des *Pioneer Fish and Game Club* und des *Hoot'n Holler Club.* Er interessierte sich fürs Fischen, die Jagd, die Gärtnerei und die Bienenzucht.

Anne, bekannt als »Nancy«, verstarb vor ihrem Mann, Robert, 83. Er diente als Unteroffizier Dritter Klasse in der U.S. Navy und wurde mit einer *Victory Medal* ausgezeichnet.

Alvin, 88, fischte, malte, gärtnerte und sah gerne den Spielen der *Yankees* zu.

Paul, 78, war Straßenarbeiter auf Bezirksstraßen, er war Mitglied des berühmten *Keyser's Softball Team* und liebte es zu kegeln und mit seiner Schwester Babe *Jitterbug* zu tanzen.

Virginia, 99, war Großmutter und Mitglied der Kirchengemeinde.

Robert, 81, war bei der *Grand Union* als Manager für die Nachtschicht verantwortlich.

Isabel, 95, war Mutter und Großmutter.

Donald war ein Ansporn für alle.

Jerold, 72, Koch und guter Ratgeber, arbeitete viele Jahre lang als Möbelpacker, ging gerne auf Jahrmärkte, liebte es, auf Landstraßen zu wandern, liebte »alles Vermontische« und spielte gerne den Weihnachtsmann.

Francis, 79, Teilnehmer am Koreakrieg und Bodenexperte, ging als Bohrungs-Supervisor in Pension. Er war ein begeisterter Sportler und ein Quiz-Genie. Er war Mitglied der *American Legion*, der *Kinderhook Elks Lodge*, der *Veterans of Foreign Wars*, der *Tin Can Sailors-National Association of Destroyer Vets*, des *Men's Club of Five Towns*, des *Saints Social Club* und der *ROMEOs*. Wir werden seinen schlagfertigen Witz, sein ungezwungenes Lächeln und seinen legendären Schnauzbart schmerzlich vermissen.

Margaret, 88, Mitglied der Kirchengemeinde und Fan der *Yankees*, fuhr mit ihrem verstorbenen Ehemann gerne zu Motor- und Traktor-Messen im ganzen Land.

Betty, 81, Sekretärin, verbrachte ihre Zeit gerne mit ihren Enkelkindern.

William, 81, hatte eine Leidenschaft für Geschichte und Ahnenforschung.

Gordon, 68, ein begeisterter Jäger, verstarb am Montag friedlich im *Firemen's Home*.

Ronald, 72, ehemaliger Brandmeister und pensionierter Lastwagenfahrer, war begeisterter Entenjäger.

Ellen, 87, arbeitete unentgeltlich in der *Amtrak Station Snack Bar.*

Joseph, 76, entschlief friedlich in der kühlen frühmorgendlichen Luft des 26. August. Er war im Ort wohlbekannt als Meisterinstallateur und bis zu seinem Tod aktives Mitglied der *Federation of Polish Sportsmen.* Er liebte seine Frau und seine Familie. Er liebte seine 35 Rennpferde, eins aber liebte er besonders, seinen Hengst *Bright Cat,* der zu Jahresanfang verstarb.

Für Ida, 95, standen Freunde und Familie an erster Stelle.

John, 74, ein Kriegsveteran, arbeitete für die *Thruway Authority.*

Ruth, 85, war leidenschaftliche Tierliebhaberin und beobachtete Tiere gerne in freier Wildbahn.

Anne, 62, hatte Freude an Katzen, besonders an ihren Lieblingen Daisy, Rigel, Grace, Luci, Celeste und Smokey.

Ernest, 85, war während des 2. Weltkriegs bei der Handelsmarine und fuhr häufig auf feindlichen Gewässern. Später arbeitete er als Schweißer und Mechaniker, und nach seiner Pensionierung fand er Spaß an Holzarbeiten.

Edwin, 94, hinterließ eine Tochter.

Diane, 60, war gelernte Kosmetikerin und Tapeziererin.

James, 87, arbeitete viele Jahre als Lorbeerpflücker für die *Engwer Florist Supply of Troy.* Er liebte das Gärtnern, Einkochen,

Winzern und machte gerne grüne Tomaten oder Sauerkraut in Tontöpfen ein.

Dolores, 83, eine Näherin, hatte Sinn für Humor. In ihrer Jugend arbeitete sie in der *Kadin Brothers Pocketbook Factory.*

Brief an den Präsidenten des American Biographical Institute, Inc.

Sehr geehrter Präsident,

ich habe mich über Ihren Brief gefreut, in dem Sie mich davon unterrichten, dass ich vom *Governing Board of Editors* als *WOMAN OF THE YEAR 2006* nominiert wurde. Gleichzeitig aber war ich etwas verwirrt. Sie schreiben, dass diese Auszeichnung an Frauen vergeben wird, die ihren Geschlechtsgenossinnen ein »sublimes« Beispiel gegeben haben, und dass es Ihr Wunsch sei, deren Leistungen, wie Sie es nennen, einen »Ansporn zu geben«. In der Folge schreiben Sie, dass Ihnen bei den Ermittlungen meiner Qualifikationen ein *Board of Advisors* von 10.000 »einflussreichen« Personen aus 75 Ländern zur Seite gestanden habe. Trotz dieser umfänglichen Ermittlungen aber ist Ihnen ein grundsätzlicher sachlicher Fehler unterlaufen, indem Sie Ihren Brief nicht an Lydia Davis adressiert haben (so mein Name), sondern an Lydia Danj.

Selbstverständlich kann es sein, dass Ihnen bei meinem Namen kein Irrtum unterlaufen ist, sondern dass Sie Ihre Auszeichnung einer tatsächlichen Lydia Danj zuerkennen. Aber jeder der beiden Fehler würde auf einen Mangel an Sorgfalt Ihrerseits schließen lassen. Kann ich daraus ableiten, dass man bei den Ermittlungen, auf die sich diese Auszeichnung stützt, keine große Sorgfalt walten ließ – trotz der an ihnen beteiligten 10.000 Personen? Das würde mir nahelegen, dass ich der Auszeichnung selbst keine große Bedeutung beimessen sollte.

Des Weiteren laden Sie mich ein, um die Zusendung des materiellen Beweises dieser Nominierung zu ersuchen, die vom *American Biographical Institute Board of International Research* in Form eines, wie Sie es nennen, »Dekrets« in der Größe von von 11 X 14 Zoll, limitiert und signiert, überreicht wird. Für ein Dekret in einfacher Ausführung ersuchen Sie mich um die Zahlung eines Betrags von $ 195, wogegen mich ein kaschiertes Dekret $ 295 kosten werde.
Das verwirrt mich von Neuem. Ich habe in der Vergangenheit Auszeichnungen erhalten, aber ich wurde nie dazu aufgefordert, für sie zu bezahlen. Die Tatsache, dass Sie meinen Namen falsch geschrieben haben und dass Sie mich zudem auch noch auffordern, für meine Auszeichnung zu zahlen, legt für mich die Vermutung nahe, dass Sie mich in Wahrheit nicht auszeichnen, sondern eher glauben machen wollen, ich würde ausgezeichnet, damit ich Ihnen entweder $ 195 oder $ 295 übersende. Nun bin ich aber ein weiteres Mal verwirrt.
Ich würde annehmen, dass jede Frau, die auf dieser Welt wirklich etwas geleistet hat, deren (wie Sie sich ausdrücken) »bis zum heutigen Tag« erbrachte Leistungen hervorragend sind und die das verdienen, was Sie eine allerhöchste Auszeichnung nennen, über ausreichend Intelligenz verfügt, sich von Ihrem Brief nicht irreführen zu lassen. Und doch muss sich Ihre Liste aus Frauen zusammensetzen, die irgendeine Leistung erbracht haben, denn eine Frau, die überhaupt keine Leistung erbracht hat, würde ganz bestimmt nicht annehmen, dass sie mit ihren Leistungen die Auszeichnung »Woman of the Year« verdient habe.
Könnte es also sein, dass das Ergebnis Ihrer Ermittlungen eine Liste von Frauen ist, die genügend geleistet haben, um annehmen zu dürfen, sie würden die Auszeichnung »Woman of the Year« tatsächlich verdienen, und doch nicht intelligent und weltgewandt genug sind, um zu begreifen, dass das für Sie ein

Geschäft ist und dass das nichts mit einer echten Auszeichnung zu tun hat? Oder handelt es sich um Frauen, die etwas geleistet haben, das sie für auszeichnungswürdig erachten, und die intelligent genug sind, um tief in ihrem Innersten zu wissen, dass Sie bloß auf Gewinn aus sind, die gleichzeitig aber bereit sind, sich von $ 195 oder $ 295 zu trennen, um dieses Dekret – ob nun in einfacher Ausführung oder kaschiert – zu erhalten, vielleicht ohne sich dabei einzugestehen, dass es keinerlei Bedeutung hat?

Wenn Ihre Ermittlungen ergeben haben, dass ich als Mitglied zu einer dieser beiden Gruppen von Frauen gehöre – entweder als eine, die sich durch Schreiben von Organisationen wie der Ihren täuschen lässt, oder aber, was vermutlich schlimmer ist, die willens ist, sich selbst zu täuschen –, so tut mir das leid, und ich muss mich fragen, was das über mich aussagt. Indem ich andererseits aber glaube, dass ich in Wahrheit keiner dieser beiden Gruppen zuzuzählen bin, so ist das vielleicht bloß ein weiterer Beweis dafür, dass Ihre Ermittlungen mangelhaft waren und Sie einen Fehler gemacht haben, als Sie mich – ob nun als Lydia Davis oder als Lydia Danj – in Ihre Liste aufnahmen. Ich freue mich darauf zu erfahren, wie Sie darüber denken.

Mit freundlichen Grüßen

Nancy Pratt kommt in die Stadt

Nancy Pratt kommt in die Stadt. Sie kommt in die Stadt, um ihr Zeug zu verkaufen. Nancy Pratt zieht weit weg von hier. Sie möchte ihre *Queen-Size*-Matratze verkaufen.

Möchten wir ihre *Queen-Size*-Matratze? Möchten wir ihre Ottomane? Möchten wir ihre Badeutensilien?

Es ist Zeit, Nancy Pratt auf Wiedersehen zu sagen.

Wir haben uns über ihre Freundschaft gefreut. Wir haben Spaß an ihren Tennisstunden gehabt.

Doktorat

All die Jahre dachte ich, ich hätte ein Doktorat.
Aber ich habe kein Doktorat.

Anmerkungen

»Traum-Stücke«:

Bestimmte Stücke, die ich als *Träume* bezeichne, wurden aus tatsächlichen nächtlichen Träumen und meinen eigenen Wachtraum-Erfahrungen sowie aus den Träumen, Wachtraum-Erfahrungen und Briefen von Familienmitgliedern und Freunden zusammengestellt. Ich möchte den einzelnen Personen für die Verwendung ihrer Träume und Wachtraum-Erfahrungen danken, und zwar: John Aldridge für *»Schwimmen in Ägypten«,* Christine Berl für *»Die Klavierstunde«,* Tom und Nancy Clement und Nancys Großmutter Ernestine für *»Die Großmutter«,* Claudia Flanders für *»Das Piano«,* Rachel Hadas für *»In der Bank 1«* und *»In der Bank 2«,* Paula Heisen für *»Der Himmel über Los Angeles«* und Edie Jarolim für *»Doktorat«,* das als *Traum* anfing und dann kürzer wurde. Der Rest ist von mir.

Anmerkungen zu den »Geschichten von Flaubert« und »Schimpftirade von Flaubert«:

Die 13 »Geschichten von Flaubert« und die eine »Schimpftirade von Flaubert« wurden aus Material komponiert, das sich in Briefen von Gustave Flaubert fand, die meisten davon an seine Freundin und Geliebte Louise Colet während der Zeit, als er an *Madame Bovary* arbeitete *[ca. 1851-56].* Dieses Material, das in *Correspondance Volume II* (Hrsg. Jean Bruneau, Edition Gallimard, 1980) enthalten ist, habe ich exzerpiert, aus dem Französischen übersetzt und danach ein wenig umgeschrieben. Mein Ziel war es, die Sprache Flauberts so wenig verändert wie möglich zu belassen und die Auszüge gerade nur soweit umzuformen, um eine ausbalancierte Geschichte zu schaffen, obwohl ich mir alle Freiheiten herausnahm, die ich als notwendig erachtete (in einem Fall kombinierte ich zum Beispiel Material aus zwei Briefen, so dass zwei miteinander verwandte Geschichten zu einer wurden; in einem anderen Fall ergänzte ich eine Geschichte um Faktenmaterial, um eine Person mit mehr Hintergrund auszustatten).

Inhaltsverzeichnis

V